浙江大学中国古代文学重点学科基金资助

朱则杰 等 ◎ 著

朱则杰教授荣休纪念集

《全清诗》探索与清诗综合研究

浙江大学出版社
ZHEJIANG UNIVERSITY PRESS

# 前　言

朱则杰

记得中小学时代写作文，常喜欢用"光阴似箭，日月如梭"开头。其实那时候纯粹是摆弄成语，而直到后来才渐有体会，并且越来越深。果不其然，一转眼间居然已经到了按照政策可以退休的年月。所在浙江大学中国古代文学与文化研究所决定给每位退休教授出一本纪念集，于是便有了本书的结撰。

本书计划收录两组文章，即分为前、后两编。

前编称作"《全清诗》探索"，以拙作为主。20 世纪 90 年代，我与一批志同道合的友人共同组建《全清诗》编纂筹备委员会，做过大量相关的工作，后来因故中辍。在这个过程中，曾经写有一系列文章，留下不少文献。现在把其中已经发表过的部分文章集结在一起，同时冠以一份协议书，既作历史的纪念，也为将来的有志者提供正反两方面的参考。特别是关于分"编"法的设计和编纂机读《全清诗》的设想，仍将是日后《全清诗》编纂的必由之路和大势所趋。只是某些具体的论述、操作，基于当时的客观条件和科技水平，如今只能从有关思想精神上进行认识。文章的写作规范，也与今天不尽相同；这次除了订正个别原先的疏误以外，基本上保持原样，也是存真的意思。至于其他文章尤其是未曾发表过的文章、文献乃至工作日记等等，拟待以后另有合适机会时再考虑续辑。

后编称作"清诗综合研究"，全是学生的论文。这里所谓学生，都是先后读完硕士、博士两个阶段的研究生，并且其中至少有一个阶段曾经挂在我的名下。按照这样的标准，一共刚好十位。他们以清诗研究作为总的出发点，各自有相对独立的主攻方向，又相互交织在一起。这次提供的论文，正是一个集中的反映。他们的清诗研究无疑更加深入，颇具发展的潜力。

通观本书，前编是我未了的心愿，后编则是希望所在。两编不称"上""下"

而称"前""后",即取通常所说的"长江后浪推前浪"之意。这作为"荣休"的纪念集,大概是最为得体的。当然,这里的"后浪",实际上还应该扩大到他们整一代的学者。

本书在出版过程中,承蒙浙江大学出版社宋旭华、牟琳琳等老师大力支持帮助,在此一并表示感谢。

2016 年 10 月 6 日初稿

2020 年 8 月 7 日二稿

# 目　录

## 前编　《全清诗》探索

# 后编　清诗综合研究

# 前编 《全清诗》探索

# 关于联合组成《全清诗》编纂机构的协议书

我国古代历朝诗歌全集，自先秦至明朝各个阶段均已编讫或正在编纂，唯独时代最后的《全清诗》尚未正式提上议事日程，筹备编纂势在必行，意义重大。为此，由浙江大学传统文化研究所倡议，中国人民大学中国语言文学系、苏州大学中国语言文学系暨近代文哲研究所、暨南大学中国语言文学系、华南师范大学中国语言文学系近代文学研究室、黑龙江省社会科学院历史研究所、浙江大学传统文化研究所共同订立如下协议：

（一）联合组成《全清诗》编纂机构，目前筹备阶段称为"《全清诗》编纂筹备委员会"，在正式编纂开始以后改称"《全清诗》编纂中心"，共同担负编纂《全清诗》的任务。

（二）本机构核心班子成员为：主任朱则杰（浙江大学），副主任叶君远（中国人民大学）、魏中林（暨南大学）、谢飘云（华南师范大学）、李兴盛（黑龙江省社会科学院）、赵杏根（苏州大学）等五人，共同负责《全清诗》编纂及有关各项工作，并各负责所在单位的有关事宜。

（三）本机构负责总体事务性工作的办公中心，暂设于浙江大学并由朱则杰具体负责。

本协议未尽事宜，当在本协议生效之后，由核心班子负责拟订，经六家单位内半数以上协商通过有效。

本协议自六家单位签字盖章后开始生效（协议书上各单位排名不分先后）。协议书一式十份，六家单位各存一份；其余四份暂由办公中心负责保管，用于申报课题等有关场合。

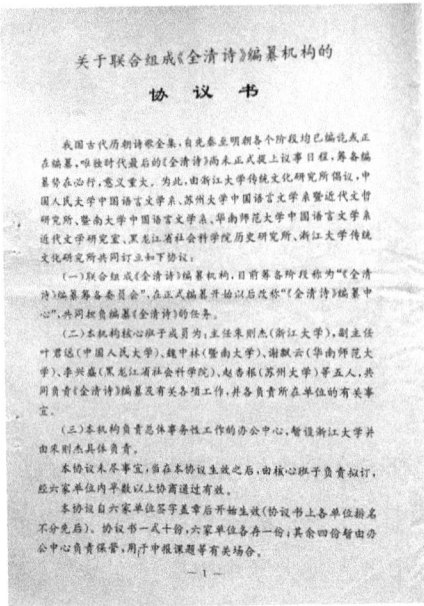

《全清诗》筹备委员会协议书（第1页）

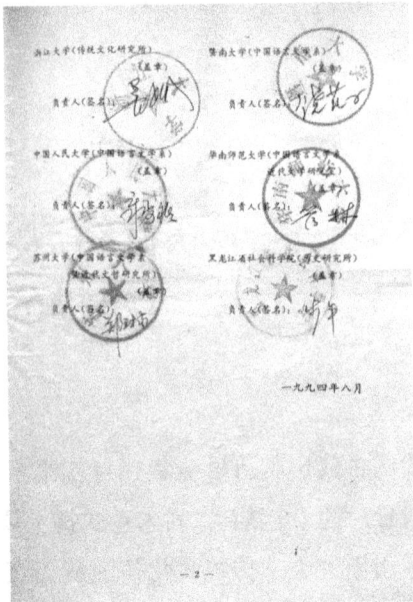

《全清诗》筹备委员会协议书（第2页）

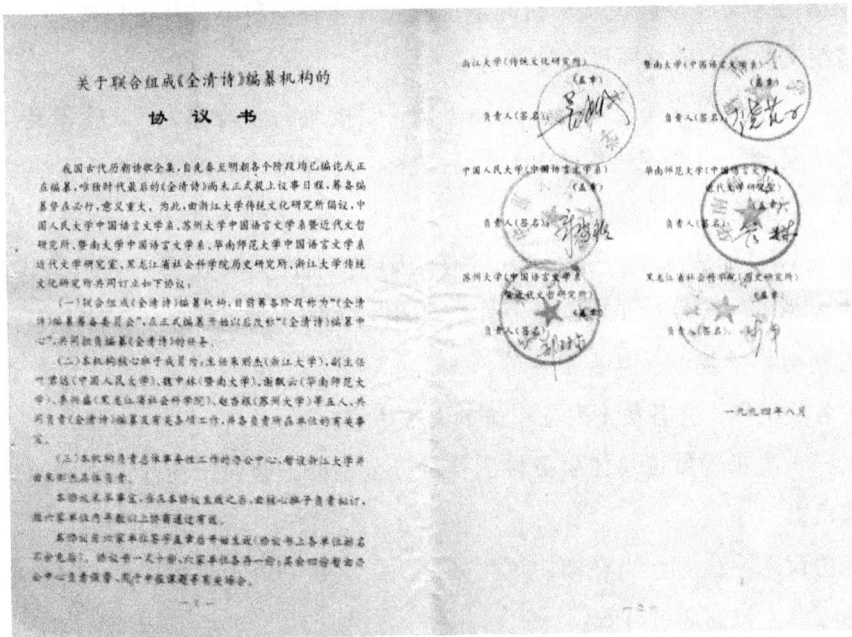

《全清诗》筹备委员会协议书（全份）

（则杰补记：协议第二款本机构核心班子成员副主任尚有苏州大学严明一人，因其在日本讲学待归而暂未列入。）

# 论《全清诗》编纂的迫切性与可行性

朱则杰

## 一、引子：《全清诗》编纂从提出走向筹备

《全清诗》是我国古代历朝中时代最晚，同时规模也最大的一部断代诗歌全集。关于《全清诗》编纂的倡议，从提出到今天已经过去了将近 14 年。

1980 年 2 月，复旦大学中文系教授郭绍虞先生在《从悼念到建议》一文中，"建议""赶快组织力量编辑全清诗、全清文、全清词、全清曲等等以保存一代的文献"。该文载《文学遗产》季刊 1980 年第 1 期复刊号，这是第一次明确提出《全清诗》编纂的问题。

同样是《文学遗产》，经过改版后的双月刊 1993 年第 5 期发表暨南大学中文系主任魏中林先生《经纬交织中的清诗流程——评朱则杰著〈清诗史〉》一文，最末一节又再次发出了编纂《全清诗》的"呼唤"："借这部《清诗史》带给清诗研究的新机，我们呼唤《全清诗》这一跨世纪工程能够尽快'破土动工'。"

此外，国务院古籍整理出版规划小组办公室编《古籍整理出版情况简报》，在 1992 年 1 月的第 254 期和 1993 年 6 月的第 271 期先后发表中国人民大学清史研究所所长戴逸先生《关于清代典籍的整理与研究》和浙江大学传统文化研究所副所长朱则杰《清诗总集研究的硕果——读松村昂〈清诗总集 131 种解题〉》等文，其中也都提及编纂《全清诗》的问题，并且后者还提到了一些初步的设想。

正是伴随着学术界这一次又一次的"建议"、"呼唤"和思考，有关《全清诗》编纂的具体事宜也在不断酝酿着。到 1993 年 10 月，浙江大学传统文化研究所初步成立了《全清诗》编纂筹备委员会，终于把《全清诗》的编纂切实提上了议事日程，开始规划这项"跨世纪工程"的蓝图。

## 二、《全清诗》编纂意义重大，势在必行

中国古代历史文献浩如烟海，也不断散失。要完整保存历史文献，实效莫过于分门别类，整理编纂作各种全集。因此，从古到今，无数全集应运而生，相继问世，并形成若干系列。在诗歌方面，以朝代为断限，清人已经编出《全唐诗》《全五代诗》《全金诗》，近人继而编出《全汉三国晋南北朝诗》，今人接下去编纂剩余各朝，目前正在进行并且规模较大的有北京大学古文献研究所主持的《全宋诗》和复旦大学古籍整理研究所、北京大学古文献研究所、南京师范大学古文献整理研究所、杭州大学中文系等单位合作的《全明诗》，这样自明以上历朝诗歌全集便基本具备或有了着落。并且，前人当初编就的几种断代诗歌全集，有的在今天又开始实行或者已经完成了二度整理，如《全汉三国晋南北朝诗》，现在有逯钦立先生的新编《先秦汉魏晋南北朝诗》；《全唐诗》和《全五代诗》，则苏州大学中文系正在合并整理，重编《全唐五代诗》。甚而至于像《全宋诗》，除了大陆以外，台湾成功大学中国文学研究所教授张高评先生也在独立主持编纂。而唯独时代最后、规模也最大的《全清诗》，却虽然倡议多年，到如今才刚刚冒头。

同时，从横向来看，整个清代的韵文，其中《全清散曲》已由今人凌景埏、谢伯阳两位先生共同编讫出版，《全清词》则南京大学古典文献研究所正在编纂并已开始陆续出校样，同样只剩下《全清诗》。可见，无论纵向还是横向，恰如坐标两轴，都一起逼到了《全清诗》；而《全清诗》一旦"破土动工"并编纂完成，则纵可与明以前历朝诗歌全集，横可与清代本朝其他韵文全集配套成龙，联珠合璧，共同为保存祖国历史文献、弘扬中华民族文化做出巨大贡献。至于它对日后同朝《全清文》编纂所具有的某种筹备意义，自然也是不言而喻的。

《全清诗》的编纂作为一项文化建设工程，它还具有某种更为特殊的意义。由于清王朝本身历史长久，在古代社会中又处在最后，距离今天时间最近，人口最多，流传下来的文献也最多。因此，《全清诗》的规模不仅在古代历朝诗歌全集中明显居于首位，而且根据初步推算，还将远远超过规模最大的《永乐大典》和《古今图书集成》，成为迄今为止的单一独立图书之最；即使将丛书并计在内，那也只有《四库全书》大抵可以相当。如此之最的图书，整理编纂

需要投入大量的人力、物力和财力，在当代还需要用到许多高科技手段，因而用传统的眼光来看，这便是"国力强盛"的一种表现和象征。近年海外不断影印出版每种多达上千册乃至三千册的大型图书，虽然质量不一定很好，但未尝不使我们感到某种压力。即如断代诗歌全集的编纂，也同样存在类似的竞争，《全宋诗》便是显例。而结合《全清诗》编纂的有关具体情况来考察，目前关于清诗总集一块的研究，日本学者就已经走在了我们的前头，而且研究手段也比我们先进得多。《全清诗》编纂对于学术研究和社会主义精神文明建设意义重大，势在必行。

## 三、《全清诗》编纂条件日趋成熟

《全清诗》编纂工程大，意义大，困难自然也大，这一点是显而易见的。但是，另一方面，有关《全清诗》编纂的种种条件却也在日渐具备，日趋成熟，同样可以提供许多的便利。

一是文献资料。编纂《全清诗》这样的大型图书，最基本的条件是要对现今存世的有关文献资料进行普查，做到胸中有数，以便寻找搜集。前及朱则杰《清诗总集研究的硕果》一文曾经谈到这样一个设想，即"试图先期编纂《全清诗集总目提要》和《全清诗作者小传》，为《全清诗》的编纂打下基础"尔后"再按图索骥，合并整理"。这个设想，实际上就是根据近年学术发展的情况提出来的。首先是山东大学古籍整理研究所编纂的《清史稿艺文志拾遗》竣工，与既有的《清史稿艺文志及补编》配套，清人著述总目即可了然；其次是国务院古籍整理出版规划小组办公室正在筹备编纂的《中国古籍总目提要》，按计划"力争在2000年前完成"，这样到时候清人诗集的总体情形也便可以了解；再次是台湾明文书局1986年刊行的203册《清代传记丛刊》及索引，成文出版社有限公司1992年刊行的402册《清代碑卷集成》及索引，日本京都府立大学教授松村昂先生据一百多种清诗总集整理的4万余名清代诗人的资料等等，则为研究全清诗作者奠定了相当的基础。此外如苏州大学近代文哲研究所所长钱仲联先生主编的《清诗纪事》，以及近年整理出版的大量清人文集和有关资料，也都为《全清诗》的编纂创造了不少的有利条件。

二是人才技术。编纂《全清诗》，不仅需要普通古典文学、文献学、历史学、图书馆学以及其他有关人文艺术学科的人才，而且最好应有专门研究清代诗歌的人才，同时还要尽可能利用现代高新的计算机技术。关于研究清代诗歌的专业人才，以前由于清诗不受重视，培养得很少，志愿的更少。但最近十年来，随着某些"热门"研究领域的相对饱和，愿意从事清诗研究的人相应增多，并且涌现了一大批专著和论文。特别是国内最著名的清诗专家钱仲联先生，近年培养的清代诗歌研究方向的博士生就多达 8 名，此外还有数名研究清代诗论和明清诗文的硕士生。这批人虽然有的由于各种因素的影响放松了学业甚至改了行，但也有不少已经成了新一代的专家。以他们的年龄层次，在前辈老先生的指导帮助下，依靠有关方面专家学者和各界人士的集体力量，武装现代科技知识，去从事需时几十年的《全清诗》编纂这一"跨世纪工程"建设工作，可以说正好合适。而现代科学技术的突飞猛进和日新月异，运用计算机编制索引，以至从文字输入到校对、排版系列自动化，都已经或很快就要成为现实，普及应用，这将使《全清诗》这种上千册、数亿字大型图书的编纂工作大幅度提高效率，节省人力，加速进程。因此，现在开始筹备规划《全清诗》编纂，可以说正是时候。

三是社会环境。《全清诗》编纂这样的巨大工程，必须有一个良好的环境，取得社会各界的支持。目前我国在建设社会主义物质文明的同时，对精神文明的建设也相当重视。古籍整理方面，国务院专门成立了古籍整理出版规划小组，国家教委设有全国高等院校古籍整理研究工作委员会，各个地方和许多高等院校中也都建有相应的学术机构，出过一系列成果。他们既有可能对《全清诗》的编纂给予实质性的支持和帮助，也可以为《全清诗》的编纂提供一般的指导和借鉴，有利于《全清诗》编纂的实施和完成。同时，伴随着改革开放的深入、商品经济的发展和时代观念的变化，社会上有志向并且有力量支持各种文化建设事业包括古籍整理项目的个人也越来越多，承办者吸收乃至争取社会赞助的心理和行动也越来越正常，越普遍。即如上文提到的《中国古籍总目提要》，按计划设想就准备依靠赞助来筹集编纂资金。而《全清诗》由于距离今天时间最近，它本身就有一个得天独厚的条件，许多清代诗人的后裔都还能够知道他们的祖宗，如果动员他们在力所能及的情况下出资为自己的祖宗整理诗集这份宝贵遗产并予以注明，相信他们一定会很乐意的。特别是《全清诗》作为迄今为止的单一独立图书之最，至少在将来的历史上也是我国历朝中的断代诗歌全集之最，而且编纂所需经费总额又充其量不过几百万元人民币，抵不上对建造一座小小教学楼的投资，因此取得某一位爱国人士的独资赞助并报以相应的荣誉，这也是不无可能的。总之，吸收社会赞助这条渠道，为我们编纂《全清诗》这部大型图书，建设跨世纪的文化工程创造了开阔的前景。

综合上述几个方面的情况来看，编纂《全清诗》的基本条件正在日趋成熟。开创这项"跨世纪工程"，不但迫切，而且的确也是可行的。

## 四、关于《全清诗》编纂的可行性方案探讨

《全清诗》编纂工程浩大，旷日持久，各方面工作及有关情况必然十分复杂。要顺利完成这项艰巨的历史性任务，除了做好各项实际的筹备工作以外，还必须从理论上进行深入的探讨研究，尽可能制订出一套详细周密的可行性方案，用来指导整个工程的建设实施，或者至少为它提供有关的借鉴和参考。这个工作，一方面对《全清诗》编纂筹备委员会来说义不容辞，另一方面更要依靠学术界众多的专家学者乃至社会各界有关人士共同参与，集思广益，一起出谋划策。方案的内容，从《全清诗》的体例和规模，到资料的调查与搜集，计算机的管理与应用，人力、设备的投入与使用，机构班子的组建与运行，经费的预算、筹措与管理、使用，直到出版和发行，以及其他各种有关事宜乃至善后处理和副产品的制作等等，越全面，越具体，越深入，越细致，就越好。本文着重就《全清诗》编纂的若干意义和几种条件大略讨论它的迫切性与可行性，实际上即可以视为可行性方案探讨的绪论章；目的之一，也正是希望能够抛砖引玉，借以引起学术界和有关方面的广泛注意与重视，共同为建设这一"跨世纪工程"贡献自己的才智和力量。

1993年12月7日至1994年1月18日

（原载澳大利亚《汉声》1995年3月号）

# 论《全清诗》的体例与规模

朱则杰

编书之务，首明体例。《全清诗》有古人和今人已经编讫或正在编纂的许多前代历朝诗歌全集作依傍，因此在制订体例时当有不少方便。但是，由于《全清诗》自身固有的某些特点以及时代社会和科学技术的发展，体例方面也不可能都同前代历朝诗歌全集一样。本文即重点结合《全清诗》的规模预测来探讨它的体例及有关问题，希望能够引起学术界和各界人士的共同关心和重视，获得指导和支持。

## 一、《全清诗》的规模预测

《全清诗》在我国古代历朝诗歌全集中规模最大，这一点是确断无疑的。这里面的原因，主要有以下数端。

一是清王朝历时长久。从公元 1644 年清军入关算起，到 1911 年辛亥革命推翻清王朝，前后共计 268 年。历史上统治时间接近清王朝的，自诗歌繁盛以来只有唐朝（共 290 年）、宋朝（共 320 年）和明朝（共 277 年）。因此，《全清诗》的规模及有关数据，实际上也就是同这三个王朝作比较。

二是清王朝人口众多。据浙江人民出版社 1993 年出版的姜涛先生《中国近代人口史》一书有关统计和测算，唐、宋（含金朝）、明三朝最盛期人口分别只有 0.75 亿、1.15 亿、1.6 亿，而清代在初期就已经达到 2 亿，至鸦片战争爆发前后的最盛期则多达 4.5 亿，分别相当于唐、宋、明各朝的 6 倍、4 倍和 3 倍左右。即使不考虑其他任何因素，清代诗人与唐、宋、明各朝诗人的比例也不会小于此数。

　　三是清代诗人个体产量普遍较高。清以前诗人创作产量一般都不太高，作品上千的已不多，过万的像陆游即被视为顶峰。而清代诗人凡有专集，便动辄数以千计；巅峰则为乾隆皇帝，当时如洪亮吉在《万寿乐歌三十六章·御制集第十三》中就恭维他"文一千，诗五万"（《洪北江诗文集·卷施阁诗》卷九），现在据精确统计也有 43630 首（中国人民大学出版社 1993 年正式出版《清高宗（乾隆）御制诗文全集》），几乎相当于现存《全唐诗》的总数（正编约 48900 首，零星补遗未计）。尽管乾隆皇帝的诗歌中难免厕有文学侍从之臣的代笔之作，但毕竟都署在他的名下；而皇帝如此，一方面上行下效，另一方面也是水涨船高，则一般诗人的产量之丰富也便可想而知了。

　　四是清王朝距离今天时间最近。前面唐、宋、明三朝，以其灭亡之年作基准，距离今天依次为 1087、715、350 年，而清王朝灭亡距今才仅仅 83 年。正因为如此，加上古代印刷技术越往后越发达，所以清代的诗歌流传、保存到今天也最多。

　　正是由于上述诸种因素的共同作用，使得《全清诗》的规模在我国古代历朝诗歌全集中绝对居于第一位。

　　那么，《全清诗》的规模究竟将大到何等程度呢？

　　回答这个问题，眼下还只能依靠预测。预测的依据，主要是作者人数的有关统计和比较。现存《全唐诗》，正编所收诗人仅 2200 余家，1960 年中华书局排印本精装 12 册；目前正在编纂的《全宋诗》，大陆一种已由北京大学出版社开始陆续出版，卷首《编纂说明》提到一个"不完全的初步统计"数字，称全书所收作者将"不下九千人，为《全唐诗》的四倍"；此后《全明诗》也已经在上海古籍出版社开始陆续出版，但作者总数未见统计，估计不会超过两万人，即使超过估计也不会多太多。而清代诗人，现今日本京都府立大学教授松村昂先生所著《清诗总集 131 种解题》为我们提供了一个可以参考的数字（原书为日文版，1989 年 12 月由日本的中国文艺研究会印行，有关介绍参见朱则杰《清诗总集研究的硕果——读松村昂〈清诗总集 131 种解题〉》，载国务院古籍整理出版规划小组办公室《古籍整理出版情况简报》第 271 期）。该书最末对所介绍的 131 种清诗总集（选本）所收作者进行了统计，总数（不含重复）已达 42200 家。而清诗总集，仅《清史稿艺文志及补编》著录的据松村昂先生大略估算（有些总集光从书名上看不出）就不下于 350 种，加上目前山东大学古籍整理研究所编纂的《清史稿艺文志拾遗》所补录，为数将更多；松村昂先生这里统计到的只有其中的三分之一左右，实际传世的当远不止此数（稍后松村昂先生本人即已递补至138种，并且中国或国外收藏的清诗总集因客观条件限制也不可能全部进行统计）；尽管待补总集作者重出的概率总体上会不断增大因而诗人总数与总集总数未必完全成正比例，但可以增补的作者人数肯定也是以万计的；此外还有各种已刊清人别集、诗话、笔记、史乘、方志以及未刊稿本等等所涉及的诗人而未被总集选录的，合起来在上文所说的42200家基础上再翻一番当无问题。这样约取一个整数，全清诗人当可达到10万家。这个数字，大约相当于《全唐诗》的50倍、《全宋诗》的10倍、《全明诗》的5倍。

现在再结合考虑前面所说的清代诗人个体产量普遍较高和各家流传、保存到今天的作品相对也较多这两个因素，假设清代诗人平均每家作品比唐代诗人多1倍，那么《全清诗》的规模就相当于《全唐诗》的100倍；同样约取一个整数，《全清诗》即可达到1000册。这个数字，可能还是十分保守的。

上述推测如果大体不误或者就是再保守一点，那《全清诗》的规模也将远远超过清以前历朝诗歌全集的总和甚至若干倍。如每册以50万字计算，《全清诗》总字数当在5亿以上，因此作为一部单一独立的典籍，它的规模比我国历史上最大而现已失传的《永乐大典》（约计3.7亿字）也还要大许多，比现存最大的《古今图书集成》（约计1.6亿字）则更要大数倍；纵然将丛书并计在内，那也只有一套《四库全书》约略可以相当。如按此前通行的断代分体文学全集的编法，将来有可能超过《全清诗》的，大概只有散文系列自《全清文》逆数的一两种。

## 二、《全清诗》的体例构想

《全清诗》规模如此之大，足以说明编纂的意义之大和难度之大，同时也带来了许多需要相应作特殊处理的具体问题。在体例及有关方面，比较重要的大致有四项：

### （一）分编与次序

《全清诗》总数上千册，数亿字，对于使用者来说，除了极少数专门研究清代诗歌及历史、文学的人以外，一般人都不可能拿它来通读，而主要是用于选读和查阅。因此，将《全清诗》从头至尾以作者时代先后一以贯之，这实际上意义并不大，可以说是没有必要的。同时，对于编纂者来说，要在事先将 10 万个清代诗人的生卒年、月、日尽可能全部查出来然后再按序排列（从理论上讲 10 万人除以 268 年，平均每年有近 400 人，所以严格说来具体到日也还只能算是比较科学），光这项工作就旷日持久，不知道要做多少年。因此，将《全清诗》从头至尾以作者时代先后一以贯之，甚至就是退一步大致做到这一点，这实际上也是不可能的，至少是一定时期内不可能实现的。

基于使用者与编纂者两方面的实际情况，《全清诗》最好分成若干编（暂以 10 编计，每编 100 册），各编之间互不干涉，内部则大致以作者时代先后为序。这样全书编纂可以以编为单位分别进行，成熟一编出一编，对于经费投入、人力安排以及资料来源等等都可以提供许多的灵活性而减少依赖性，有利于早出成果，快出成果，加速整个工程的进程而又不影响一般读者的使用。将来条件具备，再将全部作者统一按时代先后排列编一总目索引，同样可以弥补原来的缺陷。

（二）上限与下限

《全清诗》上限，原则上应当是凡入清以后有诗歌传世的作者均予收入。这里需要讨论的问题，主要是那批由明入清的跨朝代诗人，由于政治立场及最后结局的不同通常被划分成三类：一类是坚持抗清，为明朝捐躯的殉节诗人；另一类是归顺清朝，在清朝重新做官或参加科考的"失节"诗人；还有一类则是既没有殉节也没有失节的遗民诗人。其中，"失节"诗人划入清朝，这是向来没有争议的；遗民诗人则归明归清两种做法都有，如乾隆时期沈德潜辑《明诗别裁集》和《清诗别裁集》两书均曾收及之，甚至还有同一位诗人而见于两书的，不过以后则越来越倾向于划归清朝，如本师钱仲联先生主编的《清诗纪事》便是如此；只有殉节诗人，传统的做法都是划归明朝，特例似乎只有笔者的《清诗史》以之入清。鄙意认为，当代编书当力求科学而不必太看重古人的政治态度，倘以殉节诗人其志在明而论，则一般遗民诗人实际上也都是如此，并且其中也不乏直接参加抗清斗争的节义之士，只不过最后有幸而没有牺牲罢了；甚而至于某些"失节"诗人，尽管"身在曹营"，但又何尝不是"心在汉"呢？特别是有些殉节诗人如张煌言，他们的牺牲时间远在清朝入关以后几十年，所有诗歌也都是入清以后写的，倘归入明朝很难说得过去；而如果以之入清，则恰恰可以说明清朝取代明朝以后人们的反抗意识，反映清初的抗清历史。因此，如果可能的话，最好将所有由明入清的诗人全部收入《全清诗》。考虑到《全明诗》现在已经开编并且《凡例》曾提及断限方法"一般按照现有的习惯"，所以这个问题最终还应当同《全明诗》编纂委员会协商并取得一致，避免重复撞车。

至于《全清诗》第一编第一册第一家，为了醒目起见，还是设想按此前历朝诗歌全集以及目前最大的清诗选本《晚晴簃诗汇》的惯例和做法列"清世祖（顺治帝）"；入关以前的清朝诗人，倘《全明诗》不收，则可考虑以后录入《全清诗》的附编。

《全清诗》的下限，考虑到"全中华民国诗"和"全中华人民共和国诗"之类（限指传统体裁）不大有可能编纂，所以可尽量放宽些。具体做法，拟以《清诗纪事》作主要参考并稍加变通，凡在清朝灭亡以前已有诗歌传世的作者均予收入。

上下限所涉作者，其跨朝代诗歌一并收入。下限所涉部分作者杂有非传统体裁的新诗如何处理，容待以后再加探讨。

**（三）版式与序号**

《全清诗》由于规模大，作者多，作品多，因此各种序号都应当实行特殊处理。

一是卷次和页码，可考虑以册为单位各自起讫，册与册之间不必连属，否则每册数十卷、数百页，一编100册即可达到4位数、5位数，这样会给检索带来许多不便。每册总卷数，可在该册适当位置特别注明，以便日后统计。凡一位诗人作品超过一卷的，则在每卷该作者名下依其卷数加标序号，这样即使遇到某些跨册作者也仍然不至于被割裂。

二是作者，可考虑以编为单位逐个标上阿拉伯数字序号。

三是作品，可以作者为单位逐篇标上阿拉伯数字序号；组诗以内部的首计算，同时在总题目上承接前题标上起讫序号。

上面这样处理，概括起来就是以编领册领人，以册领卷领页，以人兼卷领篇，总的出发点则是方便检索、统计以及编纂过程中必不可少的核对工作，同时也有利于以编乃至以册为单位分头实施编纂。只是这样做，各编内部作者总序号和某些作者名下的作品总序号都仍有可能达到4位数、5位数，全书按传统竖排方式则序号并排占行过宽，因此可考虑将4位数以上的序号进行技术处理或全书统一改用横排。

### （四）附件与索引

前面三大项，都直接同《全清诗》的规模有关，并且都属于正文的问题。与此同时，《全清诗》自然也还要配以许多附件，这里主要谈索引。

《全清诗》规模这么大，首先针对作者制一个人名索引这是必不可少的，可能的话最好再制一个详细的字号室名别称索引及地区分布表，这样不仅对使用《全清诗》有利，还可以为读者提供多方面的服务，因此小传中的有关内容也应当力求详尽。

其次关于作品，如前所述清代诗人篇什过千甚至逾万的很多，查到作者再查作品通常也很不容易，因此当尽可能再制一个篇名索引；如果条件具备，还可以再进一步具体到单句索引。上文所说的给作品编号，主要就是为此预做准备的，同时日后如需补充校勘也便于对号入座。

此外，《全清诗》所录各种清人诗文集乃至全部引用书目，最好也都制成索引。与此相联系，在《全清诗》整个工程完成之后，将全部清人诗集的有关情况写成提要，同时抄录《全清诗》未能采用的各种序跋文字及不同版本的细目，编出一部《全清诗集汇考》。这样，凡已涉及的原有清人诗集，此后除了文物的价值以外，从资料保存的意义上说便都可以废弃，而不至于编出一部新书反而又多一份收藏的负担，那样文献整理的功用也就跌价多了。

关于《全清诗》的体例，有不少方面如版本、校勘、标点之类的原则可以现成学习参考此前历朝诗歌全集的惯常经验，因此本文不再论列。

本文所论《全清诗》若干体例特别是版式序号和附件索引涉及的许多具体问题，在很大程度上要借助现代科技手段的运用，因此拟在接下去探讨《全清诗》编纂过程中的计算机运用和机读《全清诗》的编纂等课题时进一步结合讨论。

1994年1月24日至30日

（原载《古籍研究》1994年第1期）

# 论《全清诗》分"编"法的设计

朱则杰

我国古代历朝诗歌全集,从时代最早的《全汉三国晋南北朝诗》一直到《全明诗》,目前都已经编讫或正在编纂,有的甚至已实行二度整理,唯独《全清诗》至今未能正式提上议事日程。这中间的原因,自然是多方面的,例如从时代顺序来看,清朝处在古代社会的最末期,《全清诗》的编纂理当排在最后;然而最根本的,却在于《全清诗》数量最多,规模最大,客观上实施编纂最困难,因此只能先搁着。那么,面对这项极其困难的巨大工程,能不能有一种相应的对策和方法,使之变得相对容易、切实可行呢?这便是本文所要探讨的问题——分"编"法。

## 一、分"编"法提出的基本思考

我国古代历朝诗歌全集的编纂,通常都是以作者生卒年的先后大致按时序一贯到底。但是,《全清诗》却设想采用分"编"法,这是基于对全书规模的预测而提出的。

根据目前《全清诗》编纂筹备过程中的有关测算,有作品传世的清代诗人约有 10 万家,成书全套当在 1000 册以上(每册平均以 50 万字计)。如果事先一定要把全部作者的生卒年尽可能都查清楚(严格说来应当具体到月和日,因为 10 万人除以清朝的 268 年,从理论上讲平均每年约 400 人),然后再排出次序着手编纂,那么光这个过程就得费时无数年,投入大量的时间、人力和资金却不见丝毫直接效益,看得见的只有一个作者生卒排序表,而当事人又一个个早已或者行将退休(一般承担这种项目的专家起步时即不可能太年轻),这样自然就无人愿意编纂,事实上也根本无法编纂。因此,我们设想在全书的整体设计上，打破传统的框框，改用分"编"法，具体就是将总数以千册计的《全清诗》取百册为单位分成若干编，每编内部尽可能严格地按照作者时序排列，编与编之间则互不连属，各为起讫，成熟一编出一编，一编编累积最后达到"全"。这样处理，最根本的目的就是为了使《全清诗》的编纂化大为小，化难为易，能够早出成果，快出成果，工作与效益两不误，从而真正做到切实可行。

关于《全清诗》分"编"法的这个思考，笔者曾在《论〈全清诗〉的体例与规模》（载《古籍研究》1994 年第 1 期）一文中约略涉及，现在拟从正反两方面对它进行专门、具体的探讨和阐述。

## 二、分"编"法对于实际工作的积极意义

《全清诗》的分"编"法，对于全书的编纂及其他有关工作具有许多积极的意义，具体主要体现在如下几个方面。

首先是便于操作。前面说到《全清诗》规模极大，如果按照通常做法以作者生卒年（包括月日）为序一贯到底，那就根本无法实施编纂。而一旦改用分"编"法，虽然就全书而言最终还是要尽可能查清楚全部作者的生卒年，但在具体每编的编纂过程中，却只需要临时查清其中不足十分之一的比例，并且从理论上讲还尽可以先挑选那些生卒年最容易查的作者，随工作进展逐步缩小包围圈，这样非但原来那种困难要小得多，而且在前面若干编的编纂过程中还有一个选择的余地，反而比那些规模虽小却要求一次性编齐的同类全集更加容易。所谓化大为小，化难为易，最基本的道理就在这里。

其次是便于及时吸收现成成果。如同其他各朝诗歌全集一样，在《全清诗》编纂开始之前和进行之际，许多单行本清人诗集及其他含有诗歌的清人别集也已经或者同时在整理出版着。虽然过去清代诗歌没有唐诗、宋诗那样受人重视，整理出版的单行本诗歌别集之类在全部清代诗歌中所占比例很小，但随着唐诗等旧有"热门"领域研究整理的相对饱和，近年单行本清诗别集之类整理出版正在日渐增多，并且就绝对数来说已经超过了以往各朝。这些集子中的诗歌，如果按照通常做法以作者生卒年为序一贯到底来编《全清诗》，那么其中大部分将很难及时得到利用；相反改用分"编"法，则一般说来都能随时吸收插入当前的任一编，

所要解决的主要是原出版社的专有出版权和原校点整理者的著作所有权以及在技术上调整体例使之统一到《全清诗》上来的问题。根据最近几年的情况粗略计算，每年各地整理出版的零星清人诗歌，折合《全清诗》不下于 10 册；假设《全清诗》每编 100 册编纂周期为 3 年，那么在每 3 年之中就有大约 30 册的现成成果可以及时吸收利用，单编编纂效率就可以提高三分之一左右，成本也可以大大降低。虽然随着工作的进展，有些出版社为了避免撞车，可能以诗歌为主的清人别集整理出版会逐渐减少，但另外许多以其他文学体裁和其他学科门类如历史、哲学等领域为主要出发点的含有诗歌的清人别集，其整理出版仍将照常继续，其中的诗歌依然可以随时吸收插入《全清诗》。至少从最初的几编来看，可以吸收的现成成果为数即十分可观，很有利于早见成效。从技术上来说，这些诗歌进入《全清诗》之后经过两次整理，其质量应该也是最好的。

第三是便于安排人力。《全清诗》在人力上设想采用聘任制，广泛约请国内外的有关专家参与校点整理工作。这些专家本身不一定都是研究清代诗歌的，但有可能由于某种机缘而曾经校点整理过部分清人诗歌，至少有这方面的条件和意愿。就整个清代来说，从我们所处的某一个固定的时间平面上去看，专家们各自所擅长的可能有的在清初，有的在清中叶，还有的在清末，其已有成果的分布大略也是如此；假如按照通常做法以作者生卒年为序一贯到底编纂《全清诗》，那么其中大部分专家在短时期内都将无法参加工作，甚至随着时间的流逝，其中一部分专家还可能永远失去这样的机会，损失是不可估量，也是很难弥补的。而改用分"编"法，这个问题也就不存在了。

第四是便于资料的取用。按照通常以作者生卒年为序一贯到底的方法来编《全清诗》，正常情况下在排出作者次序之后，即应当依次搜集各家资料，然后才能动手编纂。假如由于某种原因，其中某一家的资料一时未能找到收齐，那么严格说起来下一家也就无法编纂下去，至少出版进程就要因此中断。而采用分"编"法，遇到这种情况可以临时越开，从最容易搜集资料的对象一家家、一编编顺序编去，最后范围缩小，再集中去解决这类问题（绝对地说是永无止境的），整个工程的进展当能够基本顺利，至少前面大部分的编纂工作不会因此卡壳。这个问题，同前面所说的便于操作道理是一样的。

第五是有利于社会赞助的争取与安排。《全清诗》编纂工程巨大，需要的经费数字也很大，即平均每册以现行人民币 2 万元计，总投资便高达 2000 万元以上。如此数目，除正常国家有关部门给予部分资助以外，大量的还必须依靠社会赞助，尤其寄希望于既有一定文化素养又有相当经济实力的清代诗人后裔特别是海外侨胞。赞助的方法，依对象区分可有按作者赞助和按"编"赞助两种。《全清诗》采用分"编"法，每编规模不能太大，太大了赞助者经济实力不容易撑得起；但又不能太小，太小了赞助很难产生相当程度的社会效应，所以每 100 册作为一编比较合适。特别是对于按作者赞助的个人或团体来说，假如按照通常做法以作者生卒年为序一贯到底编纂《全清诗》，他们所希望赞助的对象很可能迟迟排不上整理出版的日程，那就必然会影响他们的积极性；等该对象排到的时候，也许人事变迁，又早已是另外一番情景了，因而改用分"编"法，如前所述各家作者随时都可以插入当前的那一编，赞助下去马上就能够见成效，这样争取、吸收社会赞助的可能性也就大得多，机会也就多得多。

总之，《全清诗》分"编"法的设计，最基本的好处就是具有灵活性，由此可以为全书的编纂及其他有关工作提供极大的便利，不但能够使这项规模巨大的《全清诗》编纂工程变得切实可行，而且必将大大地提高工作效率，促成全工程的早日完成。

## 三、分"编"法的存在缺陷与弥补方法

如上所述，《全清诗》的分"编"法具有多方面的积极意义。但是，分"编"法最初的提出，从根本上说却是出于一种不得已，这就意味着它必定存在着某种不足与缺陷。

分"编"法最大的缺陷，就是打破了通常以作者生卒年为序一贯到底的传统，因此全书从整体来看，系统性和科学性显得相对弱一些。那么，怎样看待这个问题，同时采用什么方法对它进行弥补，这也就成了我们需要相应做出探讨的课题。

首先，从日后读者的使用和购买这个角度来看，分"编"法的缺陷可以说基本上是不产生什么影响的，相反地还可能带来某些便利。因为以《全清诗》多达上千册的规模而论，除了极个别的专家以外，一般的读者是不可能拿它来通读的，而主要的用途则是检索和查阅，因此只要把各编和全书索引编制完备，

使用起来也就没有什么问题了。同样就购买而论，《全清诗》全套上千册，能够按时序全部购齐的主要是一些比较大的图书收藏单位，而一般的读者个人和比较小的单位团体，与其花大约 100 册的书款买取其中不足十分之一比例的某一段清代诗歌，倒不如按分"编"法任意买取其中的某一编，这样内部从清初贯到清末，虽然作者不全，但基本上仍能看出清诗发展的轮廓，可以应付一般的研究使用，有条件时再随时增购几编，"分期付款"，步步积累，反而更加经济实用。因此，分"编"法对于读者来说，实际上还是正面作用占主导地位。

其次，从全书的系统性和科学性来看，虽然分"编"法比起传统的按作者生卒年为序一贯到底的编纂法在整体上显得弱一些，但在每编局部上却并不存在这个缺点，反而有可能比此前已经开编和编定的各朝诗歌全集都更强。这是因为如前所述，《全清诗》由于作者人数多达 10 万，在排列上应当力求将生卒年进一步具体到月和日，这样就每编 100 册而论，它的内部作者排序将有可能十分严格，较之于以往除预计总数 200 册的《全明诗》以外历朝诗歌全集全套总数不足 100 册而内部作者排序至多以年为单位，实际上还要更系统，更科学。假如这可以看成是一种弥补的方法，那么它是以局部来救整体。在这个基础上进一步推衍，将来在全书编齐之后，再在最末加上一个所有作者统一按时序排列的总目和索引，那么分"编"法造成的缺陷就可以获得更大程度的补救；上文所说极个别有志于按作者时序毕生通读《全清诗》的读者，也完全可以根据这个总目按图索骥，实现自己书海长征的宏愿和壮举了。

最后，从科学技术的发展远景来看，《全清诗》这样的大型图书，总有一天要走向电脑化，制成光盘，使用计算机来阅读。目前我们筹备《全清诗》的编纂工作，已经事先考虑到了这一点，并且尽我们所能制订了一系列相应的措施和方案，以便使书本《全清诗》能够尽可能合理、顺利地同将来的机读《全清诗》接轨。例如考虑到《全清诗》制成光盘以后，原来书本形式的册和页都将随之消失，因此在各编内部，作者排列除了参照生卒年月日以外，还顺次给他们编上序号，各家作品亦然，这样将来在计算机上查阅《全清诗》的某个作者和诗篇，索引对应的就是第几编第几家第几首，其效果与全书统一按作者生卒年为序一贯到底的书本《全清诗》毫无差别。当然，《全清诗》进入计算机，最好也就是统一按作者生卒年为序一贯到底的，但这由于已经有了各编内部相当严格的作者排序做基础，在计算机上很容易根据作者生卒年月自动生成，因此在制作上同样不会有丝毫妨碍，并且原有的第几编第几家第几首依然可以同书本《全清诗》相照应。因此，有关机读《全清诗》的构想，不仅是我们编纂工作的一个追求目标，而且同时也可以看成是运用现代科技手段对分"编"法存在缺陷所做的一种弥补。

由此看来，《全清诗》分"编"法的设计，虽然不可避免地存在着不足和缺陷，但它的负面作用很小，并且基本上也是可以弥补的。如果同它的优点相比较，那么这种不足和缺陷，就更是微不足道了。

## 四、余论

那么，《全清诗》除了我们所说的分"编"法和传统的以作者生卒年为序一贯到底的编纂法以外，还有没有其他的方法呢？如果有，那不外乎这样两种：一是由前述分"编"法的灵活性推想到的，干脆再进一步将清代所有诗歌不分任何次序一股脑儿编在一起，来一种收一种，如此则更具灵活性；只是这样编出来的东西，完全变成了普通意义上的丛书，与《全清诗》本来的含义相去更远了，这显然是不可取的。二是由传统编纂法的连贯性推想到的，同样也进一步放宽标准，按照作者大致的生活时期分阶段从清初编到清末，如此则在观念上比较容易被人接受；但在事实上，这样做既失去了分"编"法的灵活性，又不能确保传统编纂法的科学性，因此说到底也只能是一种权宜之计，并且还很难见成效，倒不如索性采用分"编"法为好。

我国传统的编纂文学全集的方法，经过长时期的探索和实践，自有一套成功的经验和现成的思路，但其精神实质无非是科学性和实用性。而《全清诗》分"编"法的设计，首先是从它的可行性出发，然后再尽可能兼顾它的科学性和实用性。对于《全清诗》的编纂来说，分"编"法的确是一种出于不得已的"下策"，但在今天的形势下，却无疑是一种"上上策"。

1995年1月22日至24日

（原载《清代学术研究通讯》第1期，1995年11月）

# 论机读《全清诗》的编纂

## ——兼谈编纂古典诗歌电子读物的有关问题

朱则杰

《全清诗》编纂是一项规模巨大、旷日持久的文化建设工程，有许多问题需要进行理论上的论证和探讨，以便为实际编纂工作提供指导性的意见。本文由《全清诗》的体例设计伸发，专门讨论《全清诗》机读版本的编纂问题。同时，由于目前古典诗歌机读版本的编纂严格说来还是一个空白，因此本文所论述的问题实际上也关涉我国整个的古典诗歌。

## 一、编纂机读《全清诗》的多重意义

飞速发展的计算机技术，正在不断渗透社会生活特别是科学研究的各个领域。自从 1978 年汉字进入计算机以来，短短十几年时间，中文语言、文学、文献等各个学科，都不同程度地引进了计算机技术，并且取得了许多可喜的成果。

在传统文化研究领域，目前计算机技术最主要的应用就是在古代典籍的整理上。这方面规模最大的，当推香港中文大学中国文化研究所主持在建的"中华古文献电脑资料库"。根据有关报道，该项目早在 8 年前就已经开始，现已建立起时代最早的"先秦两汉一切传世文献资料库"，输入 103 部有关典籍，共约 900 万字；目前正在整理魏晋南北朝时期，约有 900 多种文献，计 2400 万字左右。其次单独以一个朝代为断限的，则有台湾中山大学中国文学系的"清代文献全文资料库"。该项目于 1994 年 10 月开始设立，目前已经上马的有清初顾炎武的《日知录》《亭林文集》《亭林诗集》《熹庙谅阴纪事》，颜元的《四存编》，西周生的《醒世姻缘传》等著作，总计约 167 万字。而在我们大陆，类似这样的大型古代典籍资料库建设却还是一个空白，已见报道的只有深圳大学中文系的《红楼梦》计算机多功能自动检索系统，以及国家古籍整理出版规划小组主持在编的《中国古籍总目》之类可用于机读的小型工具书；此外据说华中理工大学正在整理元曲，具体情况不得而详。并且，即从"中华古文献电脑资料库"和"清代文献全文资料库"来看，一方面它们的全部建构都需要一个十分漫长的时期，另一方面它们在对象范围上都是包含各种不同的文体，而没有一个专门为诗歌这种体裁而建的相对独立的系统。因此，专项建立全清诗歌资料库，编纂《全清诗》机读版本，这在运用计算机技术大规模整理古代典籍特别是专项整理古典诗歌的道路上，可以说具有开创性的意义。

由于计算机技术的运用，使得机读《全清诗》拥有许多为普通书本形式所没有的优点。《全清诗》的规模，根据有关资料测算，作者人数约有 10 万家，成书全套当在 1000 册以上（每册以 50 万字计算）。如此巨型的图书，一般读者很难买得起，买得起也很难摆得下，而输入电脑之后，制成机读版本，按目前的技术条件总数达 5 亿字以上的内容大约只需要薄薄的两三张光盘，收藏、携带都十分便利；随着计算机应用的普及特别是信息高速公路的发展，光盘驱动器的安装和光盘本身的价格对于一般用户来说都将成为很平常的事情，并且还可以通过联网直接进入信息高速公路，完全实现资料共享。就机读《全清诗》的功能来说，它不但能够供读者正常阅读，而且可以提供多渠道的检索方法，例如按诗人姓名、诗歌篇名、诗歌单句查询有关作品，甚至还可以在此基础上进一步扩展到逐字检索和分专题检索，必要时也还能够将所需内容通过打印机打印成书面文字，这些都是书本《全清诗》所很难想象的。如果再扩充计算机的多媒体功能，那么机读《全清诗》还可以配合阅读自动发声乃至显示插图，其发展前景是无比广阔的。

机读《全清诗》的这种优越性，在其他类似的电脑资料库上已经反映得很清楚。即以检索方法而论，前述"中华古文献电脑资料库"中已经编讫的"先秦两汉一切传世文献资料库"，就带有一个"逐字索引"；"清代文献全文资料库"，则采用"关键词检索"的方式，这些都正是计算机技术带来的好处。按照这种思路，不仅《全清诗》，假如全部中国古典诗歌能够建立一个统一的电脑资料库，制成机读版本，那么它的意义也就更大了。

## 二、编纂机读《全清诗》的实验研究

编纂机读《全清诗》，不仅从理论上说具有深远的意义，而且在实践上也确实已经做了初步的尝试。

1993 年 10 月以来，浙江大学传统文化研究所联合中国人民大学中文系、苏州大学中文系暨近代文哲研究所、暨南大学中文系、华南师范大学中文系近代文学研究室、黑龙江省社会科学院历史研究所等五家单位及有关科研机构，共同成立了《全清诗》编纂筹备委员会，试图将我国古代历朝诗歌中最后一个朝代的也是规模最大、唯一没有开始编纂的断代分体文学全集提上议事日程。根据《全清诗》的规模特点和现代科学技术的发展趋势，筹委会成立伊始，即考虑到如何引进计算机技术，一方面以之作为编纂工作的管理手段，另一方面也就是将最高目标定为机读《全清诗》。1994 年 9 月，由浙江大学传统文化研究所主持的"运用计算机编纂《全清诗》的实验与研究"，正式列为浙江省哲学社会科学"八五"规划重点项目。该项目的主要任务，实际上就是探讨机读《全清诗》编纂的有关问题。现在这项工作已经基本结束，正在准备结题。

关于编纂机读《全清诗》的这项实验与研究，具体体现在该项目的成果之一"全清诗歌信息管理系统"中。该系统运用关系型数据库管理系统汉字FoxBASE+2.10 版本建立，密切结合古典诗歌固有的文体特点，同时兼顾编者和读者两个方面的需要。例如在数据库的设计上，由于古典诗歌最普遍的句式是五言和七言两种，因此诗歌正文便分别设置五言库和七言库，可使数据的冗余度达到最小。在功能设计上，最基本的包括"录入""修改""查询""浏览""打印"共五项。其中的"录入"和"修改"即纯粹用于编；"查询"和"浏览"则主要从读者角度出发，同时亦可用于编纂过程中的机前校对；"打印"如同"浏览"，既可为编者出纸本校样，也可供读者制作卡片乃至复制全书。每项基本功能之下，又根据可能有的各种情况设置若干具体的功能。例如"浏览"好像看书，按内容区分可只看"作者总目"，可以连带看"篇名细目"，当然也可以看整个"诗歌作品"；由于全清诗歌数量繁多，读者在每个单位时间内都只能阅读一小块内容，因此每次起讫均设有提示，可以从某编某家、某题某首等任意地方开始或结束。再如"查询"亦即查书，读者可以根据诗人姓名、诗歌篇名或在该诗人集子中的首句乃至任一诗句，查到该诗人的小传及其在《全清诗》中的位置，也可以查到具体的作品。由此可见，该系统不但可以用于编纂机读《全清诗》，而且事实上已经为机读《全清诗》提供了一个蓝本和模型，同时也适用于其他所有的古典诗歌。

至于与"全清诗歌信息管理系统"配套的"全清诗人"、"全清诗集"、"《全清诗》参考文献"（诗集以外）、"《全清诗》参编人员"等若干信息管理系统，虽然也可以辅助机读《全清诗》编纂本身（例如作者小传即借用"全清诗人信息管理系统"实行操作），但主要还是用于编纂过程中的管理，它们在目前共同构成一套相对完备的"《全清诗》编纂计算机管理系统"。这自然也是《全清诗》筹备工作和"运用计算机编纂《全清诗》的实验与研究"的成果。

有关这一系列的实验与研究，一方面证实了机读《全清诗》的编纂的确是可行的，另一方面也为我们提出了许多需要相应做进一步探讨的问题。

## 三、编纂机读《全清诗》的环境与条件

机读《全清诗》优点很多，编纂可行，但如果正式开编，却还需要配备计算机尤其是非计算机方面的形形色色的"软件"和"硬件"。

从计算机方面来说，首先便是字库。日常我们使用的字库，都是国家标准《信息交换用汉字编码字符集》，字数只有六七千，这对于整理古籍是远远不够用的。目前我们在进行机读《全清诗》编纂的有关实验时，有很多字只能暂时空着或者临时用拆字法等手段加以注释，原因就在这里。但根据有关报道，像著名文字学家郑易里先生，已经发明出有 6 万个汉字的电脑字库检索系统。这样，编纂机读《全清诗》用的字库应该已经不成问题，个别实在没有的字也还可以临时拼造；前述香港中文大学的"中华古文献电脑资料库"能够录入先秦两汉时代的传世文献，事实上即证明了这一点。因此，如果真正编纂机读《全清诗》，那么这样的字库则必须予以配备。此外国家语委、国家教委全国古籍整理研究工作委员会和中国科学院计算中心共同合作，由北京大学中文系教授裘锡圭先生主持的"古今全汉字信息处理系统"不久前也已经完成第一期工程，假如该系统全部竣工，那么用以支持机读《全清诗》的编纂以及其他汉文特别是古籍

电脑资料库的建设，就字库而言也就更加方便了。

其次是资料的录入方法。目前通行的汉字输入，都离不开键盘。速度慢，错误率高，这是最大的缺点。特别是对付总数达 5 亿字以上的《全清诗》，整个录入过程将十分漫长，校对的工作量也难以估算，因此最好能有其他便捷的手段取而代之。而在计算机领域，随着技术的不断发展，人们也在进行各种各样的探索和研究。近年已见介绍并且最适用于录入《全清诗》这样有现成文字底稿同时数量繁多的文献资料的，首推图形扫描仪输入法。该输入法具有类似于复印的功能，可以将各种手写体特别是规范的印刷体汉字转换为统一格式的汉字并形成文本形式。此外利用话筒，通过语音转换实现汉字输入，也是一种相当理想的方法，不过对于操作者来说需要参与的工作还是比较多，并且古代文献朗读起来也不那么容易，相应带来的错误自然也会比较多。目前这两种方法都还处在实验研究阶段，一旦完善普及，必将给机读《全清诗》的编纂带来极大的便利。

当然，利用目前通用的键盘输入方法，来完成《全清诗》的文字录入工作，从计算机技术方面来说也未尝不能够实现。但是，这需要投入很大的工作量，尤其需要相应投入巨额的资金。根据目前的印刷行情，每千字汉文古籍以 10 元人民币计算，则全书暂取 5 亿字，其整个文字录入费就多达 500 万元。如此数目，在我国目前的条件下，显然是很难解决的。不过，《全清诗》即使只出书本形式，类似排版经费也同样必不可省，关键是不要铅排而改用电脑来排，这样一方面可以随时在此基础上再另出机读版本，另一方面这笔文字录入费也就可以计入出版成本而由出版单位来承担，将来再通过销售从用户或读者那里来回收。同时，我国承担类似机读版本亦即电子读物出版事宜的单位，在技术力量和经营规模上也还有待进一步加强扩大，这样才能够具备出版机读《全清诗》之类大型电子读物的条件。

## 四、余论

由以上论述可知，编纂机读《全清诗》以及其他古典诗歌电子读物，不但具有多方面的积极意义，而且的确也是可行的，只是还需要配备大量的人力、物力特别是财力。就目前《全清诗》的编纂而言，如果一步就奔机读版本，那么编纂者除了通常的校点整理之外，还必须承担本来可由出版单位负责的文字录入工作，并且在编纂过程中必须先期投入更多的经费，因此事实上是不大有可能的，除非现有经费十分充裕。但尽管如此，我们现在提出机读《全清诗》的问题，对于目前书本《全清诗》的编纂工作也有着许多实际指导的作用。例如在《全清诗》的体例制订上，我们要求给每个诗人都顺次标上第几编第几家这样的序号，一个重要的目的就是准备将来进入机读版本，原先书本形式的册次和页码随之消失以后，两者之间仍然能够有机对应，合理接轨。特别是根据计算机科学的发展趋势，很可能在不久的将来上文所说的图形扫描仪输入法之类会相当完善，录入简单，制作方便，成本也相应下降，那样我们也就随时可以实施机读《全清诗》的编纂，而不至于临时仓促上马甚至坐失时机。我们殷切期待也密切关注着，日益发展的计算机技术能够给《全清诗》以及所有的古典诗歌等汉文文献的整理和使用带来更大的福音。

### 参考文献

①张普：《汉语信息处理研究》，北京语言学院出版社 1992 年版。

②钟嘉陵、朱鸣学：《古典名著〈红楼梦〉的分专题自动检索》，载《深圳大学学报》1986 年第 1 期。

③范建：《一盘在手　万卷尽收》，载《科技日报》1994 年 1 月 6 日第 2 版。

④袁新文：《高校古籍整理辉煌与挑战》，载《光明日报》1994 年 3 月 4 日第 2 版。

⑤罗政：《香港中文大学致力建立中华古文献电脑资料库》，载《信息快报》1994 年 9 月 19 日第 4 版。

⑥刘承慧、陈丽莲：《中山大学的"清代文献全文资料库"》，载《清代学术研究通讯》第 1 期。

⑦黄克东：《华文"书同文"电脑化及中文字码》，载《中文信息》1995 年第 3 期。

1996年2月28日至3月2日

（原载《艺术科技》1996年第3期）

# 《四部丛刊》所收清人诗集研究

钱　锋

　　《四部丛刊》是商务印书馆于民国初年陆续影印出版的一部中国古代文化典籍丛书。出版以来，影响巨大。现代著名学者胡适曾赞扬说："像张元济先生为了影印《四部丛刊》，都是选用最好最早的版本，里面有许多宋版的书。读书人花了并不太多的钱，买有这部书，就可以看到了。这部书对中国、日本的贡献之大，也可以说对全世界都有贡献的。……商务的确替国家学术做了很大的贡献，所以张元济当选院士之后，全国没有一个人说话。"①《四部丛刊》在众多学者心目中的地位，由此可见一斑。

　　作为一部编纂于清亡之后不久的丛书，《四部丛刊》收录的清人诗集富有特色，是研究清诗的一份宝贵财富。本文拟对《四部丛刊》所收的清人诗集做一初步的整理研究，以期为人们使用这部丛书进行清诗研究工作提供某些参考，使《四部丛刊》这部大书更好地发挥它的文化效用，不负编者的苦心。

## 一、关于《四部丛刊》

　　我国古代很早就有图书分类的"四部"之说。西汉时，刘歆《七略》分图书为"辑略、六艺略、诸子略、诗赋略、兵书略、术数略、方技略"等七类。晋朝荀勖的《中经新簿》改为"甲、乙、丙、丁"四部，约略相当于"经、子、史、集"四类。稍后李充的《四部书目》更换"乙"部为"史"，"丙"部为"子"。至《隋书·经籍志》，才最后确定"经、史、子、集"的名称和顺序。后代都沿用此法，

---

① 胡颂平编：《胡适之先生晚年谈话录》，中国友谊出版公司1993年版，第113—114页。

"四部"之说也就固定下来了。

同样，中国的丛书也有悠久的历史。五代时期冯道主持刊印儒家9种经典著作，名为《九经》，这被认为是中国最早的一部丛书。明代以来，丛书的编辑出版有了巨大的发展，其数量之多、种类之繁，远非前代可比。清代乾隆三十七年到五十二年（1772—1787）编纂出中国历史上最大的一部丛书《四库全书》。所谓"四库"，也正是"四部"之意。这部丛书共收书3461种，79307卷。进入现代以后，中国又涌现出不少巨型丛书，如中华书局出版的《四部备要》，商务印书馆出版的《万有文库》《丛书集成》等等。《四部丛刊》也是其中的一部。

《四部丛刊》由商务印书馆于1920年开始印行，其宗旨是收入四部常见书，影印善本。编者在序中说："是编衡量古今，斟酌取舍，……盖于存古之中兼寓读书之法，不第如顾千里所云，丛书之意在网罗散佚而已。"初编完成于1922年，其中包括古书323种（百衲本二十四史原列入，后单行），计8540卷（四种无卷数）。1926—1929年重印，抽换21种，并增加了校记。续编刊于1934年，共81种。三编刊于1935年，共73种。编者选择宋元旧刊，明清精刻及抄本、校本、手稿本刊成此书，为古籍传布和整理提供了很大方便，具有很高的文献价值。

丛书的主编张元济，字菊生，号筱斋。原籍浙江海盐，生于广东。光绪壬辰（1892）进士，是我国著名的出版家。曾任南洋公学管理译书院事务兼总校，注重选题意义，改变原先着重译兵书为译社科书籍。1901年"以辅助教育为己任"，投资商务印书馆，并主持该馆编译工作。1903年任该馆编译所长，1916年任经理，1920—1926年改任监理，1926年起任董事长，直至1959年逝世。他主持商务印书馆期间，组织了大规模的编译所和涵芬楼藏书，开创了私营出版社设专职专业编辑和图书资料以保证出版物质量的先例。他从1915年就开始筹备，到1937年完成的《四部丛刊》，动用了国内外50余家公私藏书影印，是他对中国文化的最大贡献。张元济选书注重实用，母本讲究善本，创造了古籍丛书的翻刻、影印新阶段。《四部丛刊》一书，也充分体现了他精通版本目录之学，又密于检查的特点，因而一直为后人所重。

1985至1989年间，上海书店据商务印书馆1926年初编修订本、1934年的续编和1935年的三编，交付上海影印厂重新影印出版了《四部丛刊》，精装共414册。本文即依据这一版本进行论述。

## 二、《四部丛刊》所收清人诗集概况

《四部丛刊》所收清人诗集都收在集部，其数量之多，范围之广，为《四库全书》等其他一些同类丛书所不及。

集部也叫"丁部"，是"经、史、子、集"四部中的第四大类，收作家的诗、文、词、曲等文艺性作品集和文学评论等著作。集部内部又可分类，如《隋书·经籍志》分为楚辞、别集、总集三类，《四库全书》则分为楚辞、别集、总集、诗文评、词曲五类。其中别集指收录单家诗文的集子；总集与别集相对，即汇录多人的作品而成一集。在丛书中，单家诗集通常都是别集或包括在别集之内。

前及我国历史上最大的丛书《四库全书》，虽然卷帙浩繁，但别集中所收的清人诗集却很少。由于该书编纂于乾隆年间，它所收的最后一个诗人是生活在雍正时期和乾隆初年的厉鹗，其时代离清亡还有二百年左右，此后的清诗就来不及收入了。可见，《四库全书》所收清人诗集在时间跨度上是不完整的。而且由于禁毁的原因，即使是乾隆朝以前的著名诗人，如钱谦益、顾炎武、黄宗羲、王夫之等，他们的集子也被《四库全书》摒弃，这就更显出这部书的缺憾了。而《四部丛刊》则不同，它成书于清亡之后，清诗本身已经完整，编者又无须"为尊者讳"，可以从更客观、更学术化的角度来选编。因此，《四部丛刊》所收的清人诗集，也就比《四库全书》更为全面系统，更具利用价值。

《四部丛刊》别集类是以作者为依据进行编排的，有关清人诗集大都杂见于各家名下的综合别集中，很少单独列出。依据前述上海书店影印本《四部丛刊》，笔者逐一查阅了其中的清人别集，进而整理出了一个完整的"《四部丛刊》所收清人诗集目录"，从中可以反映《四部丛刊》所收清人诗集的家数、种数、卷数等情况。

根据这份目录统计，《四部丛刊》中的清人诗集共收有 22 家，30 种，总计 310 卷。所收作者年代，上起明末清初，下至晚清曾国藩，基本上跨越了整个清代。所收的家数，有纯粹的诗人，也有散文家、思想家、金石学家等等，涵盖面十分广阔。此外，还附带收录了一部分大家的亲人集子。如朱彝尊名下就附有他儿子朱昆田的《笛渔小稿》十卷，孙星衍名下则附有其夫人王采薇的《长离阁集》一卷。

根据这份目录，我们还可以对《四部丛刊》所收清人诗集进行文学史和文献学的分析，进一步阐明其特色。

## 三、《四部丛刊》所收清人诗集的文学史意义

《四部丛刊》中的清人诗集共有 20 余家，数量较多，但能否体现清诗的整体面貌呢？这个问题，需要结合清代诗歌发展史来论述。

清诗上承唐宋而有所独创，是我国古典诗歌的又一高峰。按清代的历史分期，清诗大致可分为三期，即清初诗歌、清中叶诗歌和晚清诗歌。

清初诗坛的作家队伍，最早是由明入清的诗人。他们经历了明清换代的大波澜，对明朝旧山河都有难以消除的依恋之情。按照他们入清后的政治态度，这些诗人可以分为三类。第一类是抗清而死的殉节诗人，以陈子龙、夏完淳等为代表。第二类是投降清廷的失节诗人，以钱谦益、吴伟业等为代表。第三类是既不降清也未殉节的遗民诗人，以顾炎武、黄宗羲等为代表。在这些诗人中，陈子龙结明诗之局，钱谦益开清诗风气，在文学史上地位尤其突出。对这一时期的清人诗集，《四部丛刊》于后两类作者收得较全。如钱谦益、吴伟业、顾炎武、黄宗羲等都有收入，这是做得比较好的。但于殉节诗人，陈子龙、夏完淳等人则被忽略了，无论是明朝部分还是清朝部分都未收两人的集子，因此明显缺少一个环节。

接下去是清代本朝成长的诗人，具有代表性的有"清初六大家"之说，即施闰章、宋琬、朱彝尊、王士禛、查慎行、赵执信六人。其中王士禛倡导"神韵"说，创作"神韵"诗，形成神韵派，继钱谦益之后左右文坛数十年。其他诸人，也都各有特色。对于这一批诗人，《四部丛刊》所收尚可。它抓住重点，收录了王士禛、朱彝尊以及查慎行三家集子作为代表，此外宋琬、施闰章、赵执信三家则相应从略。

清初向清中叶过渡时期，诗坛出现了百家争鸣、诗派林立的局面，较著名的有沈德潜的格调派、厉鹗的浙派、钱载的秀水派以及翁方纲的肌理派等等。稍后打开新格局的诗人，则是袁枚和赵翼。袁枚作诗反对模拟，提倡自写"性灵"，从内容到形式都有新鲜之处，并开创了性灵派。赵翼与袁枚齐名，也力主"性

灵"，注重创新。在他们的影响下，还涌现出黄景仁、孙星衍、王昙等一大批颇有名气的诗人，几乎笼罩了整个清代中叶的诗坛，甚至一直波及后来的龚自珍、黄遵宪乃至南社，形成了清诗中进步的主流。同时代的姚鼐，则代表着清诗中保守的一派，影响其后的宋诗派和"同光体"作家。对待这个阶段的诗歌，《四部丛刊》没有准确地把握主流，因此对象收得很不成功。几个主要流派的领袖，除浙派的厉鹗之外，沈德潜、翁方纲、袁枚以及赵翼等人均未入选。相反，像袁枚的弟子孙星衍等相对次要的诗人，其集子却赫然在目。这样，清代中叶诗歌的发展脉络就得不到全面的体现，直接影响了人们对清诗整体面貌的认识，令人感到十分遗憾。

最后是晚清亦即近代的诗歌。首开近代文学风气的是龚自珍，他是清中叶诗歌与晚清诗歌、中国古代诗歌与近代诗歌分野的一个划时代人物。稍后的黄遵宪，进一步努力创作"我手写我口"，以"旧风格含新意境"的"新派诗"，成为"诗界革命"的旗帜。正是在"诗界革命"的直接影响下，20世纪初出现了南社，并最终导致了"五四"新诗亦即自由诗的形成。而另一方面，这个时期也存在着宋诗派和"同光体"等追求复古的流派诗人，代表人物有陈三立以及曾国藩等。在这个部分，《四部丛刊》收有龚自珍和曾国藩两家。这表明编者已经有意识地给予近代部分一定的关注，在丛书里为它们留有一席之地。但这种关注，显然还是远远不够的。诸如黄遵宪、陈三立等人，在丛书中都无声无息。特别是同清初相比，这个阶段就尤其显得单薄不相称了。出现这种情况的原因，可能是《四部丛刊》的编纂与黄遵宪等人的生活时代相隔尚近，编者以他们的集子比较常见而不予收入吧。

根据以上文学史角度的考察，可以发现《四部丛刊》所收的清人诗集重点在清初，而于清中叶和晚清时期，则相对比较薄弱，并且大致呈现一种递减的趋势。

不过，《四部丛刊》在上述有代表性的诗人之外，也还收录了陈维崧、全祖望、汪中、钱大昕等不少清人的诗作。这些人虽然诗歌创作并不出色，但在其他领域却大都各有所长，影响颇大。例如陈维崧是著名词人，全祖望是历史学家，汪中是骈文家，钱大昕是金石学家等等。即如曾国藩，也不仅能诗，并且还是一个治世之能臣。从《四部丛刊》全书性质看，它并不是一部专门的诗歌丛书，更不是专收清人诗集的丛书，因此，它综合各方面因素收录一些并非以诗名世的文学家乃至学者，而兼及他们的诗歌，这一点是无可厚非的，并且客观上多少也有助于清诗全貌的反映，对研究者同样具有一定的参考价值。

需要指出的是，《四部丛刊》所收清人诗集的排序并不规则。从整体上看，入选各家是按生活年代先后排序的，但有时却又明显违背这一原则。例如清初部分，顾炎武、黄宗羲、王夫之三家排在钱谦益、吴伟业之前，而实际上钱谦益生于 1582 年，吴伟业生于 1609 年，比顾炎武（1613）、黄宗羲（1610）、王夫之（1619）都要早，诗歌成就和地位更是高出一筹，而编者可能是出于政治等方面的原因把他们的次序颠倒过来，造成了体例上的混乱。这种做法实不可取，倒不如严格按生年排序，以求条理清晰为好。

总之，《四部丛刊》所收清人诗集从文学史的角度来看，大体有它自己的特点，从中反映了编者的认识。它虽然不很全面，也不很严格，但毕竟收入了相当数量具有代表性的以及其他形形色色的清人诗集，对我们了解、研究清诗还是很有裨益的。关于这一点，我们从下述文献角度的探讨中也能得到进一步的认识。

## 四、《四部丛刊》所收清人诗集的文献学价值

《四部丛刊》编纂过程中，编者动用了国内 50 余家公私藏书，精选精刻本及抄本、校本、手稿本影印，可算是博采众家之长，这无疑使该书具有了很高的文献学价值。近年来很多新版的清人诗集都参校以《四部丛刊》影印的清人诗集，或者干脆以之为底本，就可以证明这一点。

以《四部丛刊》本为底本的新版清人诗集，仅就笔者所见，就有很多种。如中华书局 1983 年 5 月第 2 版顾炎武《顾亭林诗文集》，即据《四部丛刊》影印的潘耒刻本为底本；上海古籍出版社 1986 年 11 月第 1 版查慎行《敬业堂诗集》、1990 年 12 月第 1 版吴伟业《吴梅村全集》，则分别以《四部丛刊》影印的清康熙刻本和武进董氏诵芬室刻本为底本，等等。

以《四部丛刊》本为主要参校本的也很多。如上海古籍出版社 1985 年 9 月第 1 版的钱谦益《牧斋初学集》以邃汉斋本为底本，而校以《四部丛刊》影印的瞿氏本；1992 年 6 月第 1 版的厉鹗《樊榭山房集》，也是参校《四部丛刊》

影印的振绮堂初刻本校点而成。

从上面几个例子中，可以看出《四部丛刊》在当今清人诗集整理中发挥的重大作用。这与丛书编纂时的良苦用心是分不开的。编者尽量搜寻最佳版本，影印出版，保存原貌。丛书中所用的底本，多半是原刻本、稿本和抄本等比较原始的本子，比较可靠。影印出版又不易失真，避免了传抄和排印出错，这就更加保证了丛书的质量，为后人所重也就不足为奇了。

不过，《四部丛刊》在文献学上的缺陷也是存在的。其中最严重的一个问题是丛书在收录诗集时，编者虽然已经加上校补，力求收全，但事实上往往没有收全；二是所收诗人有全集，而丛书却用了选集；三是集外佚作未能收入。

第一种情况以朱彝尊较为典型。丛书中只收了《曝书亭集》一种，实际朱氏集子不止于此。即在嘉庆二十二年（1817），其五世孙朱墨林和冯登府曾合辑刻成《曝书亭集外稿》八卷。此外今人还辑有《曝书亭集外诗文拾遗》一卷①，当然这是《四部丛刊》来不及收录的，但《曝书亭集外稿》却是可以而且应该收进的。

第二种情况的代表是王士禛。王士禛有全集《带经堂集》，但《四部丛刊》只收录了他的一个选集——康熙年间林佶写刊的《渔洋山人精华录》。虽说《精华录》集中、明快地展示了作者的创作思想和创作风格，但毕竟不像《带经堂集》能够体现王士禛诗歌创作的全貌，因此这种取舍也是有待斟酌的。

至于第三种情况，即集外佚作收不全，则在所难免。因为一个诗人总有散佚的诗歌，这些作品只能靠机遇慢慢收集，而且也不敢说有收完的一天。这里提出这种情况，只是为了提醒研究者使用《四部丛刊》时注意，即使一家诗集收全了，也还有辑佚的工作要做。

除不全之外，《四部丛刊》的影印方式也不无缺点。影印本固然可以保存原貌，具有极大的优点，但既是影印，通常也就无法对原本进行校点，即使明知底本因避讳等原因而有错漏篡改时，也无法纠正。所以影印一方面避免了像排印、石印一样新增错误，另一方面又对底本的错误无能为力，可说是有得有失。

当今出版的清人诗集，一般都是排印本，而且往往对照多种版本校勘而成。

---

① 见朱则杰：《朱彝尊研究》下编之五，浙江古籍出版社1993年版。

如前举《吴梅村全集》，底本采用了《四部丛刊》本，此外还参校了其他31种不同的版本，可见校勘之严。上海人民出版社1975年2月出版的《龚自珍全集》，则采用8种以上不同的版本汇校而成，力求完备。这比《四部丛刊》中仅用一种版本影印，显然高明许多。

大多数新版的清人诗集，无不像上述两例一样，博采众长，融为一体，比《四部丛刊》本更为完善，不但使用方便，可信度也高。所谓"后出转精"，正是这个道理。因此，当现有新版集子时，应优先采用现有集子进行研究，既快又好。而没有新版集子，或新版集子没有参校以《四部丛刊》本时，则使用《四部丛刊》本查阅校勘就很有必要了。

# 五、结　语

《四部丛刊》所收清人诗集，在时间跨度上比较完整，选录的家数由详而略，自有特色，在一定程度上也能反映清代诗歌的概貌，因此可以说是一部有助于系统了解和研究清诗的比较重要和实用的丛书。

《四部丛刊》精选底本，采用影印的方式保留了大量清人诗集的原貌，具有很高的文献学价值。虽然其中也存在某些不足之处，并且有不少的新版清人诗集在实用性上已经超过了《四部丛刊》本，但它总体上的成就和价值仍然是不可磨灭的。

总而言之，《四部丛刊》就其所收清人诗集来看，也基本达到了编者在序言中提出的"衡量古今，斟酌取舍，……于存古之中兼寓读书之法"的目标。它现在已经为清诗整理研究提供了很大的帮助，以后仍将继续发挥资料库的作用。

1995年5月23日初稿，6月5日二稿，7日改定

（本篇系朱则杰指导浙江大学中国语言文学系汉语言文学专业1991级本科毕业论文，原载《新世纪的图书馆与信息服务——浙江省图书馆学会第九次学术研讨会论文集》，香港百通出版社2004年版，第235—239页。）

# 全清诗集信息管理系统的设计与使用

朱则杰

## 一、建立全清诗集信息管理系统的缘起和意义

中国古籍浩如烟海，收集、管理、检索、使用，都十分不易。清代处在中国古代社会的末尾，人口众多，距离今天时间又近，保存下来的文献典籍更是汗牛充栋。即以清人别集而论，原有《清史稿艺文志及补编》（中华书局 1982年版）著录 4000 余种，现今山东大学古籍整理研究所王绍曾先生主编的《清史稿艺文志拾遗》著录更达 2 万种之多（合总集共 22535 种。该书尚未出版，仅据近年有关介绍）。面对如此浩繁的清人别集（总集另议），如果要把其中的诗集包括那些含有诗歌的集子——也就是我们这里所说的全清诗集单独归类进行排检并管理使用，依靠手工操作将是一件不可想象的事情。因此，如何借助现代高科技手段，运用计算机实施科学管理，就成为需要探讨的课题。

将计算机技术引入古籍整理研究领域，是现代科学技术发展的大势所趋。最近这些年来，人们越来越多地开始注意到这一点，并且已经有了不少有益的尝试和成功的经验。例如 1987 年，The Research Libraries Group（RLG）提出一项编制全美进而可能是全世界现藏中国古籍善本书机读联合目录的计划，得到了美国"国家人文学科基金"和普林斯顿大学、哥伦比亚大学、芝加哥大学等高校东亚图书馆的支持，我国北京大学图书馆、中国科学院图书馆、辽宁省图书馆等单位也参与合作，从而成为一个跨国研究项目，目前正在进行之中[1]。我国国务院古籍整理出版规划小组主持的《中国古籍总目提要》编纂工作，按照规划，其第一期成果《中国古籍总目》也设想同时形成机读和书本两种形式，

---

① 参见柯单《一次编制中国古籍善本书机读联合目录的实验》《美中联合编制中文古籍善本书机读目录进展情况》，分别载国务院古籍整理出版规划小组《古籍整理出版情况简报》第 225 期、第 268 期。

并希望在 1997 年完成 ①。这些课题，即同我们建立全清诗集信息管理系统具有许多共通之处，并且在性质上也最为接近。

建立全清诗集信息管理系统，更直接的动因是《全清诗》编纂工作的需要。1993 年 10 月，浙江大学传统文化研究所倡议，并联合中国人民大学中文系、苏州大学中文系暨近代文哲研究所、暨南大学中文系、华南师范大学中文系近代文学研究室和黑龙江省社会科学院历史研究所等科研单位，共同组成了《全清诗》编纂筹备委员会，试图将我国古代最后也是最大一个尚未开编的断代诗歌全集正式提上议事日程，以期与其他已经完成或正在编纂的历朝诗歌全集配套成龙，联珠合璧，共同为保存祖国历史文献、弘扬中华民族文化做贡献。《全清诗》编纂工作既处在现代科学技术迅猛发展的时期，又必须应付为数特多的原始资料，建立全清诗集信息管理系统也就成了势所必然。它的设计与使用，不但能够为普通的读者提供方便，而且必将在《全清诗》编纂的过程中发挥不可估量的作用。

## 二、全清诗集信息管理系统的设计思想

全清诗集信息管理系统的设计思想，最基本的也就是两条：既要面向普通读者，又要符合《全清诗》编纂工作的需要，具有自己的特色。

作为一个面向普通读者的应用软件，全清诗集信息管理系统应当具备传统版本目录工具书的功能。在著录内容方面，要求在每种诗集名下反映该书的作者和编者、卷数和册数、出版单位和刊印时间，以及印刷形式、收藏单位等等；在使用方法方面，要求能够按照书名、作者和编者分别进行检索查询，这样也就达到了目的。

而作为一个为《全清诗》编纂服务的工作软件，全清诗集信息管理系统除了上面的基本要求以外，在著录内容方面还必须同时能够反映有关诗集对于《全清诗》编纂的适用程度、折合卷数和册数，乃至诗歌题数和首数等等，并随着工作进展随时补充著录它的整理人员、采用情况及其在《全清诗》中的位置；

---

① 参见《〈中国古籍总目提要〉编目工作第一次会议纪要》及《〈中国古籍总目提要〉编纂总纲（征求意见稿）》第六款，分别载国务院古籍整理出版规划小组《古籍整理出版情况简报》第 273 期、第 283 期。

在使用方法方面，则需要增加更多的检索查询线索和排序方式例如出版单位、刊印时间、印刷形式、收藏单位、适用程度、整理人员、采用情况以及诗人的生年月日等等，并能够分类进行统计和浏览，随时按要求打印输出，这样才能为采书、编书等各项具体工作提供方便。

## 三、全清诗集信息管理系统的主要功能与技术设计

全清诗集信息管理系统的技术设计，即根据上述两条基本思想同步施行。

全清诗集信息管理系统的组成，目前包括 1 个库文件、16 个命令文件和 12 个索引文件。

### （一）库文件与著录内容

全清诗集信息管理系统的库文件，称为"全清诗集数据库"。这是整个系统的核心，也是有关著录内容的集中反映。

全清诗集数据库运用关系型数据库管理系统汉字 FoxBASE+2.10 版本建立。该数据库管理系统最多可以容纳 10 亿个记录，每个记录可有 128 个字段，其中一个字符型字段上限可有 254 个字节（一个汉字占两个字节，每个记录总长度不超过 4000 个字节）；此外还有"备注"字段，每个记录都还可以另外存放 4096 个字节。我们以一种诗集的一种版本作为一个记录，全清诗集各种版本即以前述《清史稿艺文志及补编》《清史稿艺文志拾遗》所著录的全部清人别集总数简单计算（其中那些不含诗歌的别集数与版本的重复数大致相抵）约得 25000 种，这也只不过占到可容量 10 亿个记录的一个小小角落。

全清诗集数据库的字段，目前共设置 34 个。其中体现普通读者要求的，主要有集子名称、诗人姓名、整理人员（一至五并各含整理方式）、印刷形式、出版单位、出版时间、版次、总册数、总卷数、收藏单位等；体现《全清诗》编纂需要的，则主要有集子性质，诗歌卷数、题数、首数，折合《全清诗》卷数、页数、册数，以及适用程度、说明等等。这样形成的数据库，即使作为一个专门的断代分体文献书目也具有很高的价值，对于《全清诗》编纂工作来说用处就更大了。

全清诗集数据库每个记录的总长度，大约在 300 个字节左右。从有关技术

参数来看，300个字节乘以25000个记录（另外文件头所占的些许字节略去不计），全库最多时总字节数约为750万个，但实际上在目前相当长一段时期的工作中远远不可能达到这个数字，因此在普通磁盘、微机上储存、使用也都是不成问题的。

**（二）命令文件与使用功能**

全清诗集信息管理系统作为一个应用软件，为使不懂数据库操作的一般用户都能够方便地使用，在全清诗集数据库的基础上设计了一系列的程序，形成了一组命令文件。这些命令文件，可以为用户提供各种需要的功能。它的总体情况，可参见文后所附"全清诗集信息管理系统功能模块框图"（第42页）。

据功能模块框图可知，全清诗集信息管理系统共有"录入""修改""查询""统计""浏览""打印"等6项基本功能，每项基本功能之下又各有若干具体的功能及用法。这些功能的设计，总体原则是力求全面和实用。例如在"查询"项，提供了诗人姓名、集子名称、出版单位、整理人员共4种查询渠道，用户可以根据其中的任何一种线索查到所需的清人诗集信息，并且还能同时告诉用户同一个诗人名下、同一个集子名称、同一个出版单位、同一个整理人员所属的诗集种数包括版本数，兼有局部小范围浏览和统计的作用。至于全库的浏览，则归入"浏览"项，并且提供了6种不同的排序方式，用户可以任选；全库的统计，又专设"统计"项，共有6种数据，主要用于《全清诗》编纂参考（其中对某一个出版单位进行的统计也可以通过"查询"项实现，但如果仅仅是统计而不要同时进行浏览，则此项更为便捷）。最典型的是"打印"项，既可以对旧有记录进行全部打印（排序方式亦同"浏览"项有6种），分批打印，零星打印，也可以对当前成批录入、未经排序的内容实行当次打印，能够满足用户可能有的各种不同要求。

全清诗集信息管理系统的有关设计，不但力求功能的全面和实用，而且注意到操作的方便和可靠。在各层不同功能模块的转换中，都设置明确、清晰的弹出式菜单，便于用户选择。在具体执行各项功能的过程中，针对各种可能遇到的问题，都采用人机对话的形式随时给用户以相应的提示。这些提示一方面用于引导用户按照自己的目的循序操作，另一方面提醒用户随处进行必要的核实工作，以确保信息的正确性。例如"录入"项，用户在从事"零星录入"的时候，系统会首先要求用户输入当前打算录入的该集子名称，如果库内已有同名集子，系统就会逐个显示给用户查看核对，假如版本完全相同，那就不必录入，以免徒劳并且造成重复，只有在没有该集子相同名称和版本的情况下才允许追加录入；至于"成批录入"，则必须在能够绝对保证不会同库中已有记录重复的前提下才能进行，因此实际上主要是提供设计者内部使用，一般用户除非通过"浏览"项先掌握全库内容，然后才能有这样的把握。在某些功能模块中，还设置有若干保密口令，以防止闲杂人员不经意摆弄而造成破坏。

为提高计算机本身的工作效率，全清诗集信息管理系统所有这些体现使用功能的命令文件，都集中组织在一个过程文件中。

（三）索引文件与效果效率

全清诗集信息管理系统根据功能要求，还建立了成批的索引文件。这些索引文件按其主关键字分类，主要有"诗人姓名""集子名称""出版单位""出版时间"等等。每个索引文件除了主关键字以外，又都有次关键字，乃至次次关键字等。例如以"诗人姓名"为主关键字的索引文件，它的次关键字依次为集子名称、出版时间、出版单位，意思就是在同一个诗人名下，各种集子按书名排列；同一个书名的集子，再按出版时间先后排列；同一个出版时间的集子，再按出版单位排列……，这样该诗人的各种集子和版本都能够有规律地显示或打印，便于用户查看使用。同时，索引文件的建立，对于计算机的运行特别是内部的搜寻检索来说也能极大地提高速度，从而也就相应提高了用户使用的效率。

# 四、全清诗集信息管理系统的应用及其他

由上述技术设计可知，全清诗集信息管理系统不但具备传统版本目录工具书的同等作用，而且进一步增加了许多特有的功能，确乎能够同时提供给普通读者和《全清诗》编纂工作使用，极大地提高速度和效率，适应多方面的需要。从对用户的要求方面来说，只要会任何一种最简单的文字输入方法，就都能够很容易地在本系统上进行各种操作，达到自己的目的。如果用户有不清楚的地方，还可以随时查阅功能选择主菜单下与各项基本功能并列设置的"说明书"，一切操作上的问题都能迎刃而解。

需要说明的是，全清诗集信息管理系统目前还处在刚刚完成技术设计的阶段，库内所存的清人诗集主要还都是新中国成立以来整理出版的新版本，数量很有限。将来要按照我们的标准和要求一种种广泛搜寻、仔细核查总数以万计的清人诗集，从而完成整个库的录入，这不但需要大量的时间，而且在本专业上也还需要做无数的整理工作，短期内绝不可能全部实现（当然也很难有个止境），只能根据当前工作需要逐步积累，日趋完备。此外即使在计算机技术方面，同样也还可以继续打磨改进，不断优化更新。但尽管如此，它的设计与使用，无论从近期工作还是长远目标来看，仍然都具有积极的意义，能够在各个不同的时期相应地发挥应有的实际作用，并且这种实际作用随着时间的延续和工作的进展，必将越来越大。

全清诗集信息管理系统的设计与使用，既是探讨古籍整理研究如何引进现代高科技手段的一种尝试，也是《全清诗》编纂筹备工作的一项具体内容。以这个系统作为开端，我们还将继续开发建立全清诗人信息管理系统、全清诗歌信息管理系统，以及《全清诗》编纂者、赞助者与诗人后裔等有关资料的信息管理系统，连接互访，不但为编纂工作本身提供各种方便，而且最终以全清诗歌信息管理系统为核心形成一部机读《全清诗》，从而将这部预计达上千册、5亿字以上的我国历史上规模最大的图书之一纳入几张小小的光盘，实现我们的终极目标。千里之行，始于足下，第一个全清诗集信息管理系统的诞生，正象征着这一点。

1995年8月15日至18日

（原载《古籍研究》1997年第1期）

```
                                          ┌─────────────────┐
                              ┌───────────│ A- 成批录入      │
              ┌────────────┐  │           ├─────────────────┤
              │ 1. 录入    │──┤           │ B- 零星录入      │
              └────────────┘  └───────────└─────────────────┘

                                          ┌─────────────────┐
                              ┌───────────│ A- 完整修改      │
              ┌────────────┐  │           ├─────────────────┤
              │ 2. 修改    │──┤           │ B- 专项修改      │
              └────────────┘  └───────────└─────────────────┘

                                          ┌─────────────────────┐
                              ┌───────────│ A- 按诗人姓名查询    │
                              │           ├─────────────────────┤
              ┌────────────┐  │           │ B- 按集子名称查询    │
              │ 3. 查询    │──┤           ├─────────────────────┤
              └────────────┘  │           │ C- 按出版单位查询    │
                              │           ├─────────────────────┤
                              └───────────│ D- 按整理人员查询    │
                                          └─────────────────────┘

                                          ┌─────────────────────┐
                              ┌───────────│ A- 全部已入库集子种数 │
                              │           ├─────────────────────┤
                              │           │ B- 全部已入库集子册数 │
                              │           ├─────────────────────┤
              ┌────────────┐  │           │ C- 某出版单位集子种数 │
              │ 4. 统计    │──┤           ├─────────────────────┤
              └────────────┘  │           │ D- 某收藏单位集子种数 │
                              │           ├─────────────────────┤
                              │           │ E- 折合《全清诗》卷数 │
                              │           ├─────────────────────┤
                              └───────────│ F- 折合《全清诗》册数 │
                                          └─────────────────────┘
```

全清诗集信息管理（功能模块框图，主模块包括 1. 录入、2. 修改、3. 查询、4. 统计、5. 浏览、6. 打印）

**5. 浏览**
- A- 按诗人年代排序
- B- 按集子名称排序
- C- 按出版单位排序
- D- 按出版时间排序
- E- 按收藏单位排序
- F- 按使用程度排序

**6. 打印**
- A- 全部打印
  - a- 按诗人年代排序
  - b- 按集子名称排序
  - c- 按出版单位排序
  - d- 按出版时间排序
  - e- 按收藏单位排序
  - f- 按使用程度排序
- B- 分批打印
  - a- 按出版单位
  - b- 按收藏单位
  - c- 按使用程度
- C- 零星打印
  - a- 按诗人姓名
  - b- 按集子名称
  - c- 按整理人员
- D- 当次打印

**全清诗集信息管理系统功能模块框图**

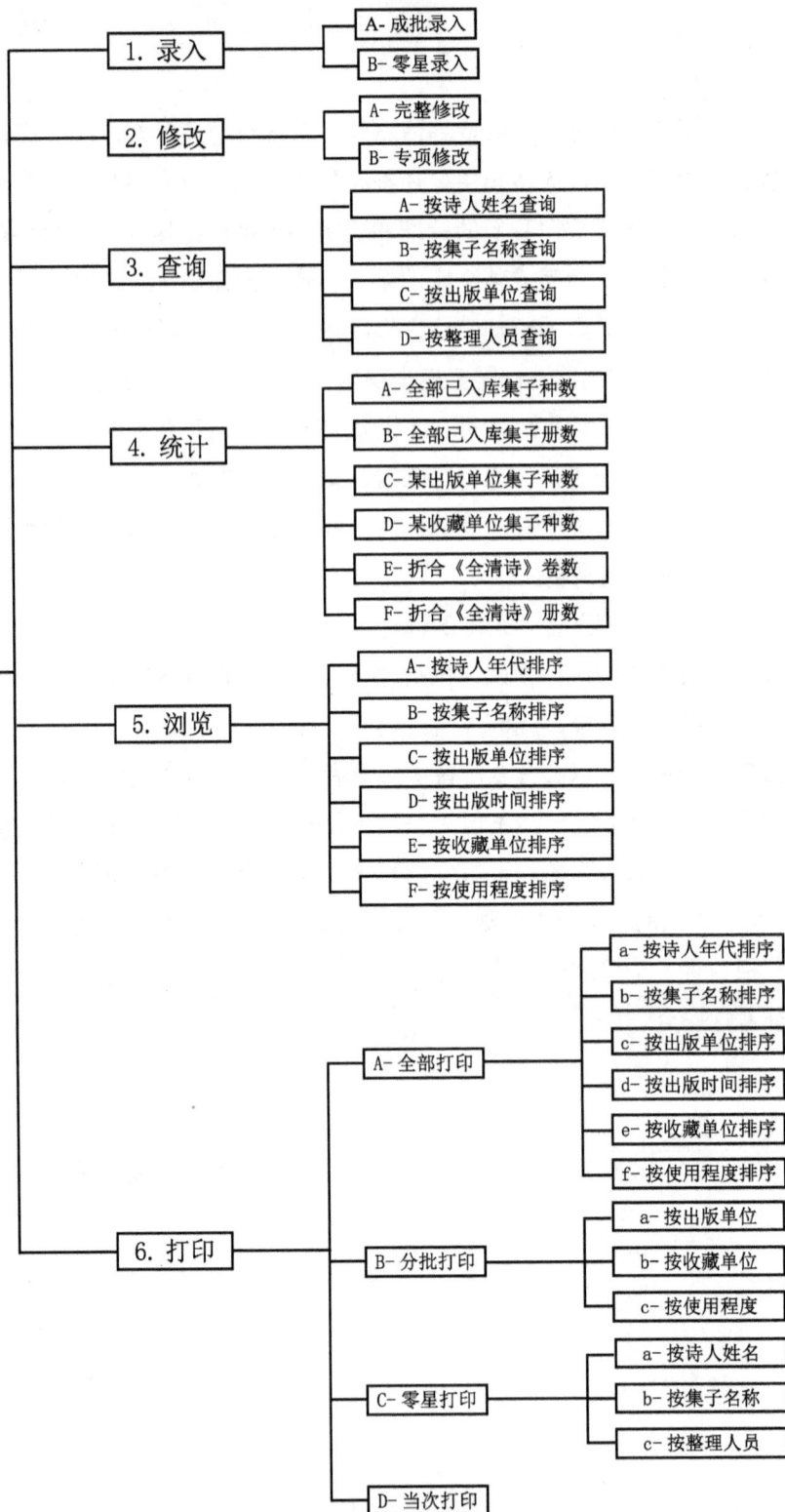

# 全清诗人信息管理系统的设计与使用

朱则杰

## 一、建立全清诗人信息管理系统的目的与意义

紧接着全清诗集信息管理系统的建立，又一个全清诗人信息管理系统完成了基本的技术设计工作。作为全清诗集信息管理系统的姊妹软件，全清诗人信息管理系统既与之存在着许多共通之处，又有着自己本身的特点。

全清诗人信息管理系统的建立，首先也是针对对象的数量繁多、管理不易而提出的。根据有关资料测算，如果说有目可查的清人诗集（包括含有诗歌的别集）大约在 20000 种以上的话，那么有作品传世的清代诗人更多达 100000 家。这是因为凡有诗集行世的必是诗人，是诗人的却未必都有专集行世，绝大多数诗人的作品都只散见在各种诗歌总集或者诗话、笔记之类的文献典籍中，道理是显而易见的。例如日本京都府立大学教授松村昂先生曾就他当时所见到的 131 种清诗总集进行统计，作者总数（不含重复）即已达到 42200 家，而《清史稿艺文志及补编》实际著录的清诗总集约有 350 种，《清史稿艺文志拾遗》著录的还未及估算①。面对如此众多的清代诗人，要想收集、检索、管理、使用，依靠通常做卡片、排名单这样的手工劳动，那简直很难想象。因此，利用高度发展的计算机科学技术，建立全清诗人信息管理系统，也就成了我们目前最好的一条道路。

全清诗人信息管理系统的设计目标，同样也是一方面面向普通读者，另一方面为即将到来的《全清诗》编纂工作服务。作为一个面向普通读者的应用软件，

---

① 可参拙作《清诗总集研究的硕果——读松村昂〈清诗总集 131 种解题〉》，载《古籍整理出版情况简报》第 271 期、《社会科学战线》1994 年第 4 期；拙译《〈清诗总集 131 种解题〉纲要及示例》，载《苏州大学学报》1995 年第 1 期；拙作《论〈全清诗〉的体例与规模》。

全清诗人信息管理系统应当具备传统历史人物工具书的功能，能够向读者提供所收清代诗人的字号别称、年里小传等有关传记信息，并在使用方法上能够按照诗人姓名或者字号别称进行查询检索，这样也就达到了目的。而作为一个为《全清诗》编纂服务的工作软件，全清诗人信息管理系统还必须具备更多的著录内容和使用功能，例如如何反映有关诗人的诗歌流传及其被《全清诗》采用的情况，如何根据工作需要按照生活年代、籍贯里地等不同线索分别排序进行浏览打印和必要的分类统计等等，这样才能为有关具体工作提供各种方便。

全清诗人信息管理系统和全清诗集信息管理系统，两者的终极目标都是为将来的全清诗歌信息管理系统亦即机读《全清诗》服务并配合使用。虽然从宏观的角度来说两个系统具有相同的目的和意义，但顾名思义，一个是侧重"诗集"，另一个则是侧重"诗人"，因此仍然有着相对的独立性和自己的特定任务与功能。

## 二、全清诗人信息管理系统的主要功能与技术设计

全清诗人信息管理系统运用计算机关系型数据库管理系统汉字 FoxBASE+2.10 版本设计建立，目前自身共包括 2 个库文件、20 个命令文件和 5 个索引文件。

### （一）库文件与著录内容

全清诗人信息管理系统已设的两个库文件，一个是"全清诗人基本信息数据库"，另一个是"全清诗人字号别称数据库"。

全清诗人基本信息数据库，主要用于存放清代诗人的年里小传。该库以一个诗人作为一个记录，目前设置有旧历年号、干支和公元三种历法的生卒时间，籍贯里地，以及诗歌流传，采用情况等有关内容的字段共 18 个，每个记录的总长度约为 110 个字节（一个汉字占两个字节），完整小传另外置于"备注"字段中。这里面限于一般年里小传的字段内容，可以面向普通读者；诗歌流传和采用情况之类，则主要提供《全清诗》编纂参考使用。

全清诗人字号别称数据库，正如名称所示，用于存放清代诗人的字号别称（包括室名之类），完全属于普通工具书的性质。我国古代，在姓名之外，人人都有表字，稍有地位和文化的还往往有别号、室名以及其他各种各样的称呼，多

的一个人可达几十个乃至上百个；而古人交往著述，又讳称对象之名而习惯以字号别称代替，这就给后世读者带来了许多不便。因此，从宋代开始，即不断有人编纂这方面的工具书，供读者查检使用。例如目前比较流行的，就有近人陈乃乾先生的《室名别号索引》（增订本）（中华书局 1982 年版）和陈德芸先生的《古今人物别名索引》（上海书店 1982 年版，据岭南大学 1937 年版影印）两种，清代的则专有今人杨廷福、杨同甫两位先生合编的一种《清人室名别称字号索引》（上海古籍出版社 1988 年版）。全清诗人字号别称数据库，就是以这类传统工具书特别是其中的《清人室名别称字号索引》做参考、作基础进行拟建的，并且许多问题也必须与之联类比较才能得到说明。

全清诗人字号别称数据库原则上以一个字号别称作为一个记录，共设"诗人姓名""字号别称""类别""出处""卷次页码"等 5 个字段。其中"诗人姓名"和"字号别称"这两个字段的设置，大致与同类传统工具书对等相应；"类别"字段用于给某些字号别称加以分类，用阿拉伯数字内定作为标记；"出处"指所依据的书籍，亦以阿拉伯数字代替，具体对应《全清诗》参考文献信息管理系统，必要时用以查核原书，"卷次页码"就是有关书籍的具体出处。每个记录的总长度，目前为 22 个字节。其中"诗人姓名"和"字号别称"这两个以汉字著录的字段，各长 8 个字节，前者是考虑到部分诗人可能有复姓，后者则是取既相对较长又比较普遍的 4 个字别称作为标准，个别超过 4 个字的运用技术处理相应拆作几个字段各自另设为一个记录，通常也不会影响到查询。全库如以《清人室名别称字号索引》所收 103000 余个字号别称来计算，总字节数不过 227 万个左右，因此目前不去考虑数据冗余度的问题；将来如有必要，可按照"诗人姓名"和"字号别称"的不同字数长度利用计算机固有技术分别拆作若干个数据库，那样总字节数可以更少。

全清诗人字号别称数据库与同类传统工具书比较，不但在著录内容上增加了"类别""出处""卷次页码"这三种信息，而且就是"字号别称"本身也设想扩大内涵。例如传统工具书所谓字号别称，都不考虑古人的官职，而实际上古代典籍中以官职特别是比较古雅的官名作为称呼的很多，诸如某"宗伯"、某"祭酒"、某"中丞"、某"观察"乃至某"征君"之类都是；这些称呼虽然单独使用时毫无意义，但一旦同姓氏籍贯之类同时出现，就往往有比较确切的对象，能够解决不少的问题，因此只要见有用过，便同样很值得收进来。此外考虑到同一个人常常既有原名，又有更名，甚或还有第三个、第四个名以及以字行的，遇到名相同而姓相异的则更加容易混淆，因此计划将所有人名也都免姓列入"字号别称"另外单独设为一个记录，籍贯里地亦然（取当时县级以下旧称）。目前同类传统工具书规模最大且最专门的《清人室名别称字号索引》，共涉及清代 36000 余人，但仅有姓名表字的一概未收，此外按照我们的目标和要求也还有许多需要补充的对象，因此全清诗人字号别称数据库如果最终建成，它的内容将是极其丰富全面的。

（二）命令文件与使用功能

全清诗人信息管理系统赖以建立的汉字 FoxBASE+2.10 版本，最多可以同时打开 10 个库文件。因此，目前的全清诗人基本信息数据库和全清诗人字号别称数据库以及全清诗集信息管理系统中的全清诗集数据库，运用多重数据库操作技术，都可以根据需要设计安排在同一个系统之内，由此产生全清诗人信息管理系统的一系列命令文件，为用户提供各种功能的服务。

全清诗人信息管理系统自身的基本功能，共有"录入""修改""查询""浏览""打印"等 5 项，每项基本功能之下又各有若干具体的功能及用法。例如"查询"项，可以按字号别称查诗人姓名，也可以按诗人姓名查字号别称，或年里小传，或综合信息（包括有专集诗人的集子情况）；"浏览"项，可以分别浏览全库字号别称和年里小传，两种浏览对象又都有几种排序方式，如年里小传可按照诗人的姓名、年代和籍贯各自排列，供用户任选；"打印"项目前仅限于打印年里小传（字号别称通常没有打印的必要），但同样也有多种具体功能和用法，论范围既可以打印全库诗人（排序方式同"浏览"项），也可以只打印某一个诗人和某一地区的诗人，论时间还可以进行"当次打印"即临时打印当前刚刚输入的对象内容。

全清诗人信息管理系统基本功能中特别需要说明的，是最前面的"录入"项。其中关于"字号别称"的录入方法，利用数据库管理系统能够自动复制记录的这一功能，在"成批录入"这个子项下设计自动复制前一个记录提供用户修改的方法代替录入。这样，由于每一个诗人的字号别称至少都在三个以上，而且出处往往相同，用户在进行录入的时候，从该诗人的第二个记录开始都只要改换一个字号别称就行，工作可以大大减少而速度能够成倍加快；同一个诗人的字号别称数量越多，这种效果就越明显，越突出。假如以前述《清人室名别称字号索引》所收的 36000 余人 103000 余个字号别称来估算，平均每条字号别称（一个记录）输入 5 个汉字，那么总共只需要输入 50 万字左右；又该书每页约有 135 个字号别称，假如以它作为依据进行录入，那么遇到"卷次页码"每 135 个只需要改动一个数字，这方面的工作量几乎可以不去考虑它。

与"字号别称"恰恰相反，在录入"年里小传"的时候，由于"小传"存放在"备注"型字段中，而数据库管理系统的文字处理都是在"改写"状态下进行，因此颇为不便。好在"备注"型字段具有"读""写"文件的功能，用户可以利用其他文字处理系统按照统一格式分别编辑成文本文件，然后再一个个读入"备注"，这样能够便捷些。

全清诗人信息管理系统所设的"成批录入"，同全清诗集信息管理系统一样，也要求用户在能够保证不会和库中已有记录重复的前提下进行，以免徒劳无功（重复记录在一定时候系统会予以自动删除）；如果用户没有这样的把握，那么最好从"零星录入"项进行，那里每准备输入一个记录之前系统都会先提请核实，可以确保万无一失，只是手续多了，速度相对要慢些。为使整个操作方便可靠，系统在整体设计上也采用分层设置弹出式菜单的形式，并且同样在凡有必要的地方都采取人机对话方法给予各种相应的提示。此外在"录入""修改"等某些功能模块中，还设置了若干保密口令，意在防止可能有的闲杂人员不经意摆弄对数据造成破坏。

全清诗人信息管理系统所有这些体现使用功能的命令文件，集中组织在一个过程文件中，这样可以提高计算机本身的工作效率。同时由于全清诗集信息管理系统已经先期完成设计，其他若干相关系统的构想也愈益清晰并很快都将付诸实施，因此除了具体的多重数据库操作，例如上面提到的在全清诗人信息管理系统中同步查询诗集情况以外，在各系统的基本功能中还特地增设了"联访"项，用以在本系统的工作过程中随时调用别系统，而不必先退出本系统再调用别系统。

有关全清诗人信息管理系统使用功能的总体情况，可参见文后所附"全清诗人信息管理系统功能模块框图"（第 51 页）。

### （三）索引文件与效果效率

全清诗人信息管理系统目前的 5 个索引文件，分属全清诗人基本信息数据库和全清诗人字号别称数据库。其中前者 3 个，分别以"诗人姓名""生年月日""省份"为主关键字；后者 2 个，分别以"诗人姓名""字号别称"为主关键字。这些索引文件的设计建立，从计算机内部的工作角度来说，是为了提高搜寻检索的速度，从而相应提高用户的工作效率；而从用户的使用角度来说，则是为了满足各种不同的需求，达到多方面的目的。例如前面提到的浏览、打印诗人年里小传，可以有几种不同的排序方式乃至任意按不同地区抽取一部分诗人进行"分批打印"，便都是借助于索引文件的功能。特别是字号别称库，由于有了这样两个索引文件，就等于将同一个库的内容变出统一按"字号别称"排序和统一按"诗人姓名"排序的两种版式；联系上文所说的《清人室名别称字号索引》来看，该书 16 开上下两巨册，上册"甲编"按字号别称集中排列即按字号别称查人物姓名，下册"乙编"倒过来按人物姓名集中排列即按人物姓名查字号别称。这两种版式在数据库管理系统中，通过索引文件的作用，只要有其中的任何一种就都能够收到相同的效果，全清诗人信息管理系统正是起到了这样的作用。如果再进一步比较字数的多少，该书总计约 265 万字，而录入计算机按照前面计算仅 227 万个字节亦即相当 113 万个汉字，"篇幅"可以减少一半多；并且实施录入的时候，按照前面所说的方法实际又只需要输入 50 万字左右，可见建立全清诗人信息管理系统的确是十分有意义的。至于它的具体应用，那就更加方便了。

## 三、全清诗人信息管理系统的应用及其他

全清诗人信息管理系统在实际应用中，使用最多也最便捷的将是"查询"功能。以有关字号别称的查询为例，同类传统工具书通常都是根据繁体字的笔画顺序或者四角号码先找到第一个字，第一个字相同的再找第二个字，如此类推。这样，假如读者不熟悉繁体字形或四角号码，就很难使用这种工具书；即便方法熟悉，但如果遇到第一个字相同的对象有较多的数量，例如《清人室名别称字号索引》下编中的"王"姓，总共约有 2000 多人，篇幅达到 50 多页，

读者要从中查到某一个人的字号别称，困难程度也可想而知。而运用全清诗人信息管理系统，只要输入某一个人的姓名，他的所有字号别称就会同时出现在用户面前；同样只要输入某一个字号别称，它所对应的有关人物姓名也都会全部显示出来。并且按照目前的设计，假如用户只朦胧知道可查的第一个字，那么就只输入这个字，以这个字开头的所有对象也同样都能够显示，只是有可能数量太多，需要连续显示若干屏；以后根据需要，还准备进一步增加设置可按任意一个字进行逐字检索的功能，那么用户在查询和输入时就可以更具灵活性。从对用户的技术要求上来说，只要会任何一种汉字输入方法，只要能输入任何一个可查的汉字，就都能够得心应手地使用本系统并达到自己的要求。

全清诗人信息管理系统在《全清诗》编纂工作中的应用，目前主要是用于收集清代诗人的有关信息，为《全清诗》的作者排序和作品搜集整理提供线索和参考；这当中的"小传"，则可以现成连入以后的全清诗歌信息管理系统，作为机读《全清诗》的一个有机组成部分。

全清诗人信息管理系统需要补充完善的地方还很多。例如"全清诗人"从何处来？前面提到的《清人室名别称字号索引》所收 3 万余人，固然绝大多数是诗人，但肯定不可能全部是诗人，更何况离我们开头所预测的 10 万之数还有好几倍的差距。从专业方面来说，这些诗人只能根据各种有关清诗的别集、总集、诗话、笔记之类去搜寻；别集前此已经专建全清诗集信息管理系统，而总集以下各类，则设想分别建立"全清诗歌总集作者数据库"和"全清诗歌散句作者数据库"，有条件时还准备建立"全清诗人传记资料数据库"和"全清诗人编年事迹数据库"，然后再连入全清诗人信息管理系统，这样才能够真正全面。此外 10 万个诗人的小传撰写，也是一项旷日持久的工程。由此可以想见，全清诗人信息管理系统要全部完成，还必须做无数的工作。不过，就《全清诗》的编纂而言，由于它本身就是计划分阶段逐步进行的，因此全清诗人信息管理系统在每个相应的阶段，仍然足以发挥应有的作用。如果就普通读者而言，目前可以考虑先把其中的"字号别称"有关部分单独予以完成，并且有可能的话将收录范围扩大为历代人物，这样对学术界的贡献也就不小了。

全清诗人信息管理系统作为将现代科学技术引入传统文化研究领域的一个尝试，也作为《全清诗》系列管理信息系统中的一个部分，随着工作的进展，必将日趋完善并带来积极的作用。

1995年9月18日至21日

（原载《清华大学学报》1997年第2期）

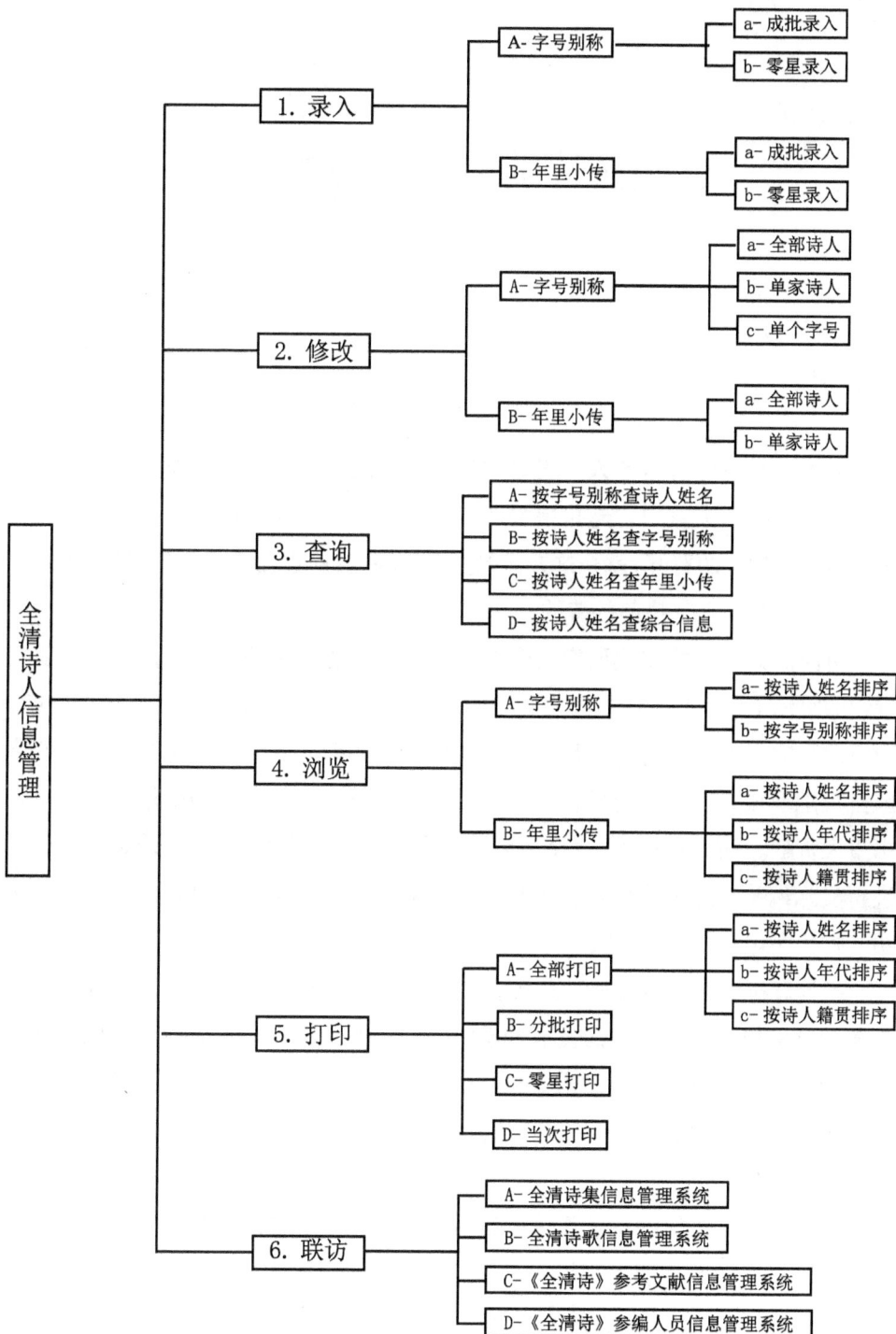

全清诗人信息管理系统功能模块框图

# 赵执信诗歌检索系统的设计

黄 蓉

## 一、引言

赵执信是清初著名诗人，当时和宋琬、施闰章、王士祯、朱彝尊、查慎行并称为"国朝六大家"。赵执信的诗歌成就，向来很受人们重视。本届全国赵执信学术研讨会的召开，就是这方面的生动反映。目前正在筹备编纂的《全清诗》，第一编也准备收入赵执信的诗歌。

由浙江大学传统文化研究所牵头主持的《全清诗》编纂工作，将是一项跨世纪的宏伟工程。预计全书整套在 1000 册、5 亿字以上，用 20—30 年左右的时间完成，完书后当成为我国历史上规模最大的典籍之一，并可与明以前历朝诗歌全集配套成龙，联珠合璧，共同为保存祖国历史文献、弘扬中华民族文化做出重大贡献。[①] 按照规划，《全清诗》的特色之一，即是尽可能争取运用计算机进行实际编纂。这是当代计算机技术广泛应用的大势所趋，也是人类的现代文明与古代文化奇妙结合的发展方向。

把计算机引入古籍整理研究领域，始于 20 世纪 80 年代初期。近十几年来，随着计算机技术突飞猛进的发展和微机的广泛普及，人们在运用计算机从事古籍整理研究工作方面已经做出颇见成效的探索和尝试，对经、史、子、集各部进行过编辑、检索、查重、排序、统计等多种功能的处理。这将给本文提供有效的技术借鉴。

本文选择赵执信的诗歌作为研究对象，一方面是考虑到赵执信的诗歌地位及其比较完备的原文版本；另一方面是因为有关检索系统的设计，将对运用计

---

[①] 参见《浙江大学传统文化研究所成立〈全清诗〉编纂筹备委员会》，载《当代学术信息》1994 年第 2 期。

算机编纂《全清诗》及其索引起到投石问路的作用。

赵执信一生创作了许多优秀的诗篇，大多收集在《饴山诗集》里；再加上《海鸥小谱》《饴山诗集补遗》中的散篇，共有一千余首。数量之大给赵执信诗歌的研究带来困难。读者往往要为查询一个篇名、一个诗句，耽搁大量的时间。本文设想从计算机检索系统的设计角度，为赵执信诗歌的研究提供一条新思路，并试图利用现代的科技手段，把无数倍于人工检索的速度呈现在读者面前。

检索的具体目标，针对赵执信诗歌的篇名单句；依照的版本，一个是现今赵蔚芝、刘聿鑫两位先生校点整理的《赵执信全集》（齐鲁书社 1993 年版），再一个是即将开始编纂的《全清诗》；要求达到的目的，是读者只要知道赵执信诗歌的某一篇名或某一单句，就能运用该检索系统查出它在《赵执信全集》和《全清诗》中的位置与全文。

## 二、赵执信诗歌检索系统的设计思想

本文提出的诗歌检索系统的设计，主要的特点是：

1. 所采用的方法，是在计算机索引编制的现有成果基础上，结合自然语言的机器理解技术，使检索系统与使用者的人机交流以最直接、最简便的自然语言方式实现。

2. 所选择的检索方法，是根据诗歌原文的特点，采用分类检索与汉语拼音字母检索相结合的方式。赵执信诗歌有两种体裁：古体和近体，诗歌单句句长绝大多数为七言或五言，个别为四言、三言及其他。因此，首先采用分类排检法，利用计算机对赵执信诗歌单句按句长进行分类索引。其次，由于"采用汉语拼音字母顺序编制索引，在检索速度和准确性方面都可被称为最佳选择"[1]，同时因为所依赖的 FoxBASE+ 系统具有按汉语拼音升序排列的自动索引功能，所以对篇名的索引和单句进一步的索引采用汉语拼音字母排检法。

本文提出的方案和思想，试图用作《全清诗》编纂与索引的参考。

---

[1] 陈原语。转引自潘树广：《古籍索引概论》，书目文献出版社 1984 年版，第 100 页。此外针对古籍中有些字可能读者不一定会念，以后还将进一步考虑运用四角号码排检法进行索引。

## 三、赵执信诗歌检索系统的总体结构

本检索系统的总体结构设想如下（以流程图表示）：

〈面向查询者〉

```
        ┌──────────────────────┐
        │   输入汉语查询自然语句   │
        └──────────────────────┘
                  │                      ┌──────────┐
                  │ ◄────────────────────│  分词算法  │
                  ▼                      └──────────┘
            ┌──────────┐
            │   分词表   │
            └──────────┘
                  │
                  ▼
            ┌──────────┐
            │   分词表   │
            └──────────┘
                  │
                  ▼
            ┌──────────┐
            │  中间形式  │
            └──────────┘
                  │                      ┌──────────┐
                  │ ◄────────────────────│   翻译    │
                  ▼                      └──────────┘
          ┌────────────┐
          │  内部操作语言  │
          └────────────┘
                  │                      ┌──────────┐
                  │ ◄────────────────────│  查询算法  │
                  ▼                      └──────────┘
            ┌──────────┐
            │  查询结果  │
            └──────────┘
```

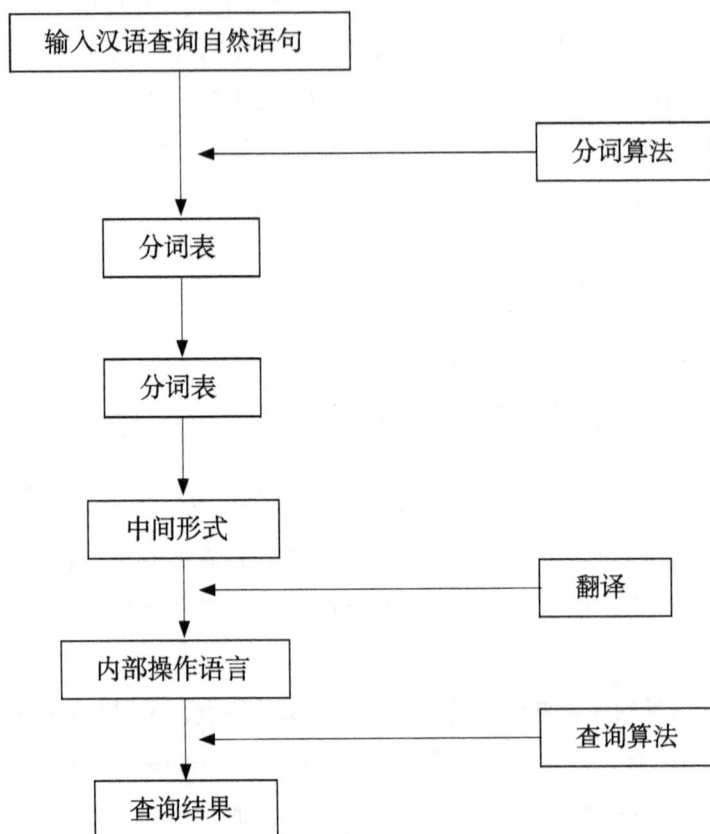

有关流程图的部分具体说明：

（一）本流程图主要解决关系数据库汉语查询接口的设置和实现问题。现详细说明如下：

所谓汉语接口，实质上就是让机器对用户用自然语言的汉语对数据库内容所提出的各种操作要求进行分析，然后转换成数据库内部操作语言的一个转换器。

因为数据库中的内容一定是明确的、有限的，而用户的提问又总是围绕着数据库进行的，因此提问中的名词必为数据库概念模式中定义的词或某同义词、或可由它们定义的词，而提问中的动词一般为数据库操作命令词。例如，可以设想有下列提问：

      请输出篇名为 × × 的诗歌全文 　　　　　　〔1〕

      请打印有单句 × × 的诗歌全文 　　　　　　〔2〕

      请显示以 × × 为篇名的诗歌内容 　　　　　〔3〕

      请找出有 × × 句的诗名 　　　　　　　　〔4〕

      ……

问句中划"＿"者为名词，划"＝"者为动词。其中"＿"的"篇名""单句""句"等是数据库中的字段名；而"× ×"为字段名对应的记录内容；"＝"的"输出""打印""显示""找出"等为数据库操作命令动词。

由于接口的最终目的是把自然语言转换成数据库内部查询语言，所以它并不要求完全彻底地去理解语言的深层含义，只要我们从语言的功能结构和语义的某些特征上去分析理解它，达到转换的目的就行了。

通过对查询用自然语言的分析，可以得到以下的语言功能结构：

【前置词组】＋查询条件＋查询对象＋【后置词组】

对语句中名词、动词之外的其他成分进行语义特征分析，可以得到：

在以上四个例句中，"请"作为谦辞，没有实际意义，是无用词；"为""有""以……为"，可以将其意义归纳为"＝"，是关系词；四个例句中的"的"起间隔查询条件和查询对象的作用，是分割词。

以句〔1〕为例，由此可得到下面的分词表：

| 词本身 | 词的主要特征 | 所在库 |
|---|---|---|
| 请 | 无用词 | |
| 输出 | 操作词：显示 | |
| 篇名 | 属性名：篇名 | 篇名库 |
| 为 | 关系词：＝ | |

续　表

| 词本身 | 词的主要特征 | 所在库 |
|---|---|---|
| ×× | 属性字符值 | |
| 的 | 分割词 | |
| 诗歌全文 | 属性名：全文 | 全文库＊ |

＊注：全文库以虚拟库的形式存在。

由上表可得到中间形式：显示篇名＝××的全文；从而可翻译为内部操作语言：

DISPLAY FIELDS 全文 FOR 篇名＝××

至于流程中的分词算法问题，已有现成的分词技术可以解决。

**（二）有关查询部分的设计**

**1. 赵执信诗歌原文的电脑输入**

赵执信诗歌共有 1000 多首。考虑到要使数据的冗余度最小，并且检索方便，所以建立两个库，一个篇名库，一个单句库。两库的结构如下：

数据库名：ZZXPMK

| 字段名 | 字段类型 | 字段长度 |
|---|---|---|
| 集名卷次 | C | X1 |
| 篇名首字 | C | X2 |
| 篇名 | C | X3 |
| 页 | N | X4 |
| 行 | N | X5 |
| 诗位 | N | X6 |
| 备注 | M | |

数据库名：ZZXDJK

| 字段名 | 字段类型 | 字段长度 |
|---|---|---|
| 单句首字 | C | Y1 |
| 单句 | C | Y2 |
| 句长 | N | Y3 |

续　表

| 字段名 | 字段类型 | 字段长度 |
|---|---|---|
| 页 | N | Y4 |
| 行 | N | Y5 |
| 诗位 | N | X6 |

在这里需要说明的是，备注字段用来放置各诗可能存在的小序、自注之类；两库中的"诗位"字段暂表示该诗是《赵执信全集》中某一小集某卷的第某首，将来编入《全清诗》则可将其内容换为"全清诗位"。同一首诗歌，其篇名与单句诗位完全相同，因此"诗位"实际上是两库得以连接互访的连接码。

在原文输入过程中，利用工作区的选择、更换技术可实现篇名及单句输入的同步操作。

### 2. 索引文件的编制

利用 FoxBASE+ 的索引功能，可形成篇名库（ZZXPMK）亦即按篇名首字次字等汉语拼音字母顺序排列的索引文件。

对于单句索引文件的编制，第一步利用电脑分别搜寻出赵执信诗歌中七言、五言、四言及其他句长的单句，形成分类索引；第二步再类同篇名索引文件的生成方法，编制各言单句首字次字等索引文件。

得到的篇名或单句索引文件，只能查询到相应原文库中的记录内容，而不能直接查询到诗歌全文。为实现通过篇名或单句知道全文的目标，还需运用工作区互访技术，在输出篇名或单句库中有关记录的同时，输出单句库中诗位相同的所有单句。

### 3. 查询：利用 FoxBASE+ 的查询功能即可实现。

本检索系统在 IBM-PC-386 上进行操作实践。

## 四、实例说明

本检索系统按用户的需要设计，具有两种检索功能，现举例如下：

例1：通过篇名查全文

输入："请输出篇名为《冷泉关》的诗歌全文。"

输出（查询结果）：

篇名：冷泉关

全文：霜凝疏树下残叶，马踏寒云穿乱山。

十月行人觉衣薄，晓风吹送冷泉关。

集名卷次：（略）

页：50

行：11—13

诗位：（略）


例2：通过单句查篇名

输入："请查出单句'十月行人觉衣薄'的出处。"

输出（查询结果）：

单句：十月行人觉衣薄

篇名：冷泉关

页：50

行：12


由举例可见，本检索系统实现了预期的目标。

本文有关检索的技术设计，在计算机上进行过试验操作。有关检索系统的软件开发，将在适当时候付诸实现。目前暂以此纸上谈兵之作，谨为赵执信诗歌以及机读《全清诗》的编纂与索引抛砖引玉。

本文承蒙浙江大学中文系计算机实验室王苏仪老师作计算机指导、浙江大学传统文化研究所朱则杰老师作专业指导，两位老师为本文的完成付出了辛勤的劳动，在此谨表示我最诚挚的感谢和祝愿！祝愿机读《全清诗》的编纂及索引工作得到圆满成功。

**参考文献**

①赵蔚芝、刘聿鑫校点：《赵执信全集》，齐鲁书社 1993 年版。

②朱则杰：《清诗史》，江苏古籍出版社 1992 年版。

③张普：《汉语信息处理研究》，北京语言学院出版社 1992 年版。

④吴良占、张钧良、邵存蓓、曹锦章编写：《计算机文字处理与信息管理》，杭州大学出版社 1990 年版。

⑤钟嘉陵、朱鸣学：《古典名著〈红楼梦〉的分专题自动检索》，中国人民大学报刊复印资料《〈红楼梦〉研究》1986 年第 4 期。

1994年5月动笔，6月10日改定；1995年8月2日重订结束。

（本篇系王苏仪、朱则杰共同指导浙江大学中国语言文学系汉语言文学专业1990级本科毕业论文，曾在1994年5月山东淄博"首届全国赵执信学术研讨会"上宣读，会后收入《赵执信研究论文集》，齐鲁书社1995年版，第308—316页。）

# 夙愿与梦想

## ——《全清诗》

朱则杰

阴了不知多少个日子的杭州，元旦居然放了晴。如按公历计算，这正是我跨入古人所谓不惑之年的第一天。虽然随着年龄的增长，对待事物越来越不那么容易激动，即使在今天，也谈不上什么百感交集，浮想联翩；但我还是想乘这个机会说说自己的一桩夙愿和梦想。

作为"文革"以后的第一届大学生，也许是由于前面耽误了太多因而有一种急迫感的缘故，或者也是因为原来的基础相对好一些的缘故，特别是当时的大气候格外有利，我们这批人通常都追求做学问，并且起步的时间往往比较早。我自己从 1979 年读本科二年级的时候开始，就已经在学着走这条路了。

我常常觉得自己的才力很有限，因此在茫茫学海之中，只选定了一个很窄的领域——清代诗歌研究。迄今十多年过去，除了几篇作业式的东西以外，几乎所有的著作和文章都是属于这个方面的，从来没有越出雷池半步。随着整个学术事业的发展，当年绝少有人问津的清代诗歌，如今正在渐渐地热起来。而我个人在这方面的野心，也因之越来越大。

我最大的一个愿望，就是想把全部清代诗歌汇编在一起，亦即《全清诗》。早在 1982 年自订的一份清诗研究计划中，第一种著作为《清诗史》，第二种著作便是《全清诗》。《清诗史》早已完成，只写了 30 万字；《全清诗》却至少在 5 亿字以上，终此生也未必能够完得成。

何以如此呢？我国古代历朝诗歌，都是分阶段各自编为全集。从《全汉三国晋南北朝诗》，一直到《全明诗》，目前都已经编讫或正在编纂，唯独《全清诗》由于清朝立国期长，人口众多，距离今天时间又最近，文献散失少，所以作品数量最多，全书规模也最大，至今未能提上议事日程。假如说旧有《全唐诗》精装大 32 开本才 12 册的话，那么《全清诗》少说也将超过 1000 册，其规模不仅远远大于此前历朝诗歌全集的总和甚至若干倍，而且还是我国迄今为止的第一大书。因此，整理编纂《全清诗》，其意义自不待言，其困难也可想而知。人力、物力，经费、时间，无一不是大数目。

但尽管如此，《全清诗》总还得编，而且还应该努力创造条件，争取早日开始编。这些年来，我一直在思考这个问题，试图为它探讨一套可行性方案并切实付诸实施。1993 年 10 月，由我们浙江大学传统文化研究所牵头，联合数所高校和有关科研单位共同成立了《全清诗》编纂筹备委员会，设想在人力上采用聘任制，在经费上采用多头集资法包括吸收社会赞助，在技术上尝试运用计算机，争取就在今年的某一个适当时候正式开始分"编"编纂，每"编"100 册，希望顺利的话用 20 到 30 年左右的时间完成这项跨世纪的巨大文化建设工程。就我个人来说，此生与《全清诗》将永远不可能分离了。我想，只要我们抱定为弘扬中华民族文化做贡献的献身精神，依靠踏踏实实的工作，相信总能感动上帝，克服困难，就像愚公移山一样，最后派下两个神仙，把大山搬走的。但愿人们过年时常说的"梦想成真"，果然能够应验。

1995年元旦

（原载《东方明星》1995年第6期；收入《清诗知识》第五辑，浙江大学出版社1998年版。）

后编　清诗综合研究

# 民国时期清诗总集编纂述略

夏　勇

夏勇，男，1981 年 3 月 19 日出生，江苏无锡人。本科毕业于南京师范大学汉语言文学专业。浙江大学中国古代文学专业 2004 级硕士研究生，学位论文《汉代拟骚作品研究》，导师林家骊先生、王德华先生；2006 级博士研究生，学位论文《清诗总集研究（通论）》，获 2013 年度（最后一届）全国百篇优秀博士学位论文提名奖，另获国家社会科学基金青年项目（14CZW040），中国社会科学出版社 2016 年版（出版书名为《清诗总集通论》），导师朱则杰。山东大学博士后，合作导师王小舒先生。主要研究清诗总集。

民国是我国传统文学文献编纂的一个相当兴盛且成就斐然的时期。对于和民国前后接榫、关系密切的清代来说，民国时编纂的相关文献无疑具有更加突出的价值。即如这一时期编纂的众多清诗总集[①]，便堪称清诗研究的一大资料渊薮，学术意义颇为重大。

然而和若干其他类型民国文献一样，这一时期所编清诗总集至今尚未获得学界的充分重视与系统清理。这一则由于清诗研究起步较晚、学术积淀相对欠佳，清诗总集更是清诗研究的薄弱环节，于是势必鞭长莫及；再则民国以来新文化日益占据主流，传统文化趋于失势，清诗作为旧王朝的文化产物，自然不易获得主流文化的青睐，其影响至今犹未完全消除；何况民国与我们当下十分接近，需要拉开一定的历史时距后，才可能在较宽广的学术视域下，给予这一时期编纂的传统文献以较全面、深入、客观的认知与评估，而在此前的相当长的时段内，研究者显然无法获得较充分的时距条件。由此，遂使民国人编选清诗总集成为

---

① 本文所谓清诗总集，除纯粹收录清人诗歌者外，还包括兼收清人与前代人作品，以及各体兼收者。

一片迄今仍存在大面积空白的学术荒地。

不过随着时间的推移，近年来民国历史文化研究得到很大发展，相关文献也日益引人瞩目。在这一背景下，适时地系统开展民国人编选清诗总集的清理与研究工作，已是清诗研究与民国历史文化研究进一步开拓提升的共同要求。本文拟在"新变与激进"、"延续与保守"与"汇总的声音"的框架下，对民国人编选清诗总集的基本面貌与主要特征作一初步梳理，以期引起更多研究者的注意。

## 一、新变与激进

民国是我国历史上的重要转折期，将清末就已经启动的变革进程推向新阶段。时代的深刻变化，在这一时期编纂的清诗总集中有鲜明体现。

首先是书名的变化。清代编纂的清诗总集每每以"国朝""本朝""皇清""大清""昭代"等命名，如彭廷枚辑《国朝诗选》、沈德潜等辑《本朝应制和声集》、孙鋐辑《皇清诗选》、查礼等辑《大清诗因》、吴元桂辑《昭代诗针》等。有的甚至冠以"御定""钦定""御制"等字样，如康熙年间的《御定千叟宴诗》、嘉庆年间的《钦定熙朝雅颂集》，以及康熙帝、乾隆帝合撰《御制恭和避暑山庄图咏》等。诸般种种，均为君主专制时代的产物。而随着清朝的灭亡，此类字样悉数消失，明确冠以"清"字的清诗总集开始大量出现，如胡云翼辑《明清诗选》、古直辑《清诗独赏集》、忏庵辑《清千家诗》、吴遁生辑《清诗选》、赵藩辑《清六家诗钞》、吴闿生辑《晚清四十家诗钞》、陈友琴辑《清人绝句选》、黄颂尧辑《清人题画诗选》、单士厘辑《清闺秀正始再续集》等。这是时代变迁带来的最表层的反映。

其次，某些类型的清诗总集趋于没落与消失。例如课艺类与唱和类。前者专收各种与考试有关的作品，"举凡臣子应制，朝廷考核官员，各级科举考试，地方官员测试学子，学子投献地方官员、相互会课切磋等等，其作品合集均属此类"[①]。如许大纶辑《国朝应制诗粹》、纪昀辑《庚辰集》、阮元辑《浙江诗课》与《诂经精舍文集》、潘介繁等辑《宣南鸿雪集》等，即为典型代表。由于应

---

① 朱则杰：《关于清诗总集的分类》，《甘肃社会科学》2008 年第 1 期。

举、入仕是古代士大夫普遍持有的人生目标与生活方式，同时又有来自科举制度、学政制度、翰林院制度等方面的保障，遂催生出巨量的课艺诗作，从而为清代极为兴盛的课艺类清诗总集编纂提供了丰富的原材料与切实的观念支撑。仅就清代课艺类总集的一个组成部分——书院课艺总集来说，今人鲁小俊先生的《清代书院课艺总集叙录》一书便著录了现存清代书院课艺总集达196种之多，其中的大部分可以归入清诗总集的范畴。由此，即可见清代课艺类清诗总集编纂是何其繁盛。不过，随着20世纪初科举废止、学堂改制、清朝灭亡等事件相继发生，这类诗歌乃失去了生存土壤，在日益高涨的新文化思想的批判下，其自身价值也遭到否定，从此在清诗总集编纂领域内销声匿迹。再看唱和类。清代诗人唱和活动极其频繁，编纂成书的唱和诗总集也是格外众多，可谓清诗总集的一大主类。只是唱和活动往往带有即时性，民国时此种活动虽然依旧频繁，结集成书者亦比比皆是，并且相当一部分含有清末即已蜚声诗坛者的诗作，但从严格意义上讲，它们已经不属于清诗的范畴。这也就宣告了唱和类清诗总集编纂的式微。

最深刻的变化发生在思想内容方面。民国时期，革命共和、启蒙救亡成为新的主流思潮，随之，一批浸润着反帝反封建思想与革命主张的清诗总集也先后问世。罗邕、沈祖基辑《太平天国诗文钞》，张元济辑《戊戌六君子遗集》，汪诗侬辑《清华集》是其中较具代表意义的专题性总集。

《太平天国诗文钞》问世于民国二十年（1931），是较早辑录太平天国诗文作品的专集，署名作者大抵皆为组织或参与太平天国运动的人物。[1] 编者罗邕序云："昔者洪、杨诸王倡民族之主义，导革命之先声。金田起义，响应者几遍全国。纵其后举事不终，然其豪气所钟，发为文章，吉光片羽，流传人间，则固皆可歌可泣。"[2] 将太平天国视作民族革命运动的先驱。这显然是站在革命派的立场上，看到了它内蕴的革旧维新的历史意义，从而和晚清以来保守派士大夫一味轻蔑丑诋的态度大相径庭。

---

[1] 该书所收部分署名太平天国诸王及其他相关人士之诗歌，当系后人伪托。下及《太平天国文艺三种》也可能存在这种情形。其详可参罗尔纲著《太平天国史料辨伪集》所收《诗钞不可信》《石达开假诗考》等文，生活·读书·新知三联书店1955年版。
[2] 罗邕、沈祖基辑：《太平天国诗文钞》，罗邕序，民国二十四年（1935）商务印书馆排印本，卷首第1a页。

　　《戊戌六君子遗集》是谭嗣同等"戊戌六君子"的诗文合编。编者张元济序云："挽近国政转变，运会倾圮，六君子者，实世之先觉。而其成仁就义，又天下后世所深哀者。"[①] 高度评价了他们在维新运动中的贡献与地位。实际上，张元济本人正是清末维新运动的积极鼓吹者与参与者，是六君子的同道中人，曾经"追随数子辇下，几席谈论，旨归一揆；其起而惴惴谋国，盖怵于中外古今之故，有不计一己之利害者"[②]。他在维新派遭清廷镇压、六君子不幸罹难的情况下，致力于搜集诸人遗稿，纂为此书，并于民国六年（1917）十二月出版，既是对六君子的祭奠与表彰，也是其维新革命信仰的实践。

　　《清华集》收录清末民初人诗作 400 余首，上起咸丰年间，下迄辛亥革命以后，均与当时的政治历史风云有关。较之此前问世的清诗总集，该书的最大特色在于：它的作者队伍以维新志士、革命党人为主，所收诗歌的思想内容也带有强烈的维新革命色彩。大抵以如下四端最为突出：一是新派人士自抒怀抱。如振希《边塞音书断》，钝剑《醉后吟》，呵侬《无题》，胡经武《狱内感怀》《济南狱中》，汪兆铭《庚戌被逮口占》《狱中杂感》《狱中有杨椒山先生祠，祠前有树，先生所手植也，感赋》《不闻友人消息将一年矣，怆然赋此》等，均展现了诸作者救国救民的宏愿。二是悼念同志。如同盟会领袖孙文《吊刘道一》，为悼念在光绪三十二年丙午（1906）萍浏澧起义中牺牲的同盟会骨干刘道一而作；胡增山《吊鉴湖女侠，集〈文选〉》，为悼念光绪三十三年丁未（1907）罹难的革命家秋瑾而作；吴禄祯《黄花岗歌，哭广州流血诸烈士》，为悼念宣统三年辛亥（1911）广州黄花岗起义诸烈士而作。此类诗作占到《清华集》约十分之一的比重，是全书的一个大宗。三是鼓吹自由平等、民主共和等观念。如同盟会成员居正《游滇藏作》："世界共和生不逢，扶摇抟翻傲天空。余生不愿终臣虏，旅缅无从遂霸戎。金钵托穷烟塞外，铁鞋踏破海天东。云游怕上昆仑顶，破碎山河入望中。"篇末编者按语称："居觉生当河口之役，与吕志伊君急走滇。及至事败，乃游于密芝那一带，转入缅甸，翻回前后藏。右诗即游滇藏时所作云。"[③] 可知该诗创作于光绪三十四年戊申（1908）四月同盟会发动的河口起义失败后，

① 张元济辑：《戊戌六君子遗集》自序，民国二十六年（1937）商务印书馆排印本，卷首第 1a 页。
② 张元济辑：《戊戌六君子遗集》自序，民国二十六年（1937）商务印书馆排印本，卷首第 1b 页。
③ 汪诗侬辑：《清华集》，《近代中国史料丛刊》第 526 册，第 1336 页。

展现了作者不愿接受清廷专制统治、执着追求民主共和的愿望。四是辛亥革命的赞歌与战歌。如著名诗僧释敬安《上孙大总统》云："万山木落秋风劲，浮云扫尽苍天净。江流滚滚亦澄清，即此足为民国庆。"①这类诗作约有七八十首，堪称《清华集》最重要的一个组成部分。

和上述三书类似的专题性总集，主要还有：卢前辑《太平天国文艺三种》，同为太平天国诗文专集；阿英辑《中法战争文学集》《中日战争文学集》，分别收录同清末中法战争、甲午战争有关的作品；胡朴安辑《南社丛选》与柳亚子等辑《南社诗集》，均为革命团体南社的作品集；黄文宽辑《岭南小雅集》，专收"含有国家思想，足以鼓舞民族精神"②的诗作；汪静之辑《爱国诗选》、王家槭辑《国魂诗选》、吴召宣辑《两浙正气集》、张长弓辑《先民浩气诗选注》等，皆注目于抗击帝国主义侵略、歌颂爱国精神与民族意识、呼吁民众关心国家民族命运等。此外，像刘麟生等辑《古今名诗选》、李寰辑《新疆诗文集粹》这样的一般性的清诗总集，亦每每有将"鼓舞民族之精神"③、"革新边疆文学，鼓吹建设边疆"④之类新颖理念作为编纂宗旨者。

当然，《太平天国诗文钞》而下诸书体现的一系列思想，并非悉数出现于民国，而是有所渊源。清末，随着国家民族危机日益深重，越来越多的编者开始把目光投向现实，遂使其所编清诗总集也贯穿了程度不等的经世意识。如同治年间问世的《国朝诗铎》即标举"非关人心世道、吏治民生者不录"⑤，编者张应昌以"诗铎"为名，是取上古道人振木铎以采诗的故实，希望通过该书的编纂传播，达到裨风化而感人心的目的。甲午战败之后，全国普遍沉浸在反思现状、提出主张、以期挽救危局的氛围中，乃催生出若干与当下政局直接挂钩的清诗总集。如孔广德辑《普天忠愤集》便是甲午惨败后，朝野上下共同探讨如何摆脱困境之诗文的汇编；毕韫庵辑《立宪纪念吟社诗选》则是光绪三十二年（1906）七月清廷宣布预备立宪的产物，诸作者普遍对清廷此举表示欢迎与支持，并纷纷为之献计献策。极少数总集甚至还蕴藏着革命思想，如光绪三十

① 汪诗侬辑：《清华集》，《近代中国史料丛刊》第 526 册，第 1375 页。
② 黄文宽辑：《岭南小雅集》例言第一款，民国二十五年（1936）广州天南金石社刻本，卷首第 1b 页。
③ 刘麟生、瞿兑之、蔡正华辑：《古今名诗选》叙例第二款，民国二十五年（1936）商务印书馆排印本，卷首第 2 页。
④ 李寰：《新疆诗文集粹》，杨森序，民国三十六年（1947）铅印本，卷首第 2 页。
⑤ 张应昌辑：《清诗铎》，应宝时序，中华书局 1960 年版，上册卷首第 10 页。

年甲辰（1904）问世的《最新妇孺唱歌书》，卷首《最新妇孺唱歌书编辑大意》云："支那二十四朝专制之剧，其沈沈哉！支那二十世纪瓜分之祸，其涓涓哉！越社诸君，匍匐长号，欲自贡其三斗之热血，以遍洒同胞。"① 可见编者对内不满专制统治，对外忧心列强瓜分，欲唤醒民众，革旧维新，遂有此书之编纂。全书收入大量介绍并鼓吹新知识、新事物乃至新思想的歌谣。其中的一些词句，如"缘何革命势凶凶，端为文明进步重。愧我未登平等级，赖他撞醒自由钟"②，即体现出革命思想的端倪。

民国人则把清末体现在《国朝诗铎》等清诗总集中的经世思想、救亡意识、维新主张乃至启蒙精神提升到全新的境界。主要体现在：一是清末编纂的清诗总集普遍保留着王朝、天下、君臣观念。即便如《立宪纪念吟社诗选》这般为立宪主张摇旗呐喊，在当时已然堪称激进的总集，也含有不少类似闻之骏《集易林句》、陈钵莲生《集曲牌》这样的作品。前者曰："凤凰衔书，达命宣旨。政均且平，五范四轨。太平机关，仁德兴起。文明之世，福禄欢喜。"③ 后者曰："都唱清平调，同声贺圣朝。万年欢事定，无闷共逍遥。"④ "衔书""仁德""圣朝"云云，均为君主专制时代之政治观念的表征。而在罗邕、汪诗侬等民国编者这里，这些旧观念已被彻底摒弃，而代之以更加纯粹彻底的国家、民族与民主共和意识。二是清末时革命思想仅在极少数清诗总集中有所发端，而进入民国后，革命思想乘着专制王朝覆灭、共和理念初步实现的东风，堂堂正正地踏入了清诗总集的殿堂。它在成为很多民国编者的重要编纂宗旨的同时，还形成一批面向清末维新志士乃至革命者的专集。这是民国时期新的主流思潮带给清诗总集编纂的新气象，使之呈现出紧扣时代脉搏、锐意向前的较为激进的态势。

## 二、延续与保守

民国年间随着变革进程日益推进，新旧交替也是愈演愈烈。不同思想观念

① 越社辑：《最新妇孺唱歌书》，卷首《最新妇孺唱歌书编辑大意》，光绪三十一年乙巳（1905）支那新书局石印本，第1a页。
② 越社辑：《最新妇孺唱歌书》，第十章《新名词三十首》之二，光绪三十一年乙巳（1905）支那新书局石印本，第32b页。
③ 毕羁盦辑：《立宪纪念吟社诗选》卷上，光绪三十二年丙午（1906）石印本，第5b页。
④ 毕羁盦辑：《立宪纪念吟社诗选》卷上，光绪三十二年丙午（1906）石印本，第5b页。

间的冲突层出不穷，呈现出激烈动荡的复杂面貌。反映到清诗总集编纂活动中来，便是除了发生显著的新变、展现出向前看的姿态外，还在相当程度上延续着清代的编纂习惯与潮流，并带有一定的保守色彩。

这种情形之所以出现，首先由于当时存在一批同主流思潮不甚合拍的文化保守主义者，从而在客观上和汪诗侬等较激进的编者形成对立之势。《晚清四十家诗钞》编者吴闿生即为显例。此人是清末桐城派代表作家吴汝纶之子，幼承家学，又曾从姚永概、贺涛学古文，从范当世受诗法，堪称桐城派的嫡系传人。《晚清四十家诗钞》问世于民国十三年（1924），选收作品"以师友源澜为主"[1]，以编者叔父吴汝绳、吴汝纯居首，其他如范当世、李刚己、柯劭忞、秦嵩等，也多是桐城派后期代表作家张裕钊、吴汝纶等的弟子或再传弟子，是一部流派色彩甚为浓厚的清诗总集。

在当时新文化运动如火如荼的形势下，吴闿生依旧恪守桐城宗统，显然大背于时。对于这一点，吴闿生其实有清醒的认识。他的学生曾克耑在《论同光体诗》一文中，引吴氏自评《晚清四十家诗钞》语曰："我知道这书出版是要挨骂的，但为诗坛要有真知灼见、昭示千古的选本，我是不怕时人讥评的啊！"[2] 即可从中见其一斑。而他之所以不惜逆势而行，自有其用心所在。他自述："俯仰数十年，时事日非，前踪日远，然后咨嗟太息，以为此数公者，皆千古不常见之人也。世变愈降，则贤哲之所树为弥高，宜其益不相及。往者不可接，来者无由知。持此区区残简，质之无极之人世，其存其亡，茫乎不可究诘也。"[3] 在他看来，清朝灭亡意味着"世变愈降"，桐城宗统恐怕也难免陷入"往者不可接，来者无由知"的境地。但"世变愈降"正反衬出桐城先哲建树之非凡，而他本人作为桐城派之嫡传，自然有责任，也有义务去维系、传布这一光荣传统，宣扬其心目中的诗学正宗，以对抗新文化运动的影响。

吴闿生的两位学生曾克耑、贺培新也应和他的观点，将民国社会文化环境描绘得晦暗不堪，同时又把老师编选这部总集、绍述桐城宗统的举措，推崇至挽救

---

①　吴闿生评选、寒碧点校：《晚清四十家诗钞》自序，浙江古籍出版社 2006 年版，第 25 页。
②　邝建行、吴淑钿编选：《香港中国古典文学研究论文选粹（1950–2000）·诗词曲篇》，江苏古籍出版社 2002 年版，第 24 页；曾克耑文原载《文学世界》第 23 期。
③　吴闿生评选、寒碧点校：《晚清四十家诗钞》自序，浙江古籍出版社 2006 年版，卷首第 25 页。

传统文学文化之危亡的地步。前者认为："世愈降而诗愈卑。陵夷至于今日，江汉之游女、兔罝之野人，亦扬徽立帜以诗教天下，而民德乃日偷，国势益纷糅不可救……李、杜、苏、黄之学将绝于天下。"① 后者也叹息道，"文学之敝于今又极矣，学者益纷纶荒诞靡所向往。老师风流，凌夷殆尽，国纲丧乱，民生仳离"，面对此情此景，"大贤君子，包孕百家，甄剔醇驳，以维系斯文于嬗化绝续之交。而圣迹高文精奥之蕴，赖以绵延于不坠，其功顾不休乎伟哉！"② 类似词句诚如今人闵定庆先生所说，"透射了近世'文化守成主义'者的'救世'幻想，试图将诗歌变成一剂良方，消解因文化转型而产生的'心理焦虑'"③，实际上却使自己一步步脱离了时代。

民国时期，同吴闿生抱有类似观念的编者不在少数。早在民国元年（1912），许佩荪在为明崇祯年间人许鸣远辑《天台诗选》做增补工作时，便提出：

> 此鸿篇巨制，又诸名贤之精神心血所寄也……使并此而俱失之，是先人之手泽不复记录，无异籍谈之数典忘祖也；是乡邦文献，听其与飘风飞霰、昆池劫灰同归灭没，比于杞宋之无征也；是异学猖恣、国粹沦亡，并此区区者而不惄遗也；是斯文将尽，后生小子恬然于时势之所趋而不之怪，虽有贤杰振起，以复古为事，亦苦于无所依据，而见异思迁也。④

金潜、褚传诰在为此集所撰序言中，也表述了类似观念。分别云：

> 当兹废经蔑孔，异学猖狂，吾道沦胥之会，刻此亦复何益？然为乡邦文献之所系，抑亦国粹将亡之转借以保存也。然先生（按，即许鸣远）生不忍见亡国之戚，不数月而卒。范文子祝宗祈死，竟如所愿。予不幸遭非常之变，与先生相似，而祸势剧烈，更甚于亡明。⑤

际此沧海扬尘、劫灰再黑之秋，与其滔滔横流，靡知所届，孰若反吾

---

① 吴闿生评选、寒碧点校：《晚清四十家诗钞》，曾克耑序，浙江古籍出版社2006年版，卷首第25-27页。
② 吴闿生评选、寒碧点校：《晚清四十家诗钞》，贺培新序，浙江古籍出版社2006年版，卷首第30页。
③ 闵定庆：《〈晚清四十家诗钞〉与桐城诗派的最后历程》，《中国韵文学刊》2008年第1期。
④ 许鸣远辑、许佩荪补辑：《天台诗选》，许佩荪后序，《四库全书存目丛书补编》第35册，第116-117页。
⑤ 许鸣远辑、许佩荪补辑：《天台诗选》，金潜序，《四库全书存目丛书补编》第35册，第3页。

初服，相与聚先正一堂，庶几由陶咏所及，或可留吾道之万一于将来也夫，岂仅敝帚自享而已乎？①

许佩苏等遭逢清朝灭亡、民国建立的所谓"非常之变"，眼中所见，乃是一幅"废经蔑孔""吾道沦胥""异学猖恣，国粹沦亡"的景象。他们悲观地认为，后生小子将"恬然于时势之所趋而不之怪"，从此"见异思迁"。当兹"斯文将尽"之秋，许佩苏搜集传播前贤诗作，已经不只是"乡邦文献之所系"，其中还寄托了他传承"国粹"、昭示后人、"留吾道之万一于将来"的愿望。

吴闿生、许佩苏等的这种想法自然只是一厢情愿，但他们为传承"国粹"而进行的总集编纂工作，客观上却也起到了保存文献的效果。实际上，这种传承传统诗学遗产、表彰前贤诗学成就的行为，在民国时十分普遍，绝非遗老遗少的专利。它们的大量涌现，同清代就已非常兴盛的总集编纂风气紧密相关，是对清人编纂清诗总集之传统与潮流的继承与延续。这种继承与延续的情形之所以在当时广泛出现，应是民国的时代特征与诸编者的思想观念的产物，主要可以概括为以下两方面：

一方面，民国时期社会动荡，干戈扰攘，对文献保存造成了巨大威胁。许多有识之士在社会责任感与文化使命感的召唤下，着手纂辑包括清诗总集在内的各类典籍，意在护卫并延续传统文化的命脉。民国十九年（1930），诸章达在为谢宝书辑《姚江诗录》所撰序言中提到："际兹风云扰攘、右武轻文之日，若不及时搜辑，后虽有握怀铅椠、勤于搜访者，恐亦不可得矣。"②明确指出了及时开展该项工作的必要性与紧迫性。辛亥革命元老李根源便是出于这种考虑，在抗战初期担任云南盐察使时主持编纂了《永昌府文征》，汇集历代云南永昌人作品及同永昌有关之诗文上万首，民国三十年（1941）在昆明出版。就在该书问世后不久，永昌辖下的腾冲县便被日军占领，备受蹂躏，保山县则屡遭轰炸，两大滇南历史文化名城不幸化为焦土，乡邦文献经此浩劫，亦损失殆尽。李根源事后回忆说："是时太平洋风云未变，永昌、腾龙为区宇之乐乡。未几而香港陷、暹罗叛、马来败、缅甸失，剥床之痛及于永昌。哀我桑土，罹此鞫凶，

---

① 许鸣远辑、许佩苏补辑：《天台诗选》，诸传浩序，《四库全书存目丛书补编》第35册，第2页。
② 谢宝书辑：《姚江诗录》，褚江达序，民国二十年（1931）中华书局排版书，卷首第1a页。

生民涂炭,文物荡尽。设无此书搜罗于事前,则此戈戋者亦随毒镝凶锋而俱毁矣。呜呼,讵不痛哉!"① 再充分不过地印证了诸章达的观点。

另一方面,不少编者也认识到,经过清代的发展与积累,古典诗歌达到了新的高度,需要也值得去整理与传播。如《湘雅摭残》编者张翰仪曰:"吾乡自道、咸以来,洪、杨之役,曾、左崛起,不独事功彪炳于史册,即论诗文,亦复旗帜各张,有问鼎中原之概。"② 对以曾国藩、左宗棠等为代表的近代湖南诗歌推崇备至,认为它已达到"问鼎中原"的高度,绝非此前只是作为地方文学而存在的湖南诗歌可比。由于清道光以前的湖南诗歌已有邓汉仪等辑《沅湘耆旧集》及《前编》做了较好的整理,张氏乃搜集道光以后至民国初年634位湖南作者的诗词近8000首,纂为《湘雅摭残》,意在"永湖湘耆旧之传"③。

正是在上述几重因素的作用下,民国人为传承古典文学遗产而纂辑了大批清诗总集,即便在国家民族危机最为深重的抗战时期,亦未曾停歇。而他们用力最深的领域,便是乡邦文献的搜集整理,涵盖地方、宗族、题咏等类型清诗总集,其中的主干则应推地方类清诗总集。

这一时期编纂的地方类清诗总集,大抵顺承了清代的发展趋势。④ 首先,不断有新地区加入。譬如云南省,就一改清代时以面向全省的总集为主,而面向云南下辖诸地区的总集则十分罕见的格局,涌现出诸如佚名辑《丽江诗文选》、李根源辑《永昌府文征》、佚名辑《蒙化诗文征》、佚名辑《呈贡禄劝大姚龙陵等县诗文》、佚名辑《文山盐兴河西靖边富州等县诗文》、王灿等辑《玉溪文征》,以及董钦辑《云龙县诗文丛录》、陈肇基辑《富州诗文征》、邱廷和辑《缅宁诗文征》、佚名辑《腾冲诗文征》、方树梅辑《晋宁诗文征》、佚名辑《建水近代名人诗文选钞》、萧声辑《江川诗征》、何宗淮辑《梨阳诗存》等一大批面向云南辖下诸府、县的总集;甚至还出现了李启慈辑《阳温登诗钞》这样的乡镇总集,所谓阳温登,即当时云南腾冲县辖下和顺乡的古称。⑤ 它们的

---

① 李根源辑:《永昌府文征》自跋,杨文虎、陆卫先生主编:《〈永昌府文征〉校注》,云南美术出版社2001年版,第一册,第14页。
② 张翰仪辑,曾卓、丁葆赤标点:《湘雅摭残》自弁言,岳麓书社1988年版,第1页。
③ 张翰仪辑,曾卓、丁葆赤标点:《湘雅摭残》自弁言,岳麓书社1988年版,第2页。
④ 关于清代地域性诗歌总集编纂流变的具体情况,可参笔者《清代地域性诗歌总集编纂流变述略》一文,载《西南交通大学学报》2009年第1期。
⑤ 具体可参见吴肇莉的博士学位论文《云南诗歌总集研究》第二章第三节《总结:民国的云南诗歌总集编纂》。

大量出现，使滇诗总集的政区层级体系就此趋于完整与平衡，也将整个滇诗总集编纂推进到全新阶段。

云南而外，民国时的其他省份也每每可见此前基本未曾编纂过该地诗歌总集的地区加入到地方类清诗总集的版图中来。譬如：黑龙江有林传甲辑《龙江诗选》；直隶盐山县有贾恩绂辑《明清盐山诗钞》；山西定襄县有牛诚修辑《晋昌遗文汇钞》，忻县有陈敬棠辑《秀容诗文集》；河南商丘县有王剑秋辑《雪苑乡贤诗文选》，孟津县有蒋藩辑《河阴文征》，淮阳县有李崇山辑《淮阳文征外集》，安阳县有张凤台辑《安阳四子诗集》；江苏盐城县有张绍先辑《盐城诗征》，上海县辖下闵行有黄蕴深辑《闵行诗存》；浙江定海县辖下岱山有汤濬辑《蓬山两寓贤诗钞》；福建上杭县有邱复辑《杭川新风雅集》；湖南安化县有夏德渥辑《安化诗钞》，溆浦县有朱光恒辑《溆浦三贤诗文钞》；广东阳江县有杨柳风辑《阳江诗抄》，五华县有陈槃辑《五华诗苑》；广西宁明县有黎工伙等辑《宁明耆旧诗辑》；四川简阳县有汪金相等辑《简阳县诗文存》，等等。

其次，对清人著作的续补工作持续进行。如王舟瑶辑《台诗四录》之于清戚学标辑《三台诗录》与《续录》、清宋世荦辑《台诗三录》，祝廷锡辑《竹里诗萃续编》之于清李道悠辑《竹里诗萃》，侯学愈辑《续梁溪诗钞》之于清顾光旭辑《梁溪诗钞》，谢鼎镕辑《江上诗钞补》与《续江上诗钞》之于清顾季慈辑《江上诗钞》，张伯英辑《徐州续诗征》之于清桂中行辑《徐州诗征》等，均可据书名判断其接续、增补之性质。另外，袁嘉谷等辑《滇诗丛录》着眼于辑录袁文典等辑《滇南诗略》、黄琮辑《滇诗嗣音集》、许印芳辑《滇诗重光集》、陈荣昌辑《滇诗拾遗》等清代滇诗总集未收诗作，杨青辑《杨园诗录》着眼于辑录清曾唯辑《东瓯诗存》未收诗作，前及《湘雅摭残》亦可视作一部"沅湘耆旧集续编"。

要之，民国人在清代已有基础上，打造出一个更加庞大厚实的地方类清诗总集的架构。他们在继承并延续了清代总集编纂传统与潮流的同时，又将清人筑就的道路铺得更长。其编纂成果蕴藏着十分丰富的地方文学史料，传达出巨量相关地区诗坛风貌与诗史脉络的信息，可以说是民国时期问世的清诗总集中最值得我们注目与发掘的部分。

进一步来说，相对于那些秉持文化保守主义立场的编者，民国时的很多地方类清诗总集乃至其他类型清诗总集的编者其实并不陈腐，而是颇为开明通达，能与时俱进，其中甚至不乏革命者，如《永昌府文征》编者李根源即是。只是由于他们的编纂活动同清代时的潮流一脉相承，而其所辑诗人诗作的内容性质又偏于古旧的缘故，遂使之成为另一种意义上的"守旧"，即守护并保存传统诗学遗产之旧，守护并传承古典文化命脉之旧，意在让传统诗学与古典文化绵延不息，生命永续。这种意义上的"守旧"，与真正的保守派的"守旧"合而为一，乃令民国时期的清诗总集编纂呈现出新变中有延续、现代与传统交织、革新与守旧混杂的复合形态。

## 三、汇总的声音

尽管民国时期的清诗总集编纂存在显著的革新与保守的对立共存，但在双方阵营内部，却共同传出了汇总有清一代诗歌的声音。

革命阵营可以南社诸诗人为代表。民国三年（1914），南社创始人之一高旭计划纂辑一部《变雅楼三十年诗征》，意在收录清末民初30年间的诗作。在他的征求下，南社成员纷纷赠诗作序，提出各种编纂意见。其中，胡怀琛《与高天梅书》建议高旭将收录范围扩至整个清代，对清诗做一次全面清理。他提出，"尊辑范围限于三十年，自是一体裁"，然而"从来一代诗文，类有集为大成者。以诗而论，唐有《全唐诗》，宋有《宋诗钞》事，金有《中州集》，元有《元诗选》，明有《列朝诗集》、《明诗综》"，惟"有清一代，此书尚付缺如，吾固知后必有为之者，今未尚见也，公有意乎？"① 该提议被高旭《答胡寄尘书》命名为"全清诗"。这很可能是第一次有人正式明确提出"全清诗"的名称，具有非凡的学术史意义。② 在距清朝灭亡还不足三年的当时，胡怀琛等便有如此宏伟的目标，是非常值得称道的。不过需要指出的是，胡、高二人并未对这个"全清诗"的概念做出很明确的界定，而把《全唐诗》《全五代诗》与《宋诗钞》《元诗选》等相提并论，更是混淆了全集与选集之间的区别。他们所谓的"全清诗"，

---

① 杨亚子、陈去病等：《难社丛刻》，江苏广陵古籍刻印社1996年版，第3册，第1813-1914页。按，胡怀琛此文在《难社丛刻》中被误植于陈世宜名下，标题为《在复高剑公书》；杨天石、王学庄编著《南社史长篇》已予以辨正，中国人民大学出版社1995年版，第361页。

② 关于清末民初人汇总有清一代诗歌的诸项吁请与举措，可参朱则杰《〈全清诗〉的先声》一文，载《中国文学研究》2012年版，第538页。

恐怕还只是一种模糊的设想。

革命阵营提出的"全清诗之宏议,伟则伟矣,奈收拾颇不易"[①],故而最终成了纸上谈兵;集有清一代诗歌之大成的任务,却在保守派那里获得了部分完成,其阶段性成果便是著名清诗总集《晚晴簃诗汇》。该书由北洋军阀徐世昌组织其幕僚、门客纂辑而成,民国十八年(1929)问世。书凡二百卷,覆盖清朝从开国到灭亡的所有时段,所收诗人除"御制外,得六千一百五十九家"[②],辑诗二万七千余首。从得人之众、辑诗之多两方面来看,皆堪称现存单种清诗总集中的翘楚。只是该书的搜采范围虽广,却还仍有缺憾,如提倡"诗界革命"的维新派人士的诗便收得很少,且多非其代表作。这应是担纲实际编纂工作的徐氏诸僚属颇多清廷遗老,其文学观念、政治主张同新派人士有较大差异的缘故。这也从一个侧面透露出民国时期新旧两派间的矛盾冲突。

总之,清诗总集在民国这一新旧交替、冲突震荡的历史阶段,呈现出新变中有延续、激进与保守共存、新旧混杂的编纂态势,并且还出现了汇总有清一代诗歌的声音,可谓清诗总集编纂史上的一个独特而富于认知价值的时期。其中的相当一部分,如新涌现的一批府、县乃至乡镇级的地方类清诗总集,更有其无可取代的价值,是我们考察相关地区诗坛风貌的必备资料。至于"全清诗"概念的正式明确提出,亦堪称学术史上的标志性事件。早在民国十一年(1922),日本汉学家神田喜一郎先生便指出:"为求对清代诗歌作一通览,务必从清人所编清诗总集入手。"[③]如今清朝灭亡已逾百年,民国也早已成为凝固的历史,站在 21 世纪的今天,我们理应适时对神田先生的论断做出些许修正:为求对清代诗歌作一通览,务必从清人、民国人所编清诗总集入手。这是对民国人编选清诗总集之学术意义的根本定位。

---

① 高旭著、郭长海、金菊贞编:《高旭集》下编《天梅遗集补遗》卷二十二《答胡寄尘书》,社会科学文献出版社 2003 年版,第 538 页。
② 徐世昌辑,闻石点校:《晚晴簃诗汇》自序,中华书局 1990 年版,第 1 册,第 1 页。
③ 谢正光:《清初诗文与士人交游考》,南京大学出版社 2001 年版,第 58-59 页。

# 从《随园诗话》早期家刻本
# 看涉红史料真伪问题

郑 幸

郑幸，女，1980年3月16日出生，浙江宁波人。本科毕业于浙江大学汉语言文学专业基地班。浙江大学古代文学专业2003级硕士研究生，学位论文《丁敬研究》，导师朱则杰。复旦大学古典文献学专业2006级博士研究生，学位论文《袁枚年谱新编》，上海古籍出版社2011年版，导师陈正宏先生。主要研究清代诗学文献学。

袁枚《随园诗话》卷二第23条有一段著名的涉红史料，胡适发现后曾加以引用，并称"我们现在所有的关于《红楼梦》的旁证材料，要算这一条为最早"①。所谓"最早"云云于今虽已不确，却仍然道出了这条材料的重要性。笔者并非红学研究者，亦不敢对此间争论妄加评议，惟于调查随园刻书情况之际，先后调阅了上海、北京、山东等地数十种《随园诗话》的版本，不仅找到几个极具校勘价值的早期版本，也发现了一些值得探讨的版本现象，或可由此对《随园诗话》涉红问题作一些有力的补充。特此撰文，以就正于方家。

## 一、《随园诗话》涉红问题之缘起

《随园诗话》涉红史料既缘起胡适，本文就从与胡适有关的一部说起。在北京大学图书馆古籍部，笔者见到一部巾箱本《随园诗话》，仅正编十五卷，

---

① 胡适语见《〈红楼梦〉考证（改定稿）》，收入《胡适语红楼梦研究论述全编》，上海古籍出版社1988年版，第87页。又据孙玉明《日本红学的奠基人——森槐南》（见《红楼梦学刊》2004年第1辑）一文介绍，最先引用此段文字者，当为日人森槐南先生发表于明治二十五年（1982）的《红楼梦评论》。

无补遗。每半叶九行，行二十一字，小字双行同，白口，单鱼尾，左右双边。内封题"乾隆壬子［五十七年，1792］夏镌／随园诗话／小仓山房藏版"。外封有胡适手书题识："乾隆壬子排版《随园诗话》。此本无第十六卷及补遗，当是当时后数卷尚未有成书。壬子随园七十五岁。十，四，三。胡适。"可见胡适曾于民国十年四月三日寓目此本，并作题跋。两个月之后，胡适在日记中就顾颉刚对《随园诗话》版本的疑问回复说："你的《随园诗话》有'明我斋读而羡之''我斋题云'等语，大可注意。我家中三种本子，皆无此二语。你这本子定是一种有研究价值之本。望便中多寻别本一对。"①则此巾箱本，或正是"家中三种本子"之一。今引此本所录涉红文字如下（以下简称文本一）：

> 康熙间，曹练亭为江宁织造……其子雪芹撰《红楼梦》一部，备记风月繁华之盛。中有所谓文观园者，即余之随园也。当时红楼中有女校书某尤艳，雪芹赠云："病容憔悴胜桃花，午汗潮回热转加。犹恐意中人看出，强言今日较差些。""威仪棣棣若山河，应把风流夺绮罗。不似小家拘束态，笑时偏少默时多。"

然而俞平伯、顾颉刚等人随即发现这段文字存在不同版本。据胡适日记，俞、顾二人所见版本中当有"明我斋读而羡之""我斋题云"等语。这种版本并不难找，北大图书馆内就藏有好几种，现过录如下（以下简称文本二）：

> 康熙间，曹练亭为江宁织造……其子雪芹撰《红楼梦》一部，备记风月繁华之盛。明我斋读而美之。当时红楼中有某校书尤艳，我斋题云："病容憔悴胜桃花（以下同文本一）……"

对比两者文字上的差异，主要在"中有所谓文观园者，即余之随园也"一句的有无，及引诗作者究竟是曹雪芹还是明义（字我斋）。后者争议不大②，前

---

① 见《胡适日记》一九二一年六月二十八条，收入《胡适语红楼梦研究论述全编》，上海古籍出版社1988年版，第70页。

② 此二诗又见清人明义《绿烟锁窗集》中，题做《题红楼梦》，故可基本确定是明义的作品。按《绿烟锁窗集》今仅见选集之钞本，上海古籍出版社1984年影印版，诗见第107页。

者则一直是后人关注的焦点。胡适即认为，袁枚既曾于《随园诗话》中表达"文（大）观园"即随园的看法，就能将曹雪芹坐实为小说《红楼梦》的作者①。此外，关于雪芹究竟是曹寅儿子抑或孙子的争论，也是围绕此段文字展开的。

为解决上述问题，不少研究者将关注点转向对《随园诗话》版本的鉴定，不少学者甚至排比数十种本子，以分析文本一与文本二之间的关联。遗憾的是，就笔者浅见所及，目前对《随园诗话》版本的研究，皆着眼于文字内容，却忽视书籍实物。就实物版本学而言，内容一致的未必是同一个版本（如原刻本与翻刻本），内容不一致的倒有可能是同一个版本（如发生剜改、修订等现象的先后印本）。《随园诗话》就是后面情况下一个很典型的例子。

## 二、随园家刻与坊刻之别

在分析《随园诗话》的版本之前，首先要解决一个前提，即区分随园家刻本与民间坊刻本。目前学界在《随园诗话》的版本问题上纠缠不清，根本原因就在于混淆了家刻本与坊刻本②。用坊刻本来分析《随园诗话》的版本问题并无不可（事实上在此问题上，部分坊刻本有着极为重要的版本价值），但这必须建立在明确其为坊刻的前提下。而要弄清袁枚的真正态度，也只有针对真正的随园家刻本展开讨论，才有其实际意义。

区分家刻本与坊刻本，当然不能仅仅依据内封是否有"随园藏板"或"小仓山房藏板"字样。一般来说，家刻本的刊刻质量要较坊间翻刻本显得精良，但此标准略显抽象。为此，笔者尝试通过以下三点，以求更切实地甄别《随园诗话》家刻本。

首先，了解《随园诗话》的刊刻特点。袁枚著述多为生前自刻，且多以随编随刊的方式刊行。这是因为初刻时作者尚在世，故其书仍处于未完成的开放

---

① 胡适在《〈红楼梦〉考证（改定稿）》中，曾根据俞、顾二位的意见，对所引《随园诗话》材料作了括注，指出两种版本的不同，但未指出"中有所谓文观园者，即余之随园也"在文本二中并未出现。今人多以为此系胡适引用史料不慎，或故意为之。然细读胡适日记，曾明确说未见载有文本二中的《随园诗话》，他的修改是根据顾颉刚的来信所作，而顾文恰恰未引"中有所谓文观园者，即余之随园也"之句。
② 如包云志《〈随园诗话〉中有关〈红楼梦〉一段话的前后变化——兼谈〈随园诗话〉的版本》一文中的"己酉本"，经笔者赴山东大学图书馆目验，发现实为一早期坊刻本。按包文实已注意到不同印次的家刻本存在文本上的差别，如能排除坊刻本（即所谓"己酉本"）的干扰，或能更进一步。特此说明，不敢湮没前辈发现。包文见《红楼梦学刊》2005 年第 4 辑。

状态。而当作者创作出新的作品时，即以增刻书板的方式实现作品的增补①。《随园诗话》正编初刻于乾隆五十五年（1790），而补遗部分则直到袁枚去世仍在不断增补。熟悉《随园诗话》的研究者，俱当了解这一点。今姑举一则文献，以说明《随园诗话》家刻本这一特点：

> 所摘《诗话》错误数条，细密精详，一读一拜。缘枚年已八十矣，精神瞀乱，文债太多，长于构思，短于考证。又贪于搜寻佳句，有得即书，以致道听途说及梓人错刻者，不一而足。得先生指而告之，如吴缜作《唐书纠谬》，真乃欧宋功臣。当即登时镌改，不缓须臾。奈此书业已二省翻板，市贾居奇，一时不能家喻户晓，只好将自家藏板悉照来示改正。改后即寄台阅，以不负大君子千里通书、盹盹爱我之忱。②

文中"家藏板"，显即指《随园诗话》家刻本之书板。而所谓"有得即书""登时镌改"等语，则说明此书书板在袁枚生前曾不断地进行增补与修订。

其次，了解《随园诗话》的传播特点。由于袁枚晚年享有极高的文坛声誉，又兼交游广泛，其著述的发行量与传播速度着实令人惊讶，甚至出现"每仓山一集刷成，顷刻散尽"的盛况③。结合随编随刊这一点，不难推断当时流传在外的《随园诗话》家刻本不仅数量众多，而且会呈现出卷数不一、内容各异的复杂面貌。

最后，比较其他随园家刻本，总结其版式特征。随园刻书活动主要集中在乾隆三十九年（1774）至嘉庆元年（1796）之间，共刻书18种。其中可考得初刻时间的有13种，依次为《小仓山房外集》（乾隆三十九年）、《小仓山房文集》（乾隆四十年）、《小仓山房诗集》（乾隆四十年前后）、《红豆村人诗稿》（乾隆四十六年前后）、《南园诗选》（乾隆五十二年）、《子不语》（乾隆五十三年，

---

① 关于随园家刻本的相关情况，笔者已另撰《随园刻书考略》一文予以说明，刊于《中国典籍与文化》2015年第3期。
② 按此札又见《小仓山房尺牍》卷九《答赵璟亭先生》，文字有异，且未见本文所引之段落。今全札见赵厚均《袁枚集外手札七篇考释》，《南京师范大学文学院学报》2009年第3期。
③ 杨芳灿辑《芙蓉山馆师友尺牍》袁枚致芳灿尺牍第三通，收入《尺牍丛刻》，清宣统三年（1911）刻本。

后改名《新齐谐》①)、《湄君诗集》（乾隆五十三年前后）、《小仓山房尺牍》（乾隆五十四年）、《续同人集》（乾隆五十五年）、《随园诗话》（乾隆五十五年）、《随园诗话补遗》（乾隆五十七年）、《随园八十寿言》（乾隆六十年）、《随园女弟子诗选》（嘉庆元年）；刊行时间未详但可确定系袁枚生前所刊的有 5 种，分别为《续子不语》（后改名《续新齐谐》）、《牍外馀言》、《随园食单》、《袁家三妹合稿》、《碧腴斋诗存》。笔者曾调阅上述书籍的各种版本，发现有一类版本呈现出相似的版式特征，即无论开本大小、行款、字体，均较为接近，但又明显刻于不同时间。最重要的是，各书无一为巾箱本，其半叶版匡尺寸基本在纵 155—185 毫米、宽 125—150 毫米之间。而除此之外的各种版本，就笔者所见，无一不是纵 120 毫米、宽 100 毫米以下的巾箱本。

根据以上三点，笔者很快找到了符合要求的六部《随园诗话》。从基本版式来看，六部均非巾箱本，与其他随园刻本面貌相近。从卷数内容看，六部卷数各不相同，各卷条目、文字亦有不少出入。进一步细究其板刻，发现此六部实为同一刻本在不同阶段的增刻本；且各本之间条目、文字上有差异的部位，均可看到明显的剜改板片的痕迹。上述几点，都完全符合随园家刻本的特点。由此笔者推测，此六部《随园诗话》正是随园家刻所出。

而袁枚生前，是否有重刻《随园诗话》的可能呢？笔者以为可能性几乎没有。一方面，以随编随刊的方式增订著述，正是为了节约资金避免重刻；另一方面，笔者所见六部《随园诗话》家刻本，呈现了该书从仅有正编十六卷到各卷各条逐步完整的全过程，而此书的完整也恰意味着袁枚的逝世。此外，就笔者所见来看，国内各大图书馆所藏之《随园诗话》，再找不到另一种具备随园家刻特征之版本系统。换句话说，除上述六部及此系统之别本外，目前存世的各种《随园诗话》版本（包括胡适所收藏者），应该均为坊刻本。

《随园诗话》坊刻本的出现是比较早的。袁枚曾有《余所梓尺牍诗话被三省翻板近闻仓山全集亦有翻者戏作一首》②，此诗作于乾隆五十六年（1791），其

---

① 在乾隆刻本《小仓山房文集》卷二八所收《子不语序》中，仅云："书成，即以《子不语》三字名其篇。"但在嘉庆间增刻本及《子不语》卷首，此序则改为"书成，初名《子不语》，后见元人说部有雷同者，乃改为《新齐谐》"。

② 见《小仓山房诗集》卷三三，清乾隆嘉庆增刻本。此外，《随园诗话补遗》卷三第十六条亦云："余刻《诗话》、《尺牍》二种，被人翻板，以一时风行，卖者得价故也。"

时《随园诗话》家刻本正编刻成不过一年，《补遗》部分甚至尚未开雕。而从诗歌标题看，《诗话》实际被翻刻的时间还要更早，很可能是家刻本甫一问世就遭到了坊间的翻刻。这些早期坊刻本及其再翻本虽然刊印不精，但至少能在大体上保留其底本的文本面貌。而当《随园诗话》家刻本在增刻过程中不断对此前文本进行修订时，这一点就愈加显得重要。这是《随园诗话》在版本刊刻、传播上的独特之处，也是分析各种版本中涉红史料文本差异的关键所在。

## 三、随园家刻历次印本之别

在明确了《随园诗话》家刻本与坊刻本之区别后，我们就可以主要就六部家刻本展开初步的分析。此六部书籍（姑依次名为甲乙丙丁戊己本），笔者曾一一调阅其实物，并进行了初步的版本比对与文本校勘。六部书行款一致，均为正文半叶 11 行，行 21 字，小字双行同，白口，单鱼尾，左右双边。半叶匡高 158 毫米，宽 125 毫米。此外，各本在卷数、条目上的差异则如下表所示：

| 版本 | 甲本 | 乙本 | 丙本 | 丁本 | 戊本（丛书） | 己本（丛书） |
|---|---|---|---|---|---|---|
| 馆藏地 | 北大 | 北大 | 上图 | 国图 | 北大 | 复旦 |
| 卷数 | 十六卷 | 十六卷 补遗九卷 | 十六卷 补遗七卷 | 十六卷 补遗十卷 | 十六卷 补遗十卷 | 十六卷 补遗八卷 |
| 卷一至二 | 全 | 全 | 全 | 全 | 全 | 全 |
| 卷三 | 无 80、81 条 | 全 | 全 | 全 | 全 | 全 |
| 卷四 | 无 81、82 条 | 全 | 全 | 全 | 全 | 全 |
| 卷五至六 | 全 | 全 | 全 | 全 | 全 | 全 |
| 卷七 | 无 108、109 条 | 全 | 全 | 全 | 全 | 全 |
| 卷八至十三 | 全 | 全 | 全 | 全 | 全 | 全 |
| 卷十四 | 无 104 条 | 全 | 全 | 全 | 全 | 全 |
| 卷十五至十六 | 全 | 全 | 全 | 全 | 全 | 全 |
| 补遗卷一至五 | × | 全 | 全 | 全 | 全 | 全 |
| 补遗卷六 | × | 无 47—50 条 | 无 47—50 条 | 全 | 全 | 全 |
| 补遗卷七 | × | 全 | 全 | 全 | 全 | 全 |

续 表

| 版本 | 甲本 | 乙本 | 丙本 | 丁本 | 戊本(丛书) | 己本(丛书) |
|---|---|---|---|---|---|---|
| 补遗卷八 | × | 缺 23 条以下 | × | 缺 65 条以下 | 缺 65 条以下 | 补刻 65 条 |
| 补遗卷九 | × | 无 17—68 条 | × | 全 | 无 23—68 条 | × |
| 补遗卷十 | × | × | × | 全 | 全 | × |

表中"×"表示未见，即不排除散失的可能；标明"无"者，全部位于该卷的最末，其实物表现均为空板，且无刳改与重刻的痕迹，可知这些条目系未刻，而非缺叶、删改等原因造成。

此外，乙本补遗卷八缺第 23 条以下内容。检该本实物，其第 23 条尚存开头"老友徐灵胎度曲嘲时文及题墓诗余已载诗话中甲"这 21 字，全文明显未完，所缺当系书叶散佚造成。比对丁、戊等本，"甲"字后续"寅八月其子榆村"等一段长文，当为第 23 条原貌。此外，丁、戊二本补遗卷八亦非全帙，其第 65 条文字不全，疑同系缺叶造成。二本该条原文如下：

夫人长女之兰、季女之芬，俱耽吟咏。今录之兰《落叶》云："金飙何意太无情，处处园林似落英。疏柳飘残沟水急（下缺）。"

此条末"疏柳飘残沟水急"一句，正好刻至该卷末叶（第二十三叶）末行，但从内容看显然未完。诸本中，惟己本有第二十四叶，其自"疏柳飘残沟水急"以下为"吾乡多士得一宗工当何如（后文涣漫）"。但此所补之文不仅在语意上与前文并不连贯，且极似同卷第 62 条"吾乡多士得一宗工当何如抃庆耶"之语，连文字所在位置都完全一致（都在右半叶的第一行）。此外从板刻看，己本第二十四叶刻工与前面各叶颇不一致，明显系后来补刻。这些都说明真正的第二十四叶原板很可能已经散失了，己本所有者不过是后来所补。

就表中所列来看，六部家刻本中，卷数最少且唯一缺失正编条目的是甲本，卷数、条目相对最完整的是丁本。但卷数与条目多寡并不是判断各本增刻时间先后的唯一依据。笔者通过大量的文本校勘，并结合断口、修板以及刷印质量等其他版本因素，初步推断其增刻之先后即如表格所列之顺序。由于本文所关注的涉红史料，关键在于甲本，故有关其他各本之文本考订皆从略。

在甲本中，卷二之涉红史料与胡适所藏坊刻本一样，为文本一。这也是迄今为止笔者所见的唯一一部出现文本一的《随园诗话》家刻本。由于此本无内封，不通过校勘，很难在短时间内判断其刊刻时间，故虽也有研究者发现它，却从未深入细究。将此本比对其余五部家刻本，发现虽为同一刻本，其涉红史料却全部变为文本二。为方便说明，让我们再依此段文字在书籍实物上的呈现方式作个比对：

| 位置 | 甲本 | 乙至己本 |
| --- | --- | --- |
| 第八叶第七行至十行 | 康熙间曹练亭为江宁织造……人以此重之其 | 康熙间曹练亭为江宁织造……人以此重之其 |
| 第八叶第十一行 | 子雪芹撰红楼梦一部备记风月繁华之盛中有所谓 | 子雪芹撰红楼梦一部备记风月繁华之盛明我斋读 |
| 第九叶第一行 | 文观园者即余之随园也当时红楼中有女校书某尤 | 而羡之当时红楼中有某校书尤艳我斋题云病容憔 |
| 第九叶第二行 | 艳雪芹赠云病容憔悴胜桃花午汗潮回热转加犹恐 | 悴胜桃花午汗潮回热转加犹恐意中人看出强言今 |
| 第九叶第三行 | 意中人看出强言今日较差些威仪棣棣若山河应把 | 日较差些威仪棣棣若山河应把风流夺绮罗不似小 |
| 第九叶第四行 | 风流夺绮罗不似小家拘束态笑时偏少默时多 | 家拘束态笑时偏少默时多 |

通过比对不难发现，两段文字在文本上的差异总共不过十余字而已，但呈现在书板实物上，却有很大的差异。笔者仔细核对此二叶板刻，发现甲本第八叶末行"中有所谓"四字，在其他各本中均以剜改书板的方式改为"明我斋读"；而第九叶由于改动较多，自乙本而下各版，皆以抽换整叶书板的方式来达到文本改动的目的。就这样，通过对上述二叶书板或剜改或抽换的方式，著名的涉红文字在《随园诗话》家刻本中实现了从文本一到文本二的变化。

如果上述仅为孤例，或许不足以说明甲本在各本之前。但事实上，通过更多文本校勘，笔者发现了大量类似的文本改动。有对个别字句作修订者，如卷一第1条，甲本"侍卫"在其他各本中被改为"郎中"，第55条"林和靖"被改为"高青邱"；卷八第39条，甲本"癸未"被改为"壬午"；卷十四第86条，甲本"庆宝"被改为"庆保"。有对整句甚至整段作修订者，如卷二第46条，甲本"朝局是非堪齿冷"被改为"一局残棋偏汝著"；卷六第29条，甲本作：

余藏董文敏字册金笺写陈子昂古诗，钱竹初明府见而爱之，因以赠之。册尾仿醉素尤奇险。自题云："意在新奇无定则，古趣离离半无墨。醉来信手两三行，醒后却书书不得。"

而其余各本中，该条被剜改为：

朱竹君以学士降编修，分校得老名士程鱼门，京师传为佳话。殁后，张中翰埙哭以一律，后四句云："丹腕书铭前学士，青山送葬老门生。从今前辈无人哭，拼与先生泪尽倾。"瘦铜诗多雕刻，而此独沉着。

据笔者不完全统计，甲本十六卷中类似的文本改动至少在 30 处以上，且其他各本相应位置多能找到明显的剜板痕迹。

此外，几部坊刻本亦可作为佐证。如前文所及胡适藏本，凡是甲本与其他家刻本文字相异处，其基本与甲本保持一致，即便是"丞祠堂"（其他各本均作"丞相祠堂"）这样明显的讹误也错得如出一辙。类似的坊刻本还有数种，虽然刊刻时间不一，但在文本上却一以贯之。这说明甲本所出现的异文并不是孤立的存在，它与部分坊刻本一起，拥有一个共同的版本源头。这个源头与甲本关联甚为紧密，但并非甲本。因为在这些坊刻本中，还存在着不少连甲本都没有的文本内容。笔者推测很可能是印次比甲本更前的家刻本，甚至有可能是《随园诗话》家刻本的初刻初印本。

## 四、存疑的《随园诗话》稿本

最后，还有一个问题需要作些简单论述。近年来，有一部题为《储杏坊氏珍藏〈随园诗话〉原稿》的书籍，曾被研究者发现并讨论[①]。然此书虽名"原稿"，

---

① 如潘荣生：《今钞本随园诗话稿本述略》，《古籍整理研究学刊》2003 年第 6 期。

实为一后世钞本之影印复制本①。所谓"原稿"不仅未存实物，只就卷首光绪八年（1882）小坊氏《弁言》所叙之传抄之过程看，亦不无可疑之处，今择要援引如下：

> ……道光二十七年，予随先君馆金陵，偶游随园。尔时园已荒废，行至小阁东隅，见故纸堆积。先君素惜字，命予检拾，细阅之，乃先生所刊行世诗之亲笔稿也。其字古雅腴润，涉笔成趣。先君如获至宝，因依刻本，分颠末，汇订一本，除底面九十八页，珍藏之。及先君没后……有愿以重价购者，予皆笑而却之，非固执也，实因先君手泽，不忍轻弃。且兵燹后随园已成灰烬，此本墨宝，乃世所绝无而仅有也……先人手泽，才人墨宝，愿子孙共守之。

此段文字有几处值得推敲。其一，文中称当日所发现者为袁枚"诗之亲笔稿"，诗与诗话，岂可等而同之？如系漏书"话"字，未免太不谨慎。其二，文中"汇订一本"云云，从上下文理解，当指汇订袁枚原稿；且卷末二跋，亦称所见为袁枚"亲笔改本"。然文中又两次提及"先君（人）手泽"，不知所指为何？因原稿不存，今已无法区分其父"手泽"何处。然作者既对此一再强调，颇疑所谓"原稿"实曾羼入其父之文。其三，文中称"除底面九十八页"，今所见者正文凡一百〇九叶，多出十一叶，殊不可解。

此外，检"原稿"正文内容，亦多疑点，此处不赘。本文仅就其第一〇八叶所录之涉红文字作些阐述。从内容上看，"原稿"所录与刻本系统中文本一、文本二皆不尽相同，姑称之为文本三。今列其相异处如下，且以【　】标注"稿本"之修改痕迹：

---

① 此书扉页题"储杏坊氏珍藏随园诗话原稿／复制本"，左下有"泰州新华书店古旧部传钞"朱文钤印；后一页版心题"原题端"，中间分三行题"窥见一斑／储杏坊珍藏／袁子才先生旧稿本"，有"杏坊"、"储赐锦印"等钤印，但均非原印，而系手绘；卷末有光绪十年（1884）张绍石等二跋，跋后"彭城母家"一印亦为手绘。从全书印章多为手绘这一点看，此书当系先由泰州书店誊抄过录，再以影印方式出版。

| 文本三（"原稿"本） | 文本一（甲本） | 文本二（乙至己本） |
|---|---|---|
| 康熙年【"年"圈改作"间"】 | 康熙间 | 康熙间 |
| 中有所谓大观园者即余之随园也 | 中有所谓文观园者即余之随园也 | 明我斋读而羡之 |
| 【增"当时"】红楼中有女校书【增"某"】尤艳绝 | 当时红楼中有女校书某尤艳 | 当时红楼中有某校书尤艳 |
| 明我斋题云 | 雪芹赠云 | 我斋题云 |

对比三段文字，发现文本三几可视为一、二之结合体，且相对更为"准确"。不仅"大观园"未误作"文观园"[①]，题诗作者"明我斋"亦未误作"雪芹"。这未免令人惊讶。如果"大"变为"文"还可视为误刻的话，"明我斋"变为"雪芹"则只能理解为系袁枚在刻前所改了。这当然并非不可能，但似亦不能排除后人据刻本作伪之可能性。

因此，如要将文本三视为文本一之初稿，则其首要前提是保证此"原稿"真实可靠。事实上，现今不仅所谓"原稿"已佚，连"原稿"之钞本也未见踪影。研究者所依据的，不过是钞本的复制本而已。就文献学尤其是版本学而言，这样一部完全难觅原书实物踪影的"稿本"，仅凭其文本（即文本亦不无疑问），是无论如何不能妄下判断的。

因此，笔者对上述"原稿"及其所录之涉红文字，持谨慎存疑之态度。在没有进一步的实物证据之前，仅可作为一个参考。

## 五、结语

通过以上梳理，我们已然明确的是，今人反复辨析的涉红文字的两个主要版本（即文本一与文本二），均来源于《随园诗话》的家刻本。其中文本一出现于问世较早的印本中（如甲本），后在增刻的过程中，这段文字被袁枚本人以剜改、抽换书板的方式，修改成了文本二。随着增刻本的不断刷印，留有文本一的早期印本存世越来越少，几乎销声匿迹。

---

① 潘承玉《新红学的基础与"新新"红学的张本——〈随园诗话〉涉红记载重考》一文亦提及此"原稿"本，但不知何故，称"原稿中"亦作"文观园"。或中国社科院所藏之复制本，与笔者所见非一本耶？姑存疑俟考。此文收入《求真与问美：古典小说名著新探》，人民出版社 2005 年版，第 163 页。

　　同时，由于《随园诗话》家刻本甫一问世就被书坊翻刻，故其时当存在不少以初刻本为底本翻刻的坊本。此时，文本一尚未被修订为文本二，因此这些早期坊刻本反而继承了文本一的内容。这些坊刻本后来又被不断重新翻刻，且传播甚广，文本一的内容因得以在各种坊刻本中广泛存在。当甲本这样的早期家刻本没被发现时，就容易形成一种错觉，即文本一仅见于坊刻本之中，由此得出"大观园者即余之随园"云云系后世书坊伪造的结论。

# 清代诗人并称群体的繁盛及其启示
## ——基于密集程度的抽样考察

陈凯玲

陈凯玲，女，1982 年 8 月 31 日出生，广东广州人。本科毕业于广州大学汉语言文学专业。浙江大学中国古代文学专业 2006 级硕士研究生，学位论文《广东省级清诗总集研究》；2008 级博士研究生，学位论文《清代诗人并称群体研究》，获国家社会科学基金后期资助项目（17FZW009），导师均为朱则杰。主要研究清代诗人并称群体。

诗人并称群体，即两个或两个以上的诗歌作家齐名并称，相提并论。它是一种相对松散自由的群体单位，在严格意义上的文学集团组织之下，又在单个具体的诗人之上。作为一种特殊的群体形态，并称群体普遍存在于清代各层面、各时期的诗歌作家队伍中。它与清诗一样，对前代同类现象具有"集大成"的优势，蕴藏着丰富的文学、文化价值，很值得为其构建一个专门的研究体系。兹就清代诗人并称群体的繁盛情况作一番考察，以期引起学术界对并称群体的关注。

清代诗人并称群体的繁盛，一个最突出的表现是数量庞大。然而，想要对有清一代诗人并称群体的总量统计出一个精确的数目，恐怕是天方夜谭。清代文献素以多、乱、散著称，目前还没有一个可以囊括一切清代文献的数据库供人检索。据笔者掌握的资料来看，以一个组合为单位，估计清代诗人并称群体的数量至少在千个以上。然而，这"以上"究竟是多少为尽头，却是无从知晓了，只能留待日后条件完善的时候才能解开这个谜团。在目前条件有限的情况下，要说明清代诗人并称群体繁盛的表现，与其永无止境地计算"具体数量"，还不如将"密集程度"作为考量的对象。因为事物数量的多寡与其所在时空范围内的密度相关，清代诗人并称群体的"数量庞大"，换句话说就是"稠密集中"，只要对后者做出客观的描述，同样也可以证明清代诗人并称群体繁盛的实况。

## 一、以文献载录情况考察

考察清代诗人并称群体的密集程度，最为直观的方法是从相关史料文献中统计并称群体的"曝光率"。记录清代诗人并称群体的物质载体，主要有诗话笔记和诗歌总集，但是这两种文献的存留数量亦相当庞大，不可能都一一列举，只能选取个别有代表性的著作进行分析。

先来看诗话笔记的代表。乾隆间的知名学者兼诗人法式善，撰有《梧门诗话》一书，记载雍正至嘉庆时期的诗坛掌故、诗人轶事颇为详富。他在诗话《例言》中曾指出："国朝教泽涵濡，诗学之隆，超轶前古。百数十年来，名人志士，项北相望，如'北王南朱'、'南施北宋'及'六家'、'十子'之类，卷帙繁复，天地长留。"[1] 即以并称群体作为诗坛繁荣的标志，故其诗话对当时诗坛人物并称现象多有留意。若以今人张寅彭、强迪艺先生整理的点校本统计，该书有不下五十则的评诗条目提及诗人并称，反映出乾嘉之际"六家""十子"层出叠见的彬彬盛况——上至达官贵胄，例如"三西""诗传三学士""澄怀八友""推官都转两诗人""大竹小竹"[2]；下至布衣隐士，例如"淮南二布衣""吴门两布衣""三布衣""常州六逸""楚阳三才子"[3]；以及闺秀方外，例如"林屋十子""吟闺二杰""杨李"与"江上三上人"[4]。尤多关涉当时具有并称美誉的学者兼诗人，如"毗陵七子"中的洪亮吉、黄景仁、孙星衍、杨伦等，"吴中七子"中的曹仁虎、钱大昕、赵文哲等，"江左十五子"中的缪沅，"吴门三蒋"中的蒋征蔚，"广东四才子"中的张锦芳。这些活跃在乾嘉诗坛上的并称群体，固然只是在法式善个人阅历所及与兴趣偏好的范围之内，但从中亦可窥悉当

① 法式善著，张寅彭，强迪艺编校：《梧门诗话合校》，凤凰出版社 2005 年版，第 27 页、第 427 页、第 447 页、第 265 页。
② 法式善著，张寅彭，强迪艺编校：《梧门诗话合校》，凤凰出版社 2005 年版，第 62 页、第 187 页、第 199 页、第 302 页、第 378 页。
③ 法式善著，张寅彭，强迪艺编校：《梧门诗话合校》，凤凰出版社 2005 年版，第 36 页、第 153 页、第 143 页、第 233 页、第 338 页。
④ 法式善著，张寅彭，强迪艺编校：《梧门诗话合校》，凤凰出版社 2005 年版，第 428 页、第 427 页、第 447 页、第 265 页。

时并称群体密集涌现的诗坛格局。

如果说法式善《梧门诗话》只反映了整个清代诗人并称群体的一个横断面，那么民国间杨钟羲撰辑的《雪桥诗话》及《续集》《三集》《余集》系列，则可以对此提供一个接近全貌式的展示。该诗话堪称是"一部记载有清一代的掌故书"，当中有多处提及清代诗人并称群体的地方，兹以表格的形式统计如下：

表1　《雪桥诗话》及其续编各卷所见清代诗人并称群体统计表

| 书名 | 卷次 | | | | | | | | | | | | 总卷次 |
|---|---|---|---|---|---|---|---|---|---|---|---|---|---|
| | 卷一 | 卷二 | 卷三 | 卷四 | 卷五 | 卷六 | 卷七 | 卷八 | 卷九 | 卷十 | 卷十一 | 卷十二 | |
| 雪桥诗话 | 15 | 9 | 4 | 6 | 0 | 3 | 2 | 1 | 5 | 5 | 7 | 3 | 60 |
| 续集 | 14 | 9 | 6 | 6 | 10 | 7 | 7 | 1 | — | — | — | — | 60 |
| 三集 | 15 | 9 | 8 | 9 | 9 | 7 | 5 | 5 | 7 | 4 | 6 | 5 | 89 |
| 余集 | 6 | 5 | 4 | 7 | 6 | 4 | 14 | 2 | — | — | — | — | 48 |
| 合计 | | | | | | | | | | | | | 257 |

《雪桥诗话》提及诗人并称群体一共257次，除去重复出现者，亦不下200余次。若以全书总共四十卷来统计，诗人并称群体在每卷的"曝光率"多达6次，这确乎可以见出，在清人掌故中，诗人并称可谓当时的一个热门话题。撰者杨钟羲作为一个文学批评家，他获知的诗人并称信息，可谓相当丰富，这不仅归因于其个人的博闻强识，更是由于诗人并称现象普遍流行的客观原因所致。试想一下，如果清代诗人并称群体的数量非常有限，就很难引起诗话作者的关注，也就不会有那么多的诗人并称群体出现在《雪桥诗话》系列中，可以信手拈来、俯拾可得了。诗人并称群体在诗话笔记中频繁曝光，正是其密集程度颇高的一个有力证明。

再看诗歌总集。清人编撰的诗歌总集类型众多，其中有一类专门收录若干名代表作家或某一特定群体之作品，书名常冠以某某"大家""名家""家""子"之类的字样，且多以合刻或丛刻的形式出现。清代诗人并称群体的产生和定型，往往与此类总集的编刊有关，例如康熙间吴之振编刊《八家诗选》，收录近时京师诗坛名家曹尔堪、宋琬、沈荃、王士禛、施闰章、王士禄、陈廷敬、程可则之诗，此书一经刊布，曹尔堪等人即享有"海内八家"之誉，成为一个富有"偶像范式"的诗人并称群体 ①。因此，从总集的角度测探清代诗人并称群体的"密集程度"，或许能得到一个比较客观的认识。兹据《中国古籍善本书目》（集部）、《中国丛书综录》与《中国丛书广录》三种书目所著录的断代、郡邑类总集，分别考察历代诗人并称群体的编选情况。

表2 以诗人并称群体为编选对象的断代、郡邑类总集统计表

| 书目名 | 作家所属时代 | | | | | |
|---|---|---|---|---|---|---|
| | 汉魏六朝 | 隋唐五代 | 宋 | 金元 | 明 | 清 |
| 《中国古籍善本书目》（集部） | 7 | 16 | 4 | 4 | 27 | 38 |
| 《中国丛书综录》 | 3 | 10 | 3 | 2 | 14 | 45 |
| 《中国丛书广录》 | 2 | 16 | 5 | 0 | 15 | 42 |

（说明：氏族、家集类不计入；通代或跨代并称群体不计入，著录作者为民国人不计入清代；文集兼收诗歌者亦计入；同一并称群体有多部总集者，只按一种算。）

从上述三种书目的著录情况来看，有关并称群体的诗文总集，尤多以清代为编选对象。另外，笔者在浙江图书馆孤山分馆查阅书目卡片时，发现十余种与清代诗人并称群体相关的总集，不见著录于上述书目；可以推想，散佚于其他地方的同类型总集应当还有不少，故以上统计结果仅是一个保守的估计。总之，编选清代诗人并称群体的总集数量之多，确乎能反映当时诗坛并称现象的繁盛。当然，历代所产的诗人并称群体数量无虑成千上万，而其中有幸成为总集编选对象的，毕竟只占很少一部分，大多数并称群体很快就被时间所淘汰，为历史所遗忘。从这一点来说，诞生于清代的诗人并称群体，无疑要比他们的前人占有更大的优势，因而被"曝光"的可能性也就更大。

尽管上述的抽样分析无法媲美穷尽式的摸查，但旨在为读者提供一种较为直观的角度，以便于了解清代诗人并称群体的总体规模。

## 二、以时空分布状况考察

清代诗人并称群体的数量之多，通过上文的抽样分析，已可窥见一斑。而

---

① 如陶樑《国朝畿辅诗传》卷十四载王维坤《赠大梁主考施愚山侍讲》诗云："十年心醉八家诗，更熟宣城黄绢辞。"见《续修四库全书》第1681册，第168页。

如此多的诗人并称群体，其分布情况又是如何的呢？下文具体从时间与空间两个维度来考察。

从笔者目前所掌握的明确可考的 500 余个诗人并称群体来看，他们活动的时间范围及其所占人数比例大致为：明末至顺康间占 41%、康雍乾间占 8%、乾嘉间占 24%、嘉道间占 8%、道咸同光间占 11%、清末民初占 8%。如果把清代整体划分为初、中、晚三大阶段，则诗人并称群体的分布明显集中在初、中两期，大略呈现出前多后少、前重后轻的分布特点。这种前后不均的现象，在历代作家并称群体的发展流变过程中，也都普遍存在，即每个时代不仅有对当下作家并称的提出，而且还有对前代作家并称的品评和追加。就后一种情况而言，时代越靠后，往往越有利于提出对前代作家的并称之说。因此，在上述统计的清前、中期的诗人并称群体中，有一部分是为后人所追认，乃至清末才达成共识的。这也说明，前、中期的相对集中，与后期诗人并称群体的相对冷落，恐怕是一种暂时的情况，相信随着时间的推移，将来人们对晚清诗人并称群体的追认，势必会不断增多。

再看空间分布的情况。清代诗人并称群体的地域性较为明显，即同一籍贯的诗人往往容易结成并称群体，如前及 500 多个诗人并称群体，当中就有七成者，其成员皆来自相同地区。若以省级为单位进行统计，则江苏一省的诗人并称群体之多，为全国冠首，占计算总额的 30%；其次为浙江省，占 20% 之强；而后依次是广东、湖南、安徽、云南、直隶、山东诸省，合计约占 30%；其余的 20%，主要由广西、湖北、江西、贵州、福建、四川诸省构成，至于山西、河南、陕西、甘肃等地，虽然所占比重轻微，但也均有零星的存在。综观清代诗人并称群体的地域分布，可谓遍及关内十八省，甚至关外的东北等地亦不乏诗人并称现象的存在，而这种现象也正是清代诗人并称群体数量庞大的一个具体表现。以下试举代表性地区说明之。

清代诗人并称群体分布之稠密区，主要集中在江苏、浙江二省。众所周知，江浙一带自明清以来就是人文荟萃之地，仅据徐世昌《清诗汇》（原名《晚晴簃诗汇》）统计，全国诗人 6082 人中，江、浙籍诗人至少占五分之二强，可谓撑起清代诗坛的半壁江山。有如此丰富的诗人资源，江浙地区也自然成为并称群体的"扎堆"之所。据统计的结果显示，江苏省至少有七府二州及下辖二十三县二镇<sup>①</sup>，浙江省则有六府一州及下辖十七县一镇<sup>②</sup>，曾出现过数量、规模大小不等的诗人并称群体；且分布密度最大的区域集中在江、浙两省的环太湖流域一带，即苏州、常州、松江、太仓、嘉兴、杭州各府及下辖部分属县——生于这一地区的诗人往往因联系紧密，还表现出强强联手的特点，例如浙江秀水朱彝尊、慈溪姜宸英与江苏无锡严绳孙，有"江南三布衣"之称；秀水王昙（字仲瞿）与江苏武进黄景仁（字仲则），并称"乾隆二仲"。因此说，清代诗人并称群体数量庞大、分布稠密的特点，于江、浙地区表现得最为极致。

再来看云南、广西、贵州等经济文化后进地区。这三个省区地处西南边陲，长期以来都是所谓蛮荒之地，受中原文化的沾溉既少且晚，在清代以前，这些省区均不见出产诗人并称群体，即便有文人墨客也都是流寓居多，难以形成浓厚的并称文化氛围。然而，经过明、清两代的开化以后，当地文教渐兴，诗家辈出，诗人并称群体的数量及规模，并不输于文化积淀深厚的中原地区。以云南为例，乾隆间有朱奕簪、罗觐恩、陈履和并称"龙湖三子"，陈诏、李因培、钱士云、周于礼并称"四杰"；乾嘉间，寓贤李书吉、杜钧、张霨并称"诗中三杰"，袁文典、袁文揆兄弟并称"保山二袁"；嘉道间，戴絅孙、杨国翰、池生春、李于阳、戴淳并称"五华五才子"，孙清元、孙清士兄弟并称"呈贡二孙"；光绪间，朱庭珍、赵藩、陈荣昌、吴式钊并称"滇南四杰"，罗宿、杨致中、张鸿举并称"剑川三子"，等等，皆为时人所称道。此外，还有经同乡后辈追加并称名号者，如民国间王灿一手编辑《滇八家诗选》，标举清中叶至近代云南诗人钱沣、黄琮、戴絅孙、朱腾、赵藩、张星柳、陈荣昌、李坤，以之"当与'岭南三家'、'江左三家'、浙之'六家'后先辉映而骖靳连镳、并驾齐驱于中原"<sup>③</sup>；又近人袁嘉谷先生在《卧雪诗话》中，以康熙至咸丰间诗人张汉、钱沣、刘大绅、师范、朱腾、黄琮，号称为"滇南后六家"，与明代"滇南前六家"

① 江苏（清初称江南）省七府二州是：江宁府、苏州府、常州府、松江府、镇江府、扬州府、徐州府、直隶通州及太仓州。二十三县是：吴县、长洲、常熟、昆山、吴江、震泽、华亭、青浦、嘉定、武进、无锡、江阴、山阳、溧阳、清河、高邮、泰州、江都、仪征、兴化、宝应、东台、如皋。二镇是：南翔、凤溪。
② 浙江省六府一州是：杭州府、嘉兴府、湖州府、宁波府、绍兴府、台州府、海宁州。十七县是：钱塘、仁和、秀水、平湖、桐乡、海盐、德清、归安、鄞县、慈溪、山阴、萧山、会稽、诸暨、黄岩、临海、永嘉。一镇是魏塘。
③ 王灿：《滇八家诗选》自序，民国三十一年（1942）排印本，第2a—b页。

一起①，构成 400 年间云南诗坛的主力阵容。清代云南地区诗人并称群体，虽然自清中叶以后才开始崭露头角，但在数量上却能达到与直隶、山东相当的程度，故而尤其引人注目。

与云南情况相似，清代广西、贵州诗坛的并称群体亦呈现出"后起直追"的态势。广西，顺康间有"二谢"，雍乾间有"西粤二子""桂林二友""二童""桂平三潘"等，嘉道间有"都峤三子"，道同间有"坛津三苏""宁明四名士""宁明五俊"等相继而出；同治间张凯嵩辑《杉湖十子诗钞》，时人又以朱琦等人为"桂林十子"。贵州，乾嘉间有"黔中三畸男""思南二俊"，道咸间有"郑莫"（又称"西南二子"）、"史戴"②，以及徐櫜辑《黔南十三家诗（钞）》、周鹤辑《黔南六家诗选》、黎兆勋拟辑《黎平四家诗》等相关总集的编纂活动，为当地诗人并称群体的树立和宣扬，也起到了推波助澜的作用。总体上，云南、贵州二省的诗人并称群体，亦是自清中叶始才大量涌现，且在较短时间内形成了兴盛的局面。

此外，尤其值得一提的是，清代诗人并称群体甚至蔓延到了一些极其偏远的地区。例如在山海关外的盛京地区，至少有两批诗人并称群体先后崛起：一是康熙末至乾隆初年间，李锴、陈景元曾与戴亨并称"辽东三老"，与（石）永宁并称"辽东三布衣"；同时，他们又与王长住、陈景中、（马）长海等一批北方寒士诗人，被誉为"燕山十布衣"。二是清末民初年间，荣文达、刘春烺、房毓琛三人，曾被杨钟羲推为辽沈文献之"巨擘"，有"辽东三才子"之称，时人荣文柞辑刻《辽东三家集》，特意为之表彰。至于后人追加的并称诗人，则有民国初年刘承幹辑刻《辽东三家诗钞》，以长海、李锴、梦麟并称为另一组"辽东三家"。再如地处中越边境的广西宁明县，清季曾有陶赞勋与黎慕德、农实达、欧显谟、王廷赞号"五俊"，与王功臣、陈宜秋、程绶卿为"四名士"。

通过以上论列可以看出，清代诗人并称群体在分布密度与产生范围方面，无疑较前代有相当大的拓展和提升。在清朝 260 余年间，平均每年至少就有两

---

① 袁嘉谷：《卧雪诗话》卷六："曩欲选滇四家诗，迄未成书。近与友谈，当扩为前、后六家，剑川萧孝廉善虞，深以为然，各赋一律，真令金碧生色。"所咏"前六家"即明成化、弘治间杨一清、张含，嘉靖、正德间李元阳、杨士云，明末清初间诗僧担当、苍雪。《民国诗话丛编》，上海书店出版社 2002 年版，第 2 册，第 416 页。

② 徐世昌《清诗汇》卷一百四十三戴粟珍名下附"诗话"称："与史获洲齐名，道光中大安二郡称诗者，推'史戴'。"北京出版社 1996 年版，下册第 2291 页。

组诗人并称群体诞生，这与前代诗人并称需要数十年，甚至是数百年的经典化过程相比，显然大大缩减了"生产时间"；就清末的政区格局而论，除关外的黑龙江、吉林，以及少数民族聚居的新疆、西藏、青海、内蒙古等地之外，全国其他省区皆有诗人并称群体的出现，覆盖范围之广，亦可谓超轶前代。

## 三、繁盛背后的启示

经上述考察可知，诗人并称群体在清代文献资料的记载里可谓俯拾可见，从清初至近代层出不穷，地域分布也颇为广阔，蔚为大观。虽然他们大多只是昙花一现，但亦留下一批文学菁华。清代诗人并称群体呈现出如此繁盛的局面，不只是因为清朝与今相近、"文献足征"而给我们如此印象，实际上，它确实达到中国古代诗人并称群体发展史的高峰。这不仅表现在其数量之多、分布密集，而且还可以从类型之富、关系之繁、传播之盛等方面体出现来（笔者另有专文讨论，此不赘述）。这种种繁盛的表征，必然是由历史、时代、心理、文化和文学等诸因素综合作用的结果，也是中国古代作家并称群体发展的必然趋势。因此，与清诗一样，清代诗人并称群体具有浓缩以往各朝代同类者的"集大成"之势，这种"集大成"恰恰是清代诗人并称群体繁盛的一个基本特征。

诗人并称群体作为清代一个突出的文学现象，我们从中得到的启示也应该是丰富的。而就其研究价值来说，从并称群体的相关问题入手，可以成为清诗研究的一个新角度。这种研究思路，正是由清代诗人并称群体的独特性所决定的。就整个文学史上作家并称群体而言，已有学者指出其独特性，如刘跃进先生曾经这样总结过："以并称来概括某些作家群体，越到后来使用越广，用法也越灵活，……有时候，它是某一时期文坛横断面的扫描；有时候，它是某种风格集中的呈现；有时候，它是某种文学流派的表现形态。"① 严迪昌先生也指出："诗歌史上屡见之'七子'、'五子'、'十子'一类名称，不应轻忽为一般的文人风雅习气，其实这类现象正是朝野诗坛领袖们左右风气走向的表征，当是治史者梳通诸种脉络时的重要观照对象。"② 就清代诗人并称群体而言，其所

① 刘跃进主编：《中国古代文学通论·魏晋南北朝卷》，辽宁人民出版社 2005 年版，第 167 页。
② 严迪昌：《清诗史》，浙江古籍出版社 2002 年版，上册第 456 页。

涉清诗研究层面是相当广阔的。即如从内部关联来看，几乎所有重要的诗人都有某种并称关系，乃至兼有好几种并称关系，这些错综复杂的关系，或折射诗人创作、交游的一个片断，或成为评价其文学地位的一个标准；从外部关联来看，并称群体与诗歌流派、诗人结社、诗坛风会、诗学批评等论题，都有着千丝万缕的联系，庶几可构成诗歌史上的许多重要论题。因此，并称群体在清诗的研究领域里，具有很大的学术涵盖面，很值得我们去关注、思考、清理和研究。这即是本文观照清代诗人并称群体繁盛所得到的一个有益启示。

# "惊隐诗社"的发展历程

周于飞

周于飞，女，1984年3月2日出生，湖南衡阳人。本科毕业于衡阳师范学院汉语言文学专业。南昌大学中国古代文学专业2006级硕士研究生，学位论文《论南岳楹联》，导师文师华先生。浙江大学中国古代文学专业2009级博士研究生，学位论文《惊隐诗社研究》，获国家社会科学基金后期资助项目（16FZW030），导师朱则杰。主要研究清代诗歌及当代旧体诗词。

中国文人结社，在清代之前以明末为最盛。入清伊始，风气依旧不衰。后因朝廷禁止及各种打击，自康熙初年以后相对比较沉寂。"惊隐诗社"于顺治五年戊子（1648）成立，至康熙三年甲辰（1664）解散，前后持续时间长达17年之久。在此期间，诗社经历了一个从形成逐渐走向消亡的历史过程。它的形成至消亡，体现了清初文人结社从活跃渐趋消沉的发展历程。

## 一、"惊隐诗社"的形成

"惊隐诗社"的形成，从文人结社的历史来说，是直接延续明末繁盛之风而来；从清初的政治环境来看，又与遗民的抗清斗争有关。中国文人结社发展到明末，已经达到了高峰阶段，当时文坛上的知名文人和重大文学活动，几乎都与结社相关。清朝初年，遗民结社依然盛行，其中一部分遗民社团就是明末文人结社的延续，而另一部分遗民为了秘密从事抗清斗争，也往往以结社作为联络同道志士的方式。加上全国尚未统一，清朝统治者忙于征战，对遗民结社也未严令禁止，客观上为遗民结社创造了有利的条件。

### （一）"惊隐诗社"形成的背景

中国古代文人结社，最初盛于明代。谢国桢先生说："结社这一件事，在明末已成风气，文有文社，诗有诗社，普遍了江、浙、福建、广东、江西、山东、河北各省，风行了百数十年，大江南北，结社的风气，犹如春潮怒上，应运勃兴。"[1] 结社活跃的表现之一是社团数量众多，据何宗美先生统计，至明末天启、崇祯年间，文人结社达到最高峰，有将近一百三十家社团[2]。清初结社盛行，可视为明末风气的延续。从地域上看，又以江浙地区尤为活跃。这一方面与当时的政治环境有关，一方面有赖于江南地区发达的经济和文化。

先说政治环境。清朝统治者虽于顺治元年甲申（1644）定鼎北京，然而全国各地的抗清斗争却此起彼伏。明朝宗室在南方先后建立弘光、隆武、永历等南明政权，直到康熙三年甲辰（1664），永历政权已经灭亡，郑成功及张煌言相继逝世，东南沿海的反清军事力量几乎全线覆灭，大规模的抗清斗争才告一段落。在此期间，清朝统治者的主要精力放在军事征服上，文化统治处于次要地位，客观上为文人结社提供了一个相对宽松的政治环境。

再说地域因素。"惊隐诗社"发起地江苏苏州府吴江县，位于太湖之滨，素有"鱼米之乡"之称。杨凤苞《秋室集》卷一《书南山草堂遗集后》说：

> 明社既屋，士之憔悴失职、高蹈而能文者，相率结为诗社，以抒写其旧国旧君之感。大江以南，无地无之。其最盛者，东越则甬上，三吴则松陵。然甬上僻处海滨，多其乡之遗老，间参一二寓公。松陵为东南舟车之都会，四方雄俊君子之走集，故尤盛于越中。而"惊隐诗社"，又为吴社之冠。[3]

这里提到的"松陵"，为吴江县下辖松陵镇，即借指吴江。吴江既是舟车往来的交通枢纽，又有四方君子集合，故而结社活动十分频繁，"尤盛于越中"。除了以上两个条件之外，吴江本地的世家望族，也在结社活动中发挥了重要作用。陈去病《五石脂》说："当明代之隆，松陵城中，以周、吴、沈、赵、叶为五

---

① 谢国桢：《明清之际党社运动考》，上海书店出版社 2004 年版，第 7 页。
② 何宗美：《明末清初文人结社研究》，南开大学出版社 2003 年版，第 22 页。
③ 杨凤苞：《秋室集》卷一，《续修四库全书》第 1476 册，第 10 页。

世家。"①五世家中，周、吴、沈、叶四世家均有"惊隐诗社"的成员；此外，顾、钮、朱等大姓中亦有成员，如：周安、周灿、周尔兴、周抚辰；吴珂、吴宗潜、吴宗汉、吴宗泌、吴宗沛、吴寀、吴炎、吴南杓；沈永馨；叶世侗、叶继武、叶敷夏；顾樵、顾有孝；钮荣、钮明儒；朱鹤龄、朱明德等等②。因此，"惊隐诗社"发起于吴江，其成员半数以上为吴江人，并非偶然。

**（二）"惊隐诗社"形成的概况**

吴江在雍正四年丙午（1726）一度析为吴江、震泽两县。关于"惊隐诗社"的形成，乾隆《震泽县志》、乾隆《吴江县志》、杨凤苞《秋室集》等书，均有叙及。其中乾隆《震泽县志》卷三十八《杂录·二（旧事·二）》记载较为详细，兹录于下：

> 太湖叶桓奏，鼎革后隐居唐湖北渚古风庄，有烟水竹木之胜。与严墓吴东篱兄弟并为"惊隐诗社"领袖。（"惊隐诗"三字，叶集作"逃"。）
> ……
> 国初，吾邑之高蹈而能文者，相率为"惊隐诗社"，四方同志咸集……于时定乱已四五年，迹其始起盖在顺治庚寅。诸君以故国遗民绝意仕进，相与遁迹林泉，优游文酒；芒鞋箬笠，时往来于五湖三泖之间，而执法之吏不相谁何。国家文网之宽，诸君气谊之笃，两得之矣。③

按"惊隐诗社"又名"逃社"，也称"逃之盟"。关于它的成立时间，此处推测为顺治七年庚寅（1650）。后来的记载，也都沿袭此说。但是，诗社成员吴炎《潘子今乐府序》所记却有不同：

> 方己卯［崇祯十二年，1639］、庚辰［十三年，1640］间，余从家叔父南村先生游，舍笠泽王氏……余于是始耳潘子。距三年，而余稍稍挟中书君与时贤从事，而潘子亦来……又三年，而陵谷变。予窜西吴，与潘子不

---

① 陈去病：《陈去病诗文集》，社会科学文献出版社 2009 年版，下编第 605 页。
② 凌郁之：《苏州文化世家与清代文学》第一章《苏州世家文化生态圈》第三节《党社遗风》第二部分《亲亲之道》亦有论及，但成员名单偶有出入。见齐鲁书社 2008 年版，第 58 页。
③ 乾隆《震泽县志》卷三十八，《中国地方志集成》江苏府县志辑第 23 册，第 340 页。

相闻者二年。无何，而余遭闵凶，潘子来唁……明年，而家叔父东篱先生为"逃之盟"于溪畔，而潘子辄来……又五年，……相与……为《今乐府》……巳［癸巳，顺治十年，1653］之冬，成十三。[1]

按吴炎与潘柽章曾合撰《今乐府》，两人交互为序。此序中间说到吴宗潜（东篱其号）创立"逃之盟"亦即"惊隐诗社"的时间，前后有许多需要推算的年份：前面从明崇祯十二年"己卯"（1639）"距三年""又三年，而陵谷变"，指清顺治二年乙酉（1645），清军攻占南京、苏州等地，南明弘光政权灭亡一事。下推"二年"，再"明年"，则为顺治五年戊子（1648）。后面"又五年"到顺治十年癸巳（1653）冬写成十分之三的《今乐府》，在时间上亦与之相吻合。这就是说，"惊隐诗社"实际成立于顺治五年戊子（1648）。最近刚刚发表的周雪根先生《清初吴地"惊隐诗社"新考》一文，也曾依据此序得出同样的结论，只是考证过程稍微简略一些。至于俞前先生《王锡阐和他所处的年代》一文说"惊隐诗社"成立于顺治十年癸巳（1653）[2]，则不知何据。

"惊隐诗社"的领袖是叶继武（桓奏其字）与吴宗潜、吴宗汉（南村其号）兄弟，其成员皆为"绝意仕进"的遗民。此时文禁尚宽，社员相与"遁迹林泉，优游文酒"，体现了一个遗民诗社的特色。诗社别名所谓"逃"，意即隐居不仕，逃避乱世。由于材料的欠缺，诗社成立的具体情况已难以考察。但从叶继武自称诗社为"寒盟"来看（详后），他是希望各位成员保持名节，不与异族统治者合作。诗社的名字，暗示了它的政治态度和文化立场。叶继武本人，据戴笠（耘野）《高蹈先生传》记载：

> 叶继武……隐居唐湖北渚，所居名曰古凤庄，有烟水竹木之盛。因与吴兴沈祖孝、范凤仁，同邑吴宗潜、潘柽章等举"逃社"，为岁寒交，一时三吴高士莫不指唐湖为武陵、柴桑焉。四方宾至无虚日，继武倾赀结纳，人皆以孟尝君称之。[3]

---

① 吴炎、潘柽章：《今乐府》卷首，台湾新文丰出版公司《丛书集成续编》第 109 册，第 647—648 页。
② 陈美东、沈荣法主编：《王锡阐研究文集》，河北科学技术出版社 2000 年版，第 229 页。
③ 戴笠：《高蹈先生传》，《松陵文录》卷十七，同治十三年甲戌（1874）刻本，第 4a 页。

叶继武既是该社的领袖，也是发起人之一。诗社发起地，在其隐居的吴江唐湖北渚古风庄。他为人轻财好客，被视为"孟尝君"，古风庄也被三吴人士视为武陵、柴桑这样的世外桃源。"惊隐诗社"能够成立，并持续较长的活动时间，与他的努力有很大关系。

## 二、"惊隐诗社"的活动

文人结社的活动，大致包含文学活动、学术活动和政治活动三类。"惊隐诗社"的活动，以文学活动和学术活动为主，政治活动相对较少。其中文学活动以集会和编选诗文总集为主；编选诗文总集另有论述，在此只讨论集会情况。需要注意的是，"惊隐诗社"并非纯文学性质的社团，其成员的学术活动及政治活动往往与文学活动交织在一起。

### （一）"惊隐诗社"的集会

"惊隐诗社"的集会，据乾隆《震泽县志》记载，"岁以五日祀屈原，九日祀陶渊明，除夕祀林君复、郑所南"①。这里提到集会的时间，是每年的端午、重阳、除夕；集会的内容之一是祭祀先贤，包括屈原、陶渊明、林逋、郑思肖凡四人。实际上，诗社集会的时间和祭祀的对象还不止这些。

除了端午、重阳、除夕这三个节日之外，至少还有上元节和花朝节，也曾是诗社集会的时间。社员周灿诗集《泽畔吟》中，就有《盆梅盛开，预举花朝社集》《正月十五盆梅盛开，诸同人雅集分赋》《花朝社集，分得"村"字》诸题②。而节日之外，其他集会的时间就更多了，例如"上巳后二日""仲夏望前一日""重九前一日"等等（详后）。至于泛指而无法考证具体日期的时间，诸如孟冬、暑月等，则不在考察范围内。

诗社祭祀的对象，除了屈、陶、林、郑四人之外，至少还有杜甫和贾谊，分别可见叶继武《九日岁寒斋同"逃社"诸子祀陶元亮、杜子美两先生》③，潘柽章《仲夏望前一日，同……敬祭屈大夫、贾太傅两先生……》④。

---

① 乾隆《震泽县志》卷十八《人物·六（节义）》吴宗潜传，第177页。
② 周灿：《泽畔吟》，上海书店出版社《丛书集成续编》第123册，第468页，第476页，第467页。
③ 乾隆《震泽县志》卷三十四《撰述·四（集诗·三）》，第301页
④ 潘柽章：《观复草庐剩稿》卷五，民国二年（1913）上海神州国光社排印本，第9a页。

关于诗社集会的地点，提到最多的自然是叶继武的古风庄，所谓"汾湖叶桓奏……家唐湖北渚之古风庄……同社麇至，咸纪以诗"①。可见叶继武居所不仅是诗社的发起地，也是诗社聚会的代表性场所。更具体地说，则是其书斋"岁寒斋"。

除了诗社领袖叶继武的岁寒斋，其他社员的居所也往往是聚会的场所。例如潘柽章的韭溪草堂、周灿的南园、沈永馨的通晖楼、周尔兴的蓬莱阁、沈嘉楠的东园、陈济生的远耀堂、王锡阐的困亨斋、钱肃润的十峰草堂、顾有孝的北郭草堂等等。

集会的次数，从社员的诗集中，可以发现一些线索。即以潘柽章诗集《观复草庐剩稿》为例，集会年份可知的，如顺治九年（1652）《壬辰五日，赋得"投诗赠汨罗"，时周闇昭、机高、拭山，吴东篱、匡庐，顾樵水，叶桓奏集敞斋作》②、十年（1653）"癸巳暑月"《新荷篇》唱和③、十一年（1654）《甲午孟冬，同赤溟过皇士斋，适慈溪魏雪窦，云间冯天垂、吴六益，鹿城陆彦修，吴门徐贞起、施又王诸子至菊下饮，分得"六麻"》④，每年至少有一次，并且其中恰好有端午。

至于集会年份不可考的，则次数更多，如《集闇翁南园观梅》⑤、《寒夜同雪樵、东篱、南村、桓奏、不远、寅旭集机高蓬莱阁，各赋长句为乐》⑥、《周安节冒雨垂访，剧谈有感，因寄戴则之》⑦、《同梅隐、桓奏探菊，宿平川旧居》⑧、《同赤溟、昭冥访南村，舟中分得"家"字》⑨、《重九前一日，同匡庐、雪樵、东篱、南村、桓奏、赤溟、公觐、融充、曜庚，集钮晦复斋，得"公"字》⑩、《新荷，同梅隐诸公集闇昭侍御斋赋》⑪、《梅隐、雪筜、东篱、桓奏、勤宣以上巳日见过即别，却订午后修禊桓奏斋中，今以风雨竟不获与》⑫、《同介白、茂伦、

① 杨凤苞：《秋室集》卷一《书南山草堂遗集后》，第10页。
② 潘柽章：《观复草庐剩稿》卷二，民国二年（1913）上海神州国光社排印本，第2b页。
③ 潘柽章：《观复草庐剩稿》卷二，民国二年（1913）上海神州国光社排印本，第4a页。
④ 潘柽章：《观复草庐剩稿》卷二，民国二年（1913）上海神州国光社排印本，第12a页。
⑤ 潘柽章：《观复草庐剩稿》卷二，民国二年（1913）上海神州国光社排印本，第6a页。
⑥ 潘柽章：《观复草庐剩稿》卷二，民国二年（1913）上海神州国光社排印本，第7a页。
⑦ 潘柽章：《观复草庐剩稿》卷二，民国二年（1913）上海神州国光社排印本，第3a页。
⑧ 潘柽章：《观复草庐剩稿》卷二，民国二年（1913）上海神州国光社排印本，第7a页。
⑨ 潘柽章：《观复草庐剩稿》卷二，民国二年（1913）上海神州国光社排印本，第9a页。
⑩ 潘柽章：《观复草庐剩稿》卷二，民国二年（1913）上海神州国光社排印本，第10a页。
⑪ 潘柽章：《观复草庐剩稿》卷二，民国二年（1913）上海神州国光社排印本，第11a页。
⑫ 潘柽章：《观复草庐剩稿》卷二，民国二年（1913）上海神州国光社排印本，第14a页。

其凝，集樵水斋头》①、《仲夏同东篱、桓奏、樵水诸子集茂伦新居，限用"明"字》②、《酬梅隐、机高、开期、其凝过湖滨新居见赠》③、《花朝社集，同长孺、南村、闇昭、茂伦、赤溟、昭冥、机高、樵水、其凝，分得"潜"字》④、《菊花时，同梅隐、匡庐、宁武、东篱、南村、西山、不远、琴侠、兆敏集雪樵馆，祭元亮、子美两先生，分韵得"屏"字》⑤、《望雨，同闇昭、匡庐、东篱、机高、樵水、桓奏、其凝集敝斋作》⑥、《咏千日红……秋杪同梅隐、开期、桓奏、其凝过初玉蓬莱阁，得观而赋之》⑦、《花朝社集，同梅隐、樵水、白卿、初玉、开期，集周闇昭斋中》⑧、《盆梅盛开，预举花朝社集，同匡庐、闇昭、樵水、机高、开期、拭山》⑨、《南园累石，同闇昭、开期、樵水、白卿、其凝，集初玉斋赋》⑩、《仲夏望前一日，同匡庐、宁武、东篱、北窗、南村、樵水、北山、载阳、其凝、兆敏、公觐、曜庚、开期、桓奏，敬祭屈大夫、贾太傅两先生，即事分韵，得"还"字》⑪、《九日同匡庐、宁武、耳韶、宾王、雪筠、东篱、南村、桓奏、载阳、苏如、公觐、融司、曜庚，集钮晦复斋》⑫、《仲夏同东篱、桓奏、樵水、松之、庶其、赤溟、曜庚集茂伦新居，限用"明"字》⑬。以上凡21次，并且其中恰好有花朝和重阳。

此外还有一种特殊的集会形式，即数人分处各地而举行同一活动，如顺治七年（1650）《庚寅除夕戊寅，遥同梅隐、雪樵诸公》⑭、八年（1651）《辛卯元旦己卯，遥同梅隐、雪樵、匡庐、东篱、南村、赤溟诸公》⑮、九年（1652）《壬辰除夕，遥同社中诸子守岁》⑯，一年一次，并且其中除了除夕之外还有元旦。

---

① 潘柽章：《观复草庐剩稿》卷二，民国二年（1913）上海神州国光社排印本，第4b页。
② 潘柽章：《观复草庐剩稿》卷二，民国二年（1913）上海神州国光社排印本，第5b页。
③ 潘柽章：《观复草庐剩稿》卷二，民国二年（1913）上海神州国光社排印本，第9a页。
④ 潘柽章：《观复草庐剩稿》卷二，民国二年（1913）上海神州国光社排印本，第9a页。
⑤ 潘柽章：《观复草庐剩稿》卷二，民国二年（1913）上海神州国光社排印本，第10b页。
⑥ 潘柽章：《观复草庐剩稿》卷二，民国二年（1913）上海神州国光社排印本，第11b页。
⑦ 潘柽章：《观复草庐剩稿》卷二，民国二年（1913）上海神州国光社排印本，第13a页。
⑧ 潘柽章：《观复草庐剩稿》卷二，民国二年（1913）上海神州国光社排印本，第14a页。
⑨ 潘柽章：《观复草庐剩稿》卷二，民国二年（1913）上海神州国光社排印本，第15a页。
⑩ 潘柽章：《观复草庐剩稿》卷二，民国二年（1913）上海神州国光社排印本，第16b页。
⑪ 潘柽章：《观复草庐剩稿》卷二，民国二年（1913）上海神州国光社排印本，第16b页。
⑫ 潘柽章：《观复草庐剩稿》卷二，民国二年（1913）上海神州国光社排印本，第18b页。
⑬ 潘柽章：《观复草庐剩稿》卷二，民国二年（1913）上海神州国光社排印本，第19b页。
⑭ 潘柽章：《观复草庐剩稿》卷二，民国二年（1913）上海神州国光社排印本，第13b页。
⑮ 潘柽章：《观复草庐剩稿》卷二，民国二年（1913）上海神州国光社排印本，第13b页。
⑯ 潘柽章：《观复草庐剩稿》卷二，民国二年（1913）上海神州国光社排印本，第14b页。

按潘柽章受庄廷鑨"明史案"牵连,于康熙二年癸卯(1663)罹难。其诗集中所涉"惊隐诗社"的聚会时间,下限即为该年。而从"惊隐诗社"成立的顺治五年戊子(1648)算起,这16年间,他参加的诗社集会至少超过20次。各次集会的社员人数,从理论上说是有可能全体到齐的,然而实际上往往只有其中的一部分。当然,这也正是一般诗社集会的通例。至于诗社之外的人参加"惊隐诗社"的集会,这种情况在此不作考虑。

集会的内容,除了祭祀先贤、分韵赋诗之外,还有填词。前引乾隆《震泽县志》卷三十八《杂录·二(旧事·二)》省略号处曾叙及:

> 时同社之来唐湖,岁率数至,至必宾主联吟为《望海潮》词,先后凡百篇。后稿本散失,其孙士春裒叙存者,自庚寅[顺治七年,1650]初夏至甲午[十一年,1654]仲秋,得十七首,附载《南山堂遗稿》中,此亦唐湖一旧闻也。①

按照这里的记载,"惊隐诗社"成员每年来叶继武居所聚会数次,每次填《望海潮》词,当时已达百篇之多,且编有稿本。后来经其孙叶士春收集,尚存17首,附录于叶继武《南山草堂遗集》中。可惜《南山草堂遗集》一书现已失传,查《全清词·顺康卷》亦无相关作品,无由得见。

### (二)"惊隐诗社"的学术活动

"惊隐诗社"的学术活动,不像文学活动那样频繁,相关记载也较少,但该社的学术成果众多,成员在史学、经学及自然科学等方面留下了大量的学术著作。其中部分成员还涉及多个学术领域,如顾炎武、潘柽章、王锡阐等。

第一类为史学论著。"惊隐诗社"成员在史学方面的著作数量比较多,顾炎武、潘柽章、戴笠(耘野)、陈济生、朱明德等人均有所撰。明遗民认为国亡而史不可亡,对于修史非常重视,因此纷纷著书存史。从内容上看,大致可以分为三种。一是对时事的记录,如叶继武《乙丙日记》和陈济生《再生纪略》。二是为遗民立传,如戴笠(耘野)《骨香集》、《耆旧集》和朱明德《广宋遗民录》。三是整理地方文献,如潘柽章《松陵文献》、顾樵《吴郡名胜志》。

---

① 乾隆《震泽县志》卷三十八,《中国地方志集成》江苏府县志辑第23册,第340页。

第二类为经学论著。"惊隐诗社"中的经学大家，首推顾炎武，其经学论著有《左传杜解补正》《九经误字》《石经考》《音学五书》《吴才老韵补正》等。他倡导以经证史、经史互训的学术方法，开乾嘉考据学派的先河。其次是朱鹤龄。他本以诗集笺注见称于世，著有《杜工部诗集集注》《李义山集笺注》；后与顾炎武交往，转而研究经学，撰有《易广义略》《尚书埤传》《禹贡长笺》《毛诗通义》《春秋集说》等。

第三类为自然科学论著。"惊隐诗社"中如潘柽章、吴炎等，均对天文历法有所研究。其中王锡阐，在天文学上的贡献尤其突出，著有《大统西历启蒙》《推步交朔》《测日小记》《三辰晷志》《圆解》《日月左右旋问答》《南北两极图浑天歌》《筹算》《五星行度解》《丁未历稿》《晓庵新法》《历说》《汉书日食辨》等。当时他与北方的历算名家薛凤祚齐名，并称"南王北薛"。顾炎武也十分推崇他的天文学造诣，《广师》一文有"学究天人，确乎不拔，吾不如王寅旭"之句①。

"惊隐诗社"成员在学术上取得的成就，除了个人的兴趣与努力之外，还与成员之间的相互交往密切相关。列名海内"四大布衣"的顾炎武与朱鹤龄，就有长达30年的学术交流②。而合撰《明史记》的吴炎、潘柽章等人，也有分工合作："柽章分撰本纪及诸志，炎分撰世家、列传。柽章长于考核，炎长于叙事，互相讨论，撰述数年，书成十之六七。"③并且《明史记》还得到了顾炎武的支持，他将所藏史书千余卷借给吴炎、潘柽章，以助编书④。从总体上说，社员之间互相传阅学术著作，或以书信往来的方式发表意见，或以资助藏书的方式给予支持，在一定程度上活跃了学术气氛。

**（三）"惊隐诗社"的政治活动**

崇祯十七年甲申（1644）明朝灭亡后，南方先后建立了数个后续政权，其中永历政权一直坚持到清顺治十八年辛丑（1661）。在此期间，全国各地的反清复明斗争此起彼伏，遗民结社也往往与之相呼应。"惊隐诗社"虽然没有明

① 顾炎武：《顾亭林诗文集·亭林文集》卷六，中华书局1983年版，第135页。按王锡阐字寅旭。
② 参见周金标：《顾炎武与朱鹤龄交往考论》，《江南大学学报》（人文社会科学版）2009年第4期，第81—84页。
③ 同治《苏州府志》卷一百零六《人物·三十三（吴江县·国朝）》潘柽章本传，《中国地方志集成》江苏府县志辑第10册，第691页。
④ 顾炎武：《顾亭林诗文集·亭林文集》卷五《书吴、潘二子事》，第116页。

显的反清复明活动，但诗社成员通过改名、弃诸生、拜谒孝陵、不应康熙博学鸿儒科等种种行为，来表明自身心怀故国、不仕清廷的政治立场。

第一种是改名。明朝灭亡以后，有不少遗民纷纷变更姓名，有的人甚至多次改名或者弃用姓名。改名的原因，大约有以下三类。其一是隐姓埋名，躲避清朝的追捕；其二是表达心怀故国，寄托对明朝的追思；其三是不愿留名，以免辱身辱国。"惊隐诗社"成员的改名，大致属于第一类和第二类。

"惊隐诗社"成立之前，社中顾炎武、归庄、吴宗潜、吴宗泌等人就参加过抗清斗争。他们的改名具有双重含义，既是出于保全自身的需要，也寄托了对明朝的追思。例如顾炎武一署蒋山佣，蒋山是南京的一座山，象征南京，而南京是明朝开国的都城；佣，即仆人。蒋山佣要表达的含义是明朝的臣仆。吴宗潜，初名系，字方轮，明朝灭亡后改今名，并改字东里（一作东篱），明显出于对陶潜（渊明）的钦慕，效仿陶渊明隐居不仕之意。而陈去病《吴十子节士赤民先生传》则指出："吴炎，字赤溟，又字如晦，号愧庵，吴江人。以遭逢鼎革，系心故国，不忍背弃，因更号'赤民'云。"[1]

第二种是弃诸生。"惊隐诗社"中除了周灿、颜俊彦、陈济生等少数几人曾在明朝为官外，大多数成员都是诸生。这里的诸生是指明清时期经考试录取而进入府、州、县各级学校学习的生员，也就是俗称的"秀才"。诸生不是官员，但却享受政治上和经济上的相关优待。"弃诸生"也称"弃巾"，就是告退衣巾，放弃生员的身份。这意味着从此与仕途绝缘，并舍弃因诸生身份而享受的种种优待。

以诗社领袖叶继武为例，社友戴笠（耘野）为其作《高蹈先生传》，文末论曰：

> 噫，甲申、乙酉之交，弃诸生者多矣。然原无所短长。若先生者，可以进而能不进，得不谓高蹈乎哉！长君数夏，少负英敏之资，亦承父志隐居，而惜早年以殁，可谓父子高蹈云。[2]

明遗民中"弃诸生"的现象非常普遍，然而其中不少人，原本在仕途上的

---

① 陈去病：《陈去病诗文集》卷三《巢南文集》，社会科学文献出版社 2009 年版，上编第 285 页。
② 戴笠：《高蹈先生传》，《松陵文录》卷十七，同治十三年甲戌（1874）刻本，第 4b 页。

希望不大，即使"弃巾"亦"无所短长"。实际上早在明亡之前，已经有读书人出于对仕途的失望，纷纷"弃诸生"。而明朝灭亡后"弃诸生"，是保持气节，不仕清廷的行为，亦并非人人都能做到。戴笠认为像叶继武这样"可以进而能不进"，父子隐居不仕，可谓"高蹈"，将叶继武的传记命名为《高蹈先生传》（一名《桓奏叶君高蹈传》），就是为了突出"高蹈"之义。

　　类似叶继武、叶敷夏父子两代均弃诸生不仕，在"惊隐诗社"中还有吴宗潜兄弟和从侄吴炎，金瓯和侄子金始桓。在"鼎革之际，百卉改柯易叶"，"父兄为高士而子若弟登巍科者，比比也"的环境下①，要遵守家训，以布衣保持气节，并非一件容易的事情。陈梓《删后文集》卷九《金复庵太翁传》论曰："余少过遁野，观钱尚书遗墨，知公［金始桓］先世与牧斋［钱谦益］有旧，未尝不慨然兴叹：牧斋诗文鸣一时，而晚节若此；如公之才，出而问世，宁不足与时辈颉颃？乃独以布衣，从诸遗老吞声饮泣于荒寒寂寞之乡，没齿无悔。"②在陈梓看来，钱谦益的名气及诗文造诣固然大于金始桓，却晚节不保，出仕清朝；金始桓虽以布衣隐居于乡野，寂寂无名，却没齿无悔。"惊隐诗社"的大部分成员都以布衣终老，并非才不足与时辈颉颃，而是以遗民高蹈自晦，保持气节，令人敬佩。

　　第三种是拜谒孝陵。孝陵位于南京紫金山亦即蒋山，明朝开国皇帝朱元璋和皇后马氏合葬于此。在明遗民看来，孝陵象征已经灭亡的明朝。顾炎武曾经五谒孝陵，并多次写诗记之，其《孝陵图》诗小序说："念山陵一代典故，以革除之事，实录、会典并无纪述。当先朝时，又为禁地，非陵官不得入焉；其官于陵者，非中胄则武弁，又不能通谙国制，以故其传鲜矣。今既不尽知，知亦不能尽图，而其录于图者，且不尽有。恐天下之人同此心而不或至者多也，故写而传之。"③拜谒孝陵，不仅仅是缅怀大明，寄托哀思，更体现了顾炎武以诗（图）存史，传之世人的良苦用心。

　　第四种是作品纪年不用清朝年号。江庆柏《明清时期年号纪年法的规避》一文指出："由于一个年号代表着一个政权，一个年号的兴替代表着一个政权的兴

<hr />

①　陈梓：《删后文集》卷九《外舅金晨村传》，《四库未收书辑刊》第九辑第 28 册，第 333 页。

②　陈梓：《删后文集》卷九，《四库未收书辑刊》第九辑第 28 册，第 332 页。

③　顾炎武：《顾亭林诗文集·亭林诗集》卷二，中华书局 1983 年版，第 306 页。

替，因此在年号的使用上，也往往体现出人们的政治态度。这种情况历朝都有，但以明清时期最为突出。""那些不肯承认当今王朝，或与当今王朝采取不合作态度的人，常常在年号的使用上费尽心机。他们或者不用当今王朝年号，而用前王朝的年号；或者用其他纪年法如干支纪年法、岁阴岁阳纪年法等来代替。"[①]该文还特地举归庄著作采用南明年号为例。在"惊隐诗社"中，不少成员的作品，如潘柽章、周灿等，往往采用干支纪年，而不称年号，这也是一种特殊的反抗方式。此外，顾炎武、王锡阐的作品中采用岁阴岁阳纪年法，也体现了他们不愿与清廷合作的态度。

第五种是不应博学鸿儒科。康熙十七年戊午（1678），为了笼络明遗民，康熙帝下诏曰："凡有学行兼优、文词卓越之人，不论已仕未仕，在京三品以上及科道官，在外督抚布按，各举所知，朕亲自录用。"[②]此时遗民守节已到最艰难的时候，不少遗民纷纷响应举荐，形成了"一队夷齐下首阳"的局面。而"惊隐诗社"已经解散多年，社中成员大多已经故去，还在人间的顾炎武、钱肃润、朱鹤龄、顾有孝等皆在被推荐之列。对此，顾炎武等人拒不应荐。"惊隐诗社"虽然已经消亡，但它"逃于诗酒、隐于山林"的精神依然在尚存于世的成员身上继续发扬。

此外，关于归庄、顾炎武等人曾经秘密进行反清复明活动一事，学者多有论述，兹不详叙。[③]

## 三、"惊隐诗社"的消亡

"惊隐诗社"没有一个明确的解散时间。大约在康熙二年癸卯（1663）之后，即不再有正式的集会活动。但诗社的大部分成员尚存于世，其精神依然在不断延续。因此，我们在这里使用"消亡"一词。

① 江庆柏：《明清年号纪年法的规避》，《文史知识》2003年第7期，第83页。
② 《清实录·圣祖仁皇帝实录》卷七十一"康熙十七年正月乙未"条，中华书局1986年版，第4册第910页。
③ 参见孔定芳：《清初遗民社会——满汉异质文化整合视野下的历史考察》第二章《满汉文化冲突与明遗民的抗争》第二节《武装抗清：明遗民的"举义"》，湖北人民出版社2009年版，第137—143页。

### （一）"惊隐诗社"消亡的原因

在谈及"惊隐诗社"消亡原因时，乾隆《震泽县志》说："其后史案株连，同社有罹法者，社集遂辍。"[①]这里的"史案"是指发生于康熙二年癸卯（1663）的庄廷鑨"明史案"，"惊隐诗社"成员吴炎和潘柽章因列名参阅，受到牵连，同年在杭州罹难。戴笠（耘野）为潘柽章而撰的《潘力田传》，记载如下：

> 潘柽章……谓诸史惟马迁书最有条理，后人多失其意，欲仿之作《明史记》，而友人吴炎所见略同，遂与同事。柽章分撰本纪及诸志，炎分撰世家、列传。其年表、历法则属王锡阐，流寇志则笠任之。私家最难得者《实录》，柽章鬻产购得之。而昆山顾炎武、江阴李逊之、长洲陈济生皆熟于典故，家多藏书，并出以相佐。柽章长于考核，炎长于叙事，互相讨论……撰述数年，其书既成十之六七，而南浔庄氏史狱起，参阅有柽章及炎名，俱及于难。庄氏书以故阁臣朱国桢《史概》为粉本，自与茗士共足成之。刻成，两人未尝寓目，徒以名重为所摭引，遂罹惨祸。[②]

戴笠（耘野）也是《明史记》的编纂者之一。编纂《明史记》是"惊隐诗社"一项重要的学术活动。庄氏史案发生后，《明史记》的编纂工作被迫停止，已成书的部分也不传于世。此次变故对于"惊隐诗社"的打击是相当沉重的，除了吴炎、潘柽章牵连罹难之外，诗社领袖吴宗潜也受到了波及（详后）。庄廷鑨还曾邀请吴宗汉和顾炎武参编，因二人拒绝，未列名参阅，而幸免于难。经此变故后，"惊隐诗社"的社集中断了。

"明史案"的发生，并非偶然。早在顺治末年，清朝统治者就发动了"科场案"（顺治十四年丁酉，1657）、"奏销案"、"哭庙案"、"通海案"（顺治十八年辛丑，1661）等系列意在打击江南士人势力的案件。"明史案"中，"列名于书者十八人皆论死。其刻书鬻书，并知府、推官之不发掘者，亦坐之"，"杀七十余人"[③]。此案开清朝文字狱先河，致使不良小人造谣生事、告讦成风，一

---

① 乾隆《震泽县志》卷三十八，《中国地方志集成》江苏府县志辑第 23 册，第 340 页。
② 凌淦：《松陵文录》卷十七，同治十三年甲戌（1874）刻本，第 2a—2b 页。
③ 顾炎武：《顾亭林诗文集·亭林文集》卷五，中华书局 1983 年版，第 115 页。

时文人士子，人人自危，至康熙六年丁未（1667）后方才缓解。

然而"明史案"只是促使诗社解散的一个直接原因，更深层的原因是清朝统治者对于结社"严行禁止"的态度。清初遗民结社，至少有五十余家[①]。遗民结社活动频繁，引起了清廷的注意。早在顺治九年壬辰（1652），由礼部题奏，立条约八款颁刻学宫，其第八款即明令"生员不得纠党多人，立盟结社"，"所作文字，不许妄行刊刻"[②]。而顺治十七年庚子（1660）正月，礼科给事中杨雍建上疏："今之妄立社名纠集盟誓者，所在多有，而江南之苏州、松江，浙江之杭、嘉、湖为尤甚。其始由于好名，其后因之植党。请饬学臣实禁，不得妄立社名，投刺往来，亦不许用'同社'、'同盟'字样。"[③]至此，作为结社活动最频繁的江浙地区，文人结社活动从极盛渐趋沉寂。"惊隐诗社"的消亡，就是这种趋势的一个具体反映。

**（二）"惊隐诗社"消亡后成员的去向**

"明史案"事发后第二年，"惊隐诗社"就在无形中解散了。此时，诗社的部分成员已经去世，如吴宗汉、叶世伺、吴宷、吴炎、潘柽章、金瓯等。少数成员离开家乡远游，如顾炎武北上，戴笠（曼公）东渡日本。其他成员则继续保持遗民气节，隐居不仕，具体到个人的情况又略有不同。

第一种情况是闭门从事著述，少与外人交游。前文叙及"惊隐诗社"的学术成果很多，一个重要的原因是，有部分成员将主要精力放在著书立说上。除了前述王锡阐、潘柽章、戴笠（耘野）等人之外，还有吴南杓、金始桓等。吴南杓为吴炎弟，吴炎罹难后，即"杜门著述，不妄见一人"[④]。金始桓"尚气节，居遁野……博学多著述"[⑤]。类似吴南杓、金始桓这样著述已不可考的成员，还有一些。除了著述外，名气较大的学者还往往教授生徒。例如吴宗潜，社员叶敷夏、金始桓即是其门生[⑥]。

第二种情况是不论世事，以诗文自娱。"惊隐诗社"的成员原本就是"士

---

① 何宗美：《明末清初文人结社研究》，南开大学出版社 2003 年版，第 308 页。

② 道光《钦定国子监志》卷首之一《圣谕天章》，北京古籍出版社 2000 年版，上册第 3 页。参见无名氏《松下杂钞》卷下"卧碑"条，上海书店出版社《丛书集成续编》第 96 册，第 512 页。

③ 蒋良骐：《东华录》卷八，齐鲁书社 2005 年版，第 120 页。

④ 袁景辂：《国朝松陵诗征》卷四，乾隆三十二年丁亥（1767）爱吟堂刻本，第 18a 页。

⑤ 陈梓：《删后文集》卷十《内子雅君传》，第 345 页。

⑥ 参见戴笠：《高蹈先生传》，《松陵文录》卷十七，第 4a 页；《删后文集》卷九《金复庵太翁传》，第 332 页。

之能文而高蹈者"，诗社虽然解散了，但是成员私下往往寄情诗酒，表面上看来不谈世事，其实是以出世来消极反抗入世。比如诗社的领袖叶继武，在吴炎、潘柽章罹难后，"每为抚膺流涕，于是杜门谢客，自号为懒道人，栽桃种菊，著书自娱"①。钮榮"筑楼溪滨，绕以修竹，而种菊其下，赋诗饮酒，绝意人世"②。钟嶷立"甘贫守志，绝口不谈世事，以诗文自娱"③。

第三种情况是逃禅出家，遁入空门。例如，戴笠（耘野）曾"入秀峰山为僧，得禅学宗旨"④。另一位戴笠（曼公），则在日本长崎出家为僧。而顾有孝虽然生前没有出家，但"临殁，令诸子以头陀敛，更号雪滩头陀"⑤，亦可视作托于空门。遗民出家为僧，在当时并不少见。归庄《送筇在禅师至余姚序》说："二十余年来，天下奇伟磊落之才、节义感慨之士，往往托于空门；亦有居家而髡缁者，岂真乐从异教哉，不得已也！"⑥这说明遗民出家，并非真心皈依佛门，而往往是出于"不得已"。归庄本人正是因为抗清斗争失败，为躲避清廷的追捕而薙发为僧⑦。

以上三类情况，只是大致划分。具体到单个成员时，偶有交叉，亦不为奇。比如戴笠（耘野），虽然一度为僧，却又以著述见称："返初服，教授自资，勤于著述……居同里之朱家港，土屋三间，旁穿上漏，炊烟时绝，略不关怀。惟孜孜编纂……老而不倦。"⑧

① 戴笠：《高蹈先生传》，《松陵文录》卷十七，同治十三年甲戌（1874）刻本，第4a页。
② 钮琇：《觚剩》卷一《吴觚·上》"贞白楼诗"条，第3页。
③ 盛枫：《嘉禾征献录》卷三十五，《续修四库全书》第544册，第653页。
④ 潘柽章等：《松陵文献》卷十《人物志·十（隐逸）》戴笠（耘野）本传，《续修四库全书》第541册，第486页。
⑤ 徐釚：《南州草堂集》卷二十五《雪滩头陀传》，《续修四库全书》第1415册，第401页。
⑥ 归庄：《归庄集》卷三，上海古籍出版社2010年版，第240页。
⑦ 徐鼒：《小腆纪传》卷八十五《列传·五十一（遗民）》归庄本传，中华书局1958年版，第644—645页。
⑧ 潘柽章等：《松陵文献》卷十《人物志·十（隐逸）》戴笠（耘野）本传，第486页。

# 省级贵州诗歌总集考论

李美芳

李美芳，女，1986年1月16日出生，贵州凤冈人。本科毕业于四川师范大学汉语言文学专业。云南民族大学中国古代文学专业2008级硕士研究生，学位论文《〈红楼梦〉中"花"的符号功能形态研究》，导师曾庆雨先生。浙江大学中国古代文学专业2010级博士研究生，学位论文《贵州诗歌总集研究》，获教育部人文社会科学研究西部和边疆地区青年基金项目（15XJC751004），导师朱则杰。主要研究清代西南地区诗歌。

就全国范围而言，省级地方诗歌总集的编纂约始于明代，但整个朝代出现的总集数量并不算多，所涉地域也相当有限，大抵只有山西、河南、浙江、江西、广东、四川等省。降至清代，省级地方诗歌总集方才大开生面，"关内十八省"皆有数目不等的总集出现，其中西南的广西、云南等省也表现不俗。省级贵州诗歌总集就是在这股浪潮推动之下产生的。

就一省范围而言，省级是地方诗歌总集中的最高层级。它着眼于收录一省诗人诗作，所以在材料选取上具有相当的广度，也正因为如此，多以大型、综合类的面目出现。笔者已经寓目的大型、综合类省级贵州诗歌总集共七种，即傅玉书辑《黔风》十二卷，傅汝怀辑《黔风演》四卷，佚名辑《全黔诗萃》六十七卷，唐树义、黎兆勋、莫友芝辑《黔诗纪略》三十三卷，莫庭芝、黎汝谦、陈田辑《黔诗纪略后编》三十卷，陈田辑《黔诗纪略补》三卷，毛登峰辑《黔诗备采》十卷。

黔，贵州省的简称。唐玄宗开元二十一年癸酉（733）设立黔中道，其主要管辖范围为今贵州地区，这就是后世以"黔"指代贵州一省的由来。以上诸集皆用"黔"字命名，突出强调了自身的地域性特征。从诗集编纂形式看，它们都属于选集一类；从所收作品文体看，又都属于诗歌专集；从所收作家朝代看，断代和通代兼有，前者如专收明代诗人诗作的《黔诗纪略》和专收清代诗人诗作的《黔风演》《黔诗纪略后编》；后者如兼收明清两代诗人诗作的《黔风》《全黔诗萃》《黔诗纪略补》《黔诗备采》。

表 1　大型、综合类省级贵州诗歌总集概况

| 诗集名称 | 卷数 | 编者 | 诗人数量 | 诗歌数量 | 重点选录对象（诗歌数量） |
|---|---|---|---|---|---|
| 《黔风》 | 12 | 傅玉书 | 131 | 1012 | 田榕（83）、陈法（67）、潘驯（53）、张元臣（51） |
| 《黔风演》 | 4 | 傅汝怀 | 44 | 1101 | 傅玉书（269）、犹法贤（196）、赵本敷（135） |
| 《全黔诗萃》 | 67（缺） | 佚名 | 446 | 6000余 | 徐楘（1850）、徐如澍（473余）、田榕（461） |
| 《黔诗纪略》 | 33 | 唐树义、黎兆勋、莫友芝 | 257 | 2497 | 孙应鳌（457）、吴中蕃（395）、杨文骢（325）、越其杰（226）、谢三秀（180）、潘润民（70） |
| 《黔诗纪略后编》 | 30 | 莫庭芝、黎汝谦、陈田 | 423 | 2281 | 田榕（123）、傅玉书（100）、黎兆勋（82）、郑珍（73）、赵本敷（72）、潘淳（65）、莫友芝（62）、周起渭（58）、朱凤翔（55） |
| 《黔诗纪略补》 | 3 | 陈田 | 100 | 324 | 谢士章（68） |
| 《黔诗备采》 | 10（缺） | 毛登峰 | 145 | 1000余 | 谭国昌（300）、毛淬锋（117）、徐礼和（110）、余上泗（101） |

根据不同的性质和特征，大致可以将省级贵州诗歌总集分为三类：一是“黔风”系列，二是“黔诗纪略”系列，三是其他。下面我们将对其进行逐一讨论。

# 一、“黔风”系列

作为区域文化的载体，受《诗经》“十五国风”的影响，清代许多地方诗歌总集都以“风”字命名，如赵瑾辑《晋风选》、吴淇等辑《粤风续九》、宋荦辑《吴风》、马长淑辑《渠风集略》、廖元度辑《楚风补》、郑王臣辑《莆风清籁集》、李调元辑《粤风》、商盘辑《越风》等。傅玉书辑《黔风》和傅

汝怀辑《黔风演》这两部省级贵州诗歌总集同样如此。

"黔风"是现存最早的省级贵州诗歌总集，前后共出现过三个版本。按照时间顺序，分别是：清嘉庆年间编者傅玉书本人刊刻之《黔风》、稍后旅黔官员李焰禄选辑之《云岩丛书·黔风》和道光年间傅玉书子傅汝怀重刻之"黔风"。

表2　"黔风"各版本情况

| 诗集名称 | 卷数 | 出版者 | 出版时间 | 形式 | 性质 | 馆藏情况 |
|---|---|---|---|---|---|---|
| 《黔风》 | 12 | 傅玉书 | 清嘉庆二十二年丁丑（1817） | 单行本 | 明清通代诗歌总集 | 国家图书馆 |
| 《云岩丛书·黔风》 | 12 | 李焰禄 | 约清嘉庆二十二年丁丑（1817） | 丛书本 | 清断代诗歌总集 | 中国科学院图书馆 |
| 《黔风旧闻录》《黔风鸣盛录》 | 6、18 | 傅汝怀 | 清道光二十六年丙午（1846） | 合刻本 | 明、清断代诗歌总集 | 湖南图书馆、国家图书馆（缺）、贵州省博物馆（缺） |

先看傅玉书辑原版《黔风》。《黔风》，又名《黔风录》《黔风集》，凡十二卷，收录明清两代诗人131位、诗歌1012首，现仅有涪陵文氏刻本藏于国家图书馆。

此次《黔风》的问世过程大致可以分为三个阶段，即前期准备阶段，正式收诗阶段和成书阶段。据傅玉书自己说，鉴于贵州文献亡佚严重的现实情况和外省人士对贵州诗坛的较低认识和评价，早在清乾隆四五十年时，他与唐金便有了搜罗黔诗之约。唐金，字缄之，一字汉芝，遵义人。乾隆三十三年戊子（1768）举人，因故科举名次被后移，以大挑补黔西学正，后选山西屯留知县。可惜的是，二人一同收采诗歌十余载，而编辑《黔风》之事尚未完成，唐金便卒于山西任上。后《黔风》大功告成，傅玉书抚今追昔，不禁发出"而汉芝［唐金］且不及见也"的感叹[1]。有组织、有目的的诗歌收集工作始于嘉庆十年乙丑（1805）。然而，傅玉书与弟子于斌、李荣宪等采访多年，所得诗人数量才三十余，后来在贵州提督学政钱学彬的帮助之下又得百余家。接下来，傅玉书还对已获诸集进行了价值评估，并得出结论说："就其所造，虽小大、浅深不能无异，而要莫不各

---

[1]　傅玉书辑：《黔风旧闻录》卷首《黔风录自序》，清道光刻本，第10b页。

有所成就，盖戋然可以成书矣。"①成书的基本条件已经具备，于是傅玉书等开始投入编纂工作。在这一过程当中，傅玉书的助手李庆长发挥了重要作用。法式善曾有诗云："傅李两杰士，有志开选楼。"②其中"傅"指傅玉书，"李"指的就是李庆长。李庆长，原名李芬，字春坞，广顺州（今长顺）人。清乾隆五十一年丙午（1786）举人，由广文官知县。李庆长曾拜访法式善，并与之商讨编辑黔诗之事。在法式善、陈预、翁元圻、狄梦松等清朝官吏的指导和帮助下，嘉庆十五年庚午（1810），《黔风》初稿完成；二十二年丁丑（1817），刊刻完成。

从清嘉庆十年乙丑（1805）正式收诗算起，到十五年庚午（1810）初稿完成，再到二十二年丁丑（1817）刊刻完成，《黔风》前后耗时共计12年。虽然前期准备工作相当漫长，但傅玉书颇得贵人之助，《黔风》的编辑和刊刻过程都可谓顺利。在一定时期内，傅玉书辑《黔风》成了贵州文学、文化的一张名片。正因为如此，不久之后又出现"黔风"的第二个版本。

再看李焰禄辑《云岩丛书·黔风》，该书现仅存中国科学院图书馆。编者李焰禄，字乙阁，湖北江陵人。19岁被选入太学，后为贵州镇远府黄平州吏目，旋调贞丰。《云岩丛书》凡三十七卷，收书十二种，具体包括：《云岩小志》八卷、《灵岩小志》一卷、《琴剑集》三卷、《律杜》一卷、《律李》一卷、《律选》一卷、《赋草》一卷、《寿谖词》五卷末一卷、《班菊》一卷、《黔风》十二卷、《律陶》一卷、《律唐》一卷。除李焰禄辑《云岩小志》《灵岩小志》《寿谖词》和《班菊》以及傅玉书辑《黔风》外，其余皆为编者自己的别集。云岩，黄平境内一著名景点。时任黄平吏目的李焰禄有感于"云岩之胜甲于滇黔，仕宦往来及都人士抚境流连，每有记事歌咏，日从磨灭者多矣"③，于是纂修《云岩小志》若干卷，又在之后收录了当时极具代表性的贵州诗歌总集《黔风》。而整套丛书以"云岩"命名，正是编者欲为贵州保存文献、彰显声名之意愿的表达。

《云岩丛书·黔风》是傅玉书辑《黔风》的删减本，二书皆为十二卷，但不同的是，它只选录了《黔风》中的清代部分，属于清断代诗歌总集。编者李

---

① 傅玉书辑：《黔风旧闻录》卷首《黔风录自序》，清道光刻本，第9b—10a页。
② 陈田等辑：《黔诗纪略后编》卷十一傅玉书小传，《续黔南丛书》第八辑，下册第932页。
③ 李焰禄辑：《云岩小志》卷末自跋，清嘉庆刻《云岩丛书》本，页码漫漶莫辨。

炤禄曾说："周制，命太史陈诗以观民风，孔子曰：'观于乡，而知王道之易易。'方今文德诞敷，声教远讫，洋溢之施莫不尊亲。黔虽荒服，实中土也。禄承乏黔省，巡查保甲，见水湄山角弦诵不绝，窃欣喜之。瓮安傅竹庄〔傅玉书〕，名孝廉，宰安福，选本朝前辈诗为《黔风》。以事系人，以人存诗。无体不备，无美不搜。尚已，文小园〔文如筼〕刺史，周申之〔周卜年〕明府，吴敬堂〔吴永辅〕、雷旸峰〔雷作〕二广文，朱雅唐〔朱元晖〕、李燮堂〔李廷赞〕二参军，醵金剞劂，禄从诸君子，后五年竣事。于以见文治之蒸蒸日上，而润色太平也，讵非幸欤？"①由此可见，李炤禄将贵州本土文人傅玉书辑《黔风》选入汇刻自己作品的《云岩丛书》的原因主要有三：一是傅玉书辑《黔风》本身的价值；二是近代诸位名贤、公卿的砥砺；三是为了进一步强化自己所辑《云岩丛书》采诗观风、润色鸿业的目的，这也是三者中最为重要的一点。

据牌记可知，李炤禄辑《云岩丛书·黔风》由某寄傅玉书辑《黔风》陆续登载而成。又据编者自序，该书约在原版《黔风》付梓的清嘉庆二十二年丁丑（1817）同年稍晚问世，之前的刊刻过程历时 5 年，因此其开编时间约为《黔风》初稿完成后的第二年，即清嘉庆十七年壬申（1812）。傅玉书辑《黔风》和李炤禄辑《云岩丛书·黔风》的成书都可谓顺风顺水，而道光年间傅汝怀重新刊刻《黔风》时就是另一番景象了。

最后看傅汝怀重刻之"黔风"。傅汝怀对傅玉书原辑《黔风》进行了重新编排和增补，将十二卷原书变为二十四卷，共有诗人 186 位、诗歌 3367 首。其中明代诗歌六卷，收录诗人 46 位、诗歌 758 首，以"旧闻录"名之；清代诗歌十八卷，收录诗人 140 位、诗歌 2609 首，以带有明显歌功颂德意图的"鸣盛录"称之。因而，从形态上看，傅汝怀重刻"黔风"乃是《黔风旧闻录》《黔风鸣盛录》的合刻本；从内容上看，又为傅玉书辑《黔风》的增补本；从类型上看，与《黔风》不同，而与《云岩丛书·黔风》相同，属于断代诗歌总集。

从清道光八年戊子（1828）傅汝怀第一次因重刻之事面见阮元，到二十三年癸卯（1843）夏于成功注资刊成二十四卷中的二十一卷，再到二十六年丙午（1846）秋得黄宅中之助完成了之前未刊的三卷。该版"黔风"几经转手，整

---

① 傅玉书辑：《黔风》卷首，李炤禄《黔风集叙》，清嘉庆刻《云岩丛书》本，第 1a—1b 页。

个刊刻过程耗时将近 20 年。

傅汝怀重刻之"黔风"有其特殊价值，它是至今流传最为广泛的一个版本，陈田等人在提及"黔风"时，不论在傅玉书名下，还是在傅汝怀名下，都不用"黔风"这一原名，而是用"黔风旧闻录""黔风鸣盛录"。傅汝怀在该版"黔风"后序中说："次第编校成先君〔傅玉书〕所辑前明人诗曰《黔风旧闻录》，为卷六；国朝人诗曰《鸣盛录》，为卷十八。"[①] 可见，《黔风旧闻录》《黔风鸣盛录》是傅汝怀重刻之诗集的名称，在傅汝怀应于成功之约重刻其父傅玉书辑《黔风》之前，二集并不存在，而在二集产生之后，却逐渐代替了傅玉书所辑原版《黔风》，被当时和后世的人们所普遍接受和使用。正因为如此，傅汝怀重刻之《黔风旧闻录》《黔风鸣盛录》也是现存类型和数量最多的一个版本，主要有钞本和刻本两种，前者见于贵州省博物馆，后者见于国家图书馆和湖南图书馆，而在三家藏书单位中，只有湖南图书馆同时保存了《黔风鸣盛录》和《黔风旧闻录》，国家图书馆仅存《黔风鸣盛录》，而贵州省博物馆仅存《黔风旧闻录》残本。

傅汝怀辑《黔风演》是继傅玉书辑《黔风》之后出现的较早的省级贵州诗歌总集。编者傅汝怀与傅玉书乃父子关系，《黔风演》又是为接续《黔风》而作，这一编纂目的从诗集名称中的"演"字可以见出。《黔风》所收诗人诗作下限为清乾隆年间，《黔风演》的起止时间则为清乾隆年间到嘉庆年间，属于清断代诗歌总集。傅汝怀辑《黔风演》原为十二卷，但现在国家图书馆、贵州省博物馆、贵州师范大学图书馆所藏清末刻本皆为四卷，可能后来由于刊刻经费的问题，初编之十二卷本并未问世，删减以后的四卷本才是最后定本，共有诗人44 位、诗作 1101 首。据傅汝怀自己说，到道光二十一年辛丑（1841）冬，他从事《黔风演》的编纂工作已达 30 年之久，因此其开编时间约为《黔风》初稿完成后的第一年，即清嘉庆十六年辛未（1811）。道光二十三年癸卯（1843），傅汝怀准备将《黔风演》付梓刊刻，于是进行了分卷重校。6 年之后，即道光二十九年己酉（1849），《黔风演》最终刊刻完成。由此可见，与傅汝怀重刻之"黔风"一样，《黔风演》的成书过程也甚是漫长。

作为早期省级贵州诗歌总集，几部"黔风"在名称和内容上有一定的继承

---

① 傅玉书辑：《黔风鸣盛录》卷末，傅汝怀后序，清道光刻本，第 33a 页。

性和延续性，这是将其归入同一系列的重要原因。此外，它们在体例安排上也有诸多共同特征，主要表现为"以人存诗""以诗存人"二者兼顾；在诗歌编排上采用"以人标目，以诗系人"的方式；序言、目录和小传等组成部分皆有，等等。

## 二、"黔诗纪略"系列

如果说"黔风"系列只是时代赓续带来的版本变异以及子承父业思想作用下的产物。那么，莫友芝等辑《黔诗纪略》、陈田等辑《黔诗纪略后编》和陈田辑《黔诗纪略补》则更加符合"系列"概念的内涵和外延。同时，作为后出转精之作，"黔诗纪略"系列的问世给贵州一省带来了无限的荣光。

关于"黔诗纪略"的编纂，莫绳孙曾说："咸丰癸丑［三年，1853］，遵义唐威恪公［唐树义］欲采黔人诗歌，荟萃成编。以国朝人属之黎先生伯容［黎兆勋］，因乱，稿尽亡失。先君［莫友芝］任辑明代。"① 实际上，在拟编黔诗总集之初，倡导者曾试图将"黔诗纪略"作为总集名称，以此收录明清时期的贵州诗人诗作。而"黔诗纪略"的成书过程远没有想象中简单，从同治到宣统年间陆续形成了三部以此命名的贵州诗歌总集。关于"黔诗纪略"的卷数，历来众说纷纭。章钰等编《清史稿艺文志》著录："《黔诗纪略》二十三卷，黎兆勋编。"② 王绍曾主编《清史稿艺文志拾遗》著录："《黔诗纪略》三十三卷，莫友芝编，稿本，善目。"③ 葛嗣澎撰《爱日吟庐书画别录》著录："《黔诗纪略》三十二卷，最有名于时。"④ 丁仁撰《八千卷楼书目》著录："《黔诗纪略》三十二卷，国朝唐树义、黎兆勋、莫友芝编，刊本，莫氏刊本。"⑤ 黎庶昌曾说："闻与汝谦辈撰国朝《黔诗纪略》六十余卷，网罗放轶，阐幽发微，功在桑梓，诚甚盛业。"⑥

---

① 莫友芝等辑：《黔诗纪略》卷首莫绳孙《题记》，贵州人民出版社 1993 年版，第 1 页。
② 章钰等编，武作成编：《清史稿艺文志及补编》"集部·总集类"，中华书局 1982 年版，上册第 292 页。
③ 王绍曾主编：《清史稿艺文志拾遗》"集部·总集类"，中华书局 2000 年版，下册第 2126 页。
④ 葛嗣澎撰：《爱日吟庐书画别录》卷四"莫友芝篆书七言"条，《续修四库全书》第 1088 册，第 685 页。
⑤ 丁仁撰：《八千卷楼书目》卷十九"总集类"，《续修四库全书》第 921 册，第 384 页。
⑥ 黎庶昌撰：《拙尊园丛稿》卷十九《与莫芷升书》，《续修四库全书》第 1561 册，第 370 页。

又郑珍曾说："郘亭［莫友芝］纂辑《黔诗纪略》一百卷，于文献甚详。"① 而现存各版本《黔诗纪略》均为三十三卷、《黔诗纪略后编》为三十卷、《黔诗纪略补》为三卷，这也是已经得到公认的数字，兹以此为准。

《黔诗纪略》，又名《黔诗纪略前编》《黔诗纪略·明代黔诗》《贵州诗纪传证》，简称《黔诗纪》，为清人编明代诗歌总集。从清咸丰二年壬子（1852）唐树义、黎兆勋、莫友芝三人议辑黔诗总集②，到同治十二年癸酉（1873）仲夏刻成于南京，该书历时 21 年之久。它收录姓氏可知者，计男性作者 238 人、女士 3 人、方外 16 人，共 257 人；其中诗歌，男性作者 2395 首，女士 10 首，方外 68 首，无名子 8 首，另有梦 2 首、乩诗 1 首、杂歌谣 13 首，共 2497 首。据目前所知，《黔诗纪略》主要有三个版本，分别是：清同治十二年（1873）遵义唐氏梦研斋金陵刻本、民国三十五年（1946）扬州陈履恒校刊《独山莫氏郘亭丛书》本和今人关贤柱先生点校本，姑且将三者依次简称为唐本、陈本和关本。唐本为莫友芝等辑《黔诗纪略》原本。《独山莫氏郘亭丛书》主要收录莫友芝的诗文别集和学术著作，兼收其父莫与俦的少量作品。在《独山莫氏郘亭丛书》中，《黔诗纪略》位列第一，足见它受重视的程度。1960 年扬州人民出版社曾重印《独山莫氏郘亭丛书》。关本为点校唐本。

《黔诗纪略后编》，又名《黔诗纪略续编》，为清人选清代诗歌总集。按照清咸丰二年壬子（1852）的最初规划，唐树义等人拟编的"黔诗纪略"为明、清通代诗歌总集，黎兆勋主要负责其中的清代部分。但由于黎兆勋公务缠身，总集编纂进展得相当缓慢，原本负责明代部分的莫友芝也曾有过"其本朝诸老诗，当竭来一二岁力成之"的想法③，但最终未能付诸实践。后来，黎兆勋所辑诗稿竟在战乱中全部亡佚，于是莫庭芝承袭兄莫友芝遗愿，开始重新组织编纂"黔诗纪略"清代部分，即今所见《黔诗纪略后编》。所以，《黔诗纪略后编》的编纂时间远比《黔诗纪略》漫长。即使从清光绪十二年丙戌（1886）莫庭芝邀请

---

① 白敦仁著：《巢经巢诗钞笺注》后集卷三《前八九年，访得明清平孙文恭公〈教秦绪言〉一卷刻本于其家祠中。今年夏，莫郘亭从吉安周小湖（作楣）观察寓所搜得石本，前题"谕陕西官师诸生徽"，其文即〈绪言〉也。末多自书后一篇，尾行款识模糊，审识是"嘉靖壬戌秋九月，淮海山人孙应鳌书"，乃知为公笔迹。讯小湖，云得之西安，则此石或即存碑洞也。郘亭作诗书其后，因次韵和之》注七，巴蜀书社 1996 年版，下册第 1094 页。

② 参见莫友芝等辑：《黔诗纪略》卷二十一杨文骢小传，贵州人民出版社 1993 年版，第 819 页。

③ 张剑、陶文鹏、梁光华编辑校点：《莫友芝诗文集·郘亭遗文》卷五《致唐子方书》，人民文学出版社 2009 年版，下册第 627 页。

陈田参与编书算起①，到宣统三年辛亥（1911）仲冬"始克竣事"②，该书历时也 25 年之久。它收录男性作者 390 人、女士 21 人、方外 13 人，共 424 人；其中诗歌，男性作者 2203 首，女士 55 首，方外 24 首，共 2282 首。《黔诗纪略后编》主要有四个版本，分别是：有批改的黎汝谦手稿本、钤"松珊（陈田字）手校"印的稿本、清宣统三年辛亥（1911）陈夔龙京师刻本和今人张明先生点校本。姑且将四者依次简称为黎本、陈稿本、陈刻本和张本。黎本为莫庭芝等辑《黔诗纪略后编》原本，保存的诗作比后来的刊印本多，编排次序也有所不同；陈稿本现仅存卷十三、十五、十六、十八；陈刻本为目前流传最广的版本；张本为点校陈刻本。

《黔诗纪略补（编）》三卷由《黔诗纪略后编》的编者之一陈田专任，该书并未独立刊行，而是附着于《黔诗纪略后编》三十卷之后。与《黔诗纪略》《黔诗纪略后编》分别专收明代、清代贵州诗人诗作不同，它将明清两代诗人诗作分卷汇集于一书之中，属于通代类贵州诗歌总集，这一特点即出于同时对"黔诗纪略"系列前二种进行补充的编纂目的。全书分为上、中、下三卷，卷上和卷中专收明代诗歌，卷下专收"国朝"诗歌，即清代诗歌，共计收录诗人 100 位、诗歌 324 首，其中明代诗人 55 位、诗歌 186 首，清代诗人 45 位、诗歌 138 首。

清光绪九年癸未（1883），陈田开始编纂《明诗纪事》，出于对乡邦文学的特殊感情，"于黔人尤极措意"③。约 30 年来，"获专集一人；拾掇总集、说部、杂志者，补七人；《纪略》中有诗而事未详、诗未备者，补十人"④，成《黔诗纪略补》卷上，即明诗的第一部分。宣统三年辛亥（1911）夏，卷上部分即将付梓，陈田又得见徐楘辑《黔诗萃》和佚名辑《铜仁徐氏十二世诗集》，于是"录其溢出莫氏［莫友芝］《纪略》之外者十九人；莫氏有诗而未备者十五人"⑤，又加上平日搜采的三人，成《黔诗纪略补》卷中，即明诗的第二部分。在卷下清代部分中，陈田收录了未见于《黔诗纪略后编》的诗人 20 位，诗作 95 首，又将莫友芝辑《黔诗纪略》中误列于明代的清人沈奕琛归入清代，并补录其诗三首；

---

① 参见陈田等辑：《黔诗纪略后编》卷首陈田识，《续黔南丛书》第八辑，下册第 3 页。
② 参见陈田等辑：《黔诗纪略后编》卷首陈田识，《续黔南丛书》第八辑，下册第 3 页。
③ 陈田辑：《黔诗纪略补》卷上目录后序，《续黔南丛书》第八辑，下册第 1579 页。
④ 陈田辑：《黔诗纪略补》卷上目录后序，《续黔南丛书》第八辑，下册第 1579 页。
⑤ 陈田辑：《黔诗纪略补》卷中目录后序，《续黔南丛书》第八辑，下册第 1624 页。

增补《后编》已收22位诗人的58首诗歌；将《后编》的编者莫庭芝诗21首、黎汝谦诗7首附于最末①。

**表3　"黔诗纪略"系列所收诗人诗作情况**

| 诗集名称 | 男性 | 女性 | 方外 | 无名子 | 其他 | 总计 |
|---|---|---|---|---|---|---|
| 《黔诗纪略》 | 238人，2395首 | 3人，10首 | 16人，68首 | 8首 | 梦2首、乩诗1首、杂歌谣13首 | 有姓名者257人；共2497首 |
| 《黔诗纪略后编》 | 389人，2202首 | 21人，55首 | 13人，24首 | | 无 | 423人，2281首 |
| 《黔诗纪略补》 | 100人，324首 | 无 | 无 | | 无 | 100人，324首 |

通观《黔诗纪略》《黔诗纪略后编》两书，其材料来源不可谓不广博，诗人诗作不可谓不宏富，诸位编者不可谓不尽心竭力，而《黔诗纪略补》犹得从多种渠道增补《黔诗纪略》中30位诗人的75首诗歌，《黔诗纪略后编》中22位诗人的58首诗歌，以及未见于两书的47位诗人的191首诗歌，其中明代诗人25位、诗歌114首，清代诗人22位、诗歌77首。《黔诗纪略补》之"补"可谓名副其实也。

**表4　《黔诗纪略补》所补诗人诗作情况②**

| 朝代 | 姓名 | 材料来源 | 增补首数 | 备注 |
|---|---|---|---|---|
| 明代 | 陈珊 | 《明诗统》 | 5 | 复见于《黔诗纪略》 |
| | 陈荀产 | 《澄江府志》 | 2 | |
| | 樊师孔 | 《听诗斋笔记》 | 1 | |
| | 何腾蛟 | 《黔诗萃》 | 2 | |
| | 侯位 | 《黔诗萃》 | 1 | |
| | 蒋杰 | 《峨眉山志》 | 1 | |
| | 蒋宗鲁 | 《黔诗萃》 | 1 | |
| | 李渭 | 《岭海名胜记》 | 1 | |
| | 刘秉仁 | 《南滁会景编》 | 2 | |

① 陈田辑《黔诗纪略补》卷下目录后序谓："余复旁采得二十二人；内改正莫氏《纪略》误列于明代者一人；《后编》有诗而未备者，补十九人；芷升、受生诗亦附于末。"见《续黔南丛书》第八辑，下册第1659页。这里"二十二人""十九人"似均少三人，疑其统计数字有误，或后来又有增补。
② 表中所列诗人按姓名拼音排序。复见于《黔诗纪略》中的沈奕琛实为清人，陈田在《黔诗纪略补》中予以更正，并补录了来源于《过日集》和《诗观》中的沈奕琛诗三首。因此，清代部分总计应加诗人一位、诗作三首。

续　表

| 朝代 | 姓名 | 材料来源 | 增补首数 | 备注 |
|------|------|----------|----------|------|
| 明代 | 钱点 | 《黔诗萃》 | 16 | 复见于《黔诗纪略》 |
| | 邱禾嘉 | 《黄山志》 | 4 | |
| | 邵元善 | 《明诗统》 | 5 | |
| | 宋昂 | 《黔诗萃》 | 2 | |
| | 宋儒 | 《翰林馆课》 | 1 | |
| | 宋昱 | 《黔诗萃》 | 3 | |
| | 汤㫤 | 《黔诗萃》 | 1 | |
| | 王训 | 《黔诗萃》 | 2 | |
| | 王祚远 | 《黔诗萃》《听诗斋书画记》 | 3 | |
| | 谢国梗 | 《黔诗萃》 | 2 | |
| | 熊祥 | 《黔诗萃》 | 1 | |
| | 徐鹤年 | 《铜仁徐氏十二世诗集》 | 1 | |
| | 徐穆 | 《铜仁徐氏十二世诗集》 | 4 | |
| | 徐以暹 | 《铜仁徐氏十二世诗集》 | 1 | |
| | 徐宰六 | 《铜仁徐氏十二世诗集》 | 1 | |
| | 杨师孔 | 《露书》 | 3 | |
| | 杨文骢 | 《西清札记》《听诗斋读画记》 | 2 | |
| | 叶应甲 | 《黔诗萃》 | 1 | |
| | 越其杰 | 《闲情集》 | 1 | |
| | 詹英 | 《黔诗萃》 | 1 | |
| | 张谏 | 《黔诗萃》 | 1 | |
| | 小计：30人，72首 | | | |
| | 陈文学 | 《明诗统》 | 2 | 未见 |
| | 陈铣 | 《黔诗萃》 | 1 | |
| | 葛镜 | 《黔诗萃》 | 1 | |
| | 韩立 | 《惠烈录》 | 1 | |
| | 李珉 | 《黔诗萃》 | 1 | |
| | 李忠臣 | 《黔诗萃》 | 1 | |
| | 刘瑄 | 《黔诗萃》 | 1 | |
| | 刘宏 | 《黔诗萃》 | 1 | |
| | 刘齐向 | 《黔诗萃》 | 1 | |
| | 刘时举 | 《黔诗萃》 | 1 | |
| | 刘瑄 | 《黔诗萃》 | 1 | |
| | 马銮 | 《遗民诗》 | 20 | |

| 朝代 | 姓名 | 材料来源 | 增补首数 | 备注 |
|---|---|---|---|---|
| 明代 | 马文卿 | 《黔诗萃》 | 1 | 未见 |
| | 钱纯让 | 《黔诗萃》 | 1 | |
| | 沈嘉言 | 《广通县志》 | 2 | |
| | 盛仲芳 | 《黔诗萃》 | 1 | |
| | 唐贞 | 《檇李诗系》 | 1 | |
| | 王敞 | 《黔诗萃》 | 1 | |
| | 王璘 | 《黔诗萃》 | 1 | |
| | 向黉 | 《金陵诗征》 | 1 | |
| | 谢士章 | 《懒云集》《郢中集》《秋似亭集》《退食轩集》《巴音集》《计偕集》 | 68 | |
| | 徐稷 | 《铜仁徐氏十二世诗集》 | 2 | |
| | 杨如皋 | 《黔诗萃》 | 1 | |
| | 袁翎 | 《黔诗萃》 | 1 | |
| | 张守刚 | 《濂溪志》 | 1 | |
| 小计：25人，114首 | | | | |
| 总计：55人，186首 | | | | |
| 清代 | 柴中榆 | 《黔诗萃》 | 1 | 复见于《黔诗纪略后编》 |
| | 费以矩 | 《黔诗萃》 | 1 | |
| | 傅汝恂 | 《黔诗萃》 | 1 | |
| | 何德新 | 《黔诗萃》 | 9 | |
| | 洪其哲 | 《黔诗萃》 | 2 | |
| | 李专 | 《黔诗萃》 | 3 | |
| | 潘德征 | 《黔诗萃》 | 7 | |
| | 任衡 | 《黔诗萃》 | 1 | |
| | 谈宣 | 《黔诗萃》 | 1 | |
| | 唐金 | 《黔诗萃》 | 2 | |
| | 田樟 | 《黔诗萃》 | 1 | |
| | 魏纯 | 《黔诗萃》 | 1 | |
| | 吴梦旭 | 《黔诗萃》 | 1 | |
| | 萧琯 | 《铁若笔谈》 | 2 | |
| | 徐如澍 | 《铜仁徐氏十二世诗集》 | 2 | |
| | 徐奭 | 《铜仁徐氏十二世诗集》 | 1 | |
| | 徐圁 | 《铜仁徐氏十二世诗集》 | 8 | |
| | 杨光焘 | 《黔诗萃》 | 1 | |
| | 越珅 | 《黔诗萃》《过日集》 | 2 | |

续 表

| 朝代 | 姓名 | 材料来源 | 增补首数 | 备注 |
|---|---|---|---|---|
| | 张素 | 《黔诗萃》 | 1 | 复见于 |
| | 张元臣 | 《黔诗萃》 | 9 | 《黔诗纪略 |
| | 周承厚 | 《黔诗萃》 | 1 | 后编》 |
| | 小计：22人，58首 | | | |
| 清代 | 何负图 | 《诗观》 | 1 | |
| | 黄墨耕 | 《黔诗萃》 | 1 | |
| | 黄燮 | 《黔诗萃》 | 1 | |
| | 江阆 | 《江辰六集》 | 21 | |
| | 蒋琳 | 《黔诗萃》 | 1 | |
| | 黎汝谦 | 《夷牢溪庐诗钞》 | 7 | |
| | 刘复向 | 《黔诗萃》 | 1 | |
| | 刘如瑛 | 《黔诗萃》 | 1 | |
| | 梅建 | 《黔诗萃》 | 1 | |
| | 莫庭芝 | 《青田山庐诗钞》 | 21 | |
| | 唐兰 | 《黔诗萃》 | 3 | 未见 |
| | 王承祜 | 《黔诗萃》 | 1 | |
| | 王士仪 | 《黔诗萃》 | 2 | |
| | 夏国培 | 《黔诗萃》 | 1 | |
| | 徐懋德 | 《铜仁徐氏十二世诗集》 | 1 | |
| | 徐桼 | 《铜仁徐氏十二世诗集》 | 7 | |
| | 徐如淳 | 《铜仁徐氏十二世诗集》 | 1 | |
| | 徐如洙 | 《铜仁徐氏十二世诗集》 | 1 | |
| | 徐世垓 | 《铜仁徐氏十二世诗集》 | 1 | |
| | 徐枟 | 《铜仁徐氏十二世诗集》 | 1 | |
| | 徐镇 | 《铜仁徐氏十二世诗集》 | 1 | |
| | 杨翰征 | 《黔诗萃》 | 1 | |
| | 小计：22人，77首 | | | |
| | 总计：44人，135首 | | | |

从成书过程和命名方式上看，"黔诗纪略"系列之间存在着明显的继承和续补倾向。正是由于黎兆勋负责的"黔诗纪略"清代部分稿尽亡佚，所以莫庭芝、黎汝谦和陈田才以莫友芝等辑《黔诗纪略》为模板，选录清代贵州诗人诗作，编成《黔诗纪略后编》三十卷。《黔诗纪略》又名《黔诗纪略前编》，为了凸显先行后续的关系，《黔诗纪略后编》中的"后编"二字便应运而生。而陈田

辑《黔诗纪略补》则完全以为《黔诗纪略》和《黔诗纪略后编》拾遗补阙为旨归，诗集名称中的"补"字也由此得来。

《黔诗纪略》《黔诗纪略后编》《黔诗纪略补》是本土文人有组织、有计划编辑而成的省级贵州诗歌总集，规模宏大、体例完备，因此也成为流传范围最广、知名度最高的贵州诗歌总集。虽然拟编明清通代贵州诗歌总集"黔诗纪略"的愿望未能实现，但陆续出现的三书皆以"黔诗纪略"四字来强调自身的归属，再加上体例安排的一致性，使得它们具有了显著的系列特征。

## 三、其他

徐楘辑《黔诗萃》和毛登峰辑《黔诗备采》是两部系列之外的大型、综合类省级贵州诗歌总集。与《黔诗纪略》《黔诗纪略后编》不同，二书均由编者个人独力完成，在目录中的诗人姓名之下，都有用双行小字标注出来的诗歌数量，这是"黔风"等早期省级贵州诗歌总集缺少的，不失为一长。

据《贵州通志艺文志》卷十八"集部·总集类"和陈田辑《黔诗纪略补》卷下徐楘小传记载，徐楘辑《黔诗萃》凡三十一卷，而《黔诗纪略补》卷中目录后序却作三十卷。但该集并未得见，或早已亡佚。从《黔诗纪略补》中可知，《黔诗萃》至少收录了明代刘宏、刘瑄、张谏、詹英、王敞、李珉、王璘、宋昂、宋昱、王训、熊祥、侯位、盛仲芳、汤㫤、蒋宗鲁、陈铣、刘时举、钱纯让、李忠臣、马文卿、杨如皋、王祚远、刘瑁、葛镜、何腾蛟、叶应甲、袁翎、刘齐向、钱点、谢国梗，共 30 位诗人的诗歌作品；清代李专、费以矩、王承祜、潘德征、越珅、梅建、王士仪、杨光燊、杨翰征、张元臣、任衡、唐兰、刘复向、黄墨耕、蒋琳、吴梦旭、谈宣、田樟、洪其哲、何德新、张素、魏纯、周承厚、唐金、柴中榆、傅汝恂、黄燮、夏国培、刘如瑛，共 29 位诗人的诗歌作品。而现藏于上海图书馆的稿本《全黔诗萃》共 67 卷，现存 65 卷，其中缺卷三十四、三十五，收录诗人 446 位、诗歌 6000 余首。

《黔诗萃》与《全黔诗萃》之间究竟有什么关系？从《全黔诗萃》卷四十六徐楘小传可知，"全黔诗萃"其实就是徐楘辑《黔诗萃》的别名。但目前上海图书馆所藏《全黔诗萃》却并非徐楘原作，而是后人在《黔诗萃》基础上增补而成的，因此《全黔诗萃》《黔诗萃》二集又是古今同名异质的贵州诗歌总集。从收诗数量上看，《全黔诗萃》编者对徐桢个人是极端崇拜的，为徐氏著书立说的意图也相当明显。在该书中徐桢诗歌占绝对优势，多达十五卷、1850 首；其次是徐桢之父徐如澍的，共六卷，因该书所缺两卷即为其诗前两卷，所以现存 473 首；此外，还有徐桢妻许韵兰诗二卷、219 首，继室舒芳芷诗二卷、179 首，先世徐闻诗二卷、220 首，弟徐枟诗一卷、127 首。然而，贵州诗坛上的能工巨匠，明代如谢三秀、越其杰、吴中蕃等，诗歌都仅占一卷，各 100 余首；清代如田榕、周起渭、潘淳、陈法等，最多不过四卷、400 余首，多数则仅一卷，甚至不足百首。

又据今上海图书馆藏《全黔诗萃》卷四十六、陈田辑《黔诗纪略补》卷下徐桢小传记载，除《黔诗萃》之外，徐桢还曾辑有《黔南十三家诗（钞）》若干卷。只可惜该集早已亡佚，且无相关记载，具体情况不得而知。

《黔诗备采》十卷，清末黔西人毛登峰辑、子毛典濡校字，收录清代贵州 145 位诗人的 1000 余首诗歌作品。但该书并未付梓刊刻，现国内仅存一孤本，即 1984 年贵州省图书馆据民国钞本复印本，藏于贵州省图书馆。只可惜此本却为残本，仅存前二卷。

《黔诗备采》是"黔风"系列、"黔诗纪略"系列和《全黔诗萃》之外的又一部大型、综合类省级贵州诗歌总集，其最大贡献在于保存了部分诸集未收的诗人诗作。但不可否认的是该集并未能做到集众家之所长，相反地，方方面面的错误和不足却不少。从内容上看，主要是作家小传太过简略，多数只提到了字号和籍贯，对名儒耆宿也同样如此。如郑珍"字子尹，遵义人"[1]、黎庶焘"字筱亭，遵义人"[2]、莫友芝"字子偲，独山人"[3]，三人的小传都仅六字，有时甚至存在小传缺漏的现象。此外，还有一些事实性错误。据《潘氏族谱》记载，潘元炳，字季明，号文岩，《黔诗备采》中却作"文若"[4]。同时，编排问题亦不容忽视。从目录可知，该书选录了郑珍的 6 首诗歌，但这 6 首诗却分别见于卷二的两个地方，在它们中间穿插了其他的诗人诗作。郑珍《和邵亭〈题淮海

[1] 毛登峰辑：《黔诗备采》，1984 年贵州省图书馆据民国钞本复印本，第 99 页。
[2] 毛登峰辑：《黔诗备采》，1984 年贵州省图书馆据民国钞本复印本，第 124 页。
[3] 毛登峰辑：《黔诗备采》，1984 年贵州省图书馆据民国钞本复印本，第 124 页。
[4] 毛登峰辑：《黔诗备采》，1984 年贵州省图书馆据民国钞本复印本，第 115 页。

先生书谕陕西官师诸生橄石本〉韵》一诗后是张吉熙、陈汝梅、徐宗之等 13 人的诗歌作品，之后才又出现了他的《丙辰二月九日，同夏秋丞、舒文泉、高秀东、莫芷升、黄子寿、唐鄂生游芙风山醉歌》和《题蹇一士谔〈秦晋游草〉后》4 首。

与大型、综合类相对，在省级贵州诗歌总集中还有一类以小型为主、合刻性质的选集，它们与专收僚友之作的"同人集"一般无二。如郑珍、莫友芝撰《郑珍莫友芝诗词原稿》，吴德清、杨学煊辑《黔中二子诗》，周鹤辑《黔南六家诗选》等。

《郑珍莫友芝诗词原稿》前 6 页为郑珍道光年间作品，分别是诗《和吉堂》3 首、《寄阿妹》6 首、《寄湘佩》5 首以及词《寄阿妹》二章，附文《是我非我》一篇；后 4 页为莫友芝作品，分别是《海龙囤歌》、《山蚕词》、《播州竹枝词》、《送某太守》五首（不全）。鉴于郑珍、莫友芝在全国文坛上的重要地位，作为清道光刻印原稿本的《郑珍莫友芝诗词原稿》因此具有了珍贵的文物价值，现仅藏于贵州省博物馆中。

《黔中二子诗》，又名《黔中两孝廉诗合编》。内收史胜书撰《秋灯画荻草堂诗钞》和戴粟珍撰《对床听雨书屋诗钞》《禾庄诗存补遗》《南归草》，现存贵州省图书馆的残本仅有一册，为前及 3 种戴粟珍作品。史胜书，字荻洲，黔西人，清道光十五年乙未（1835）举人。戴粟珍，字禾庄，清镇人，清道光十九年己亥（1839）举人。二人同出黔西知州吴嵩梁之门，时有"二妙""二俊"之誉[①]。为表达对亡友的深切哀思，吴德清曾致信黔西人、史胜书表兄杨学煊，向其索取史胜书、戴粟珍诗作进京付梓。道光二十九年己酉（1849），诗稿刊刻完成。后来，杨学煊得见吴德清刻板，发现前寄之作尚有遗失，又将戴粟珍自订原稿与此相参证，在已成的《禾庄诗存》外补刊《禾庄诗存补遗》一册、《南归草》一册。目前所见《黔中二子诗》牌记中有"湛溪吴德清订 京都原板"字样[②]，又《禾庄诗存补遗》之前有这样一段话："丁未［道光二十七年，1847］秋，吴湛溪［吴德清］比部邮寄书来，索禾庄［戴粟珍］、荻洲［史胜书］诗至京为之较订。己酉［道光二十九年，1849］，刊成。而丁未［道光二十七年，

---

① 参见陈田等辑《黔诗纪略后编》，卷二十二史胜书小传、戴粟珍小传，《续黔南丛书》第八辑，下册第 1337 页、第 1343 页。
② 吴德清、杨学煊辑：《黔中二子诗》，清道光二十九年己酉（1849）京都刻本，原无页码。

1847〕余所寄禾庄诗稿数册中尚有遗失。癸丑〔咸丰三年，1853〕，吾儿辈璐枝、琇枝公车南旋，携板来黔。余因取禾庄自订原稿补所遗漏者，检付剞劂，为《补遗》一册、《南归草》一册。爱书数语，以记始末云。咸丰甲寅〔四年，1854〕三月，杨学煊春谷氏书。"① 陈田曾指出："史〔史胜书〕戴〔戴粟珍〕诗其友吴湛溪〔吴德清〕为刻于都中，再刻于黔。"② 当分别指吴德清于北京和杨学煊于贵州的这两次刊刻。

《黔南六家诗选》为清代贵筑（今贵阳）人周鹤选录之当时同邑 6 位文士的诗歌作品。具体包括：杨文照诗 184 首、袁思韠诗 83 首、颜嗣徽 195 首、钱衡 164 首、洪杰 50 首、陶塝 233 首。关于编纂目的和出发点，周鹤在该书自序中说："先时谢君采〔谢三秀〕、周渔璜〔周起渭〕，近时莫子偲〔莫友芝〕、郑子尹〔郑珍〕诸乡先生，虽各有专集，而尚乏荟萃合选之本。傅竹庄〔傅玉书〕大令所选《黔风旧闻集》《黔风鸣盛集》，虽广搜黔人之诗，类聚成峡，而又非专选数家，独见精能之诣。……尤可异者，六家诗人，五官粤西，海禅〔杨文照〕官粤最先，辈行亦最早，惟芋岩〔钱衡〕未宦粤。然六人者，同生长筑邑，旧日皆系姻娅友朋，早有倡和赠答之雅，复次第连镳接轸，大半盍簪于桂管。"③ 从中可知，鉴于贵州诗坛"虽各有专集，而尚乏荟萃合选之本"；虽有总集，"又非专选数家，独见精能之诣"的弊端，周鹤专门选取了具有姻娅之亲、友朋之交，且 6 位中有 5 位曾官广西的贵阳人的诗歌编成《黔南六家诗选》，所以该集可谓"精挑细选""查缺补漏"之作。《黔南六家诗选》仅有一个版本，即清光绪十三年丁亥（1887）刻本，其保存范围相当广泛，国家图书馆、贵州省图书馆、贵州省博物馆、贵州大学图书馆和贵州民族大学图书馆分别有藏，另有一残本见于贵州师范大学图书馆。

除《黔中二子诗》《黔南六家诗选》等外，小型、合刻性质的"同人集"还有清谭希文等撰《黔中校士录》，但它与课艺类存在着交叉现象，究其性质和特征而言更宜划归后者，因而不在此赘述。

与以上小型、合刻性质的"同人集"不同，朱启钤辑《黔南游宦诗文征》收

---

① 吴德清、杨学煊辑：《黔中二子诗》，清道光二十九年己酉（1849）京都刻本，页码漫漶莫辨。

② 陈田等辑：《黔诗纪略后编》卷二十二戴粟珍小传，《续黔南丛书》第八辑，下册 1344 页。

③ 周鹤辑：《黔南六家诗选》卷首自序，清光绪十三年丁亥（1887）刻本，第 1a—2a 页。

录明清时期 152 位入黔官员的诗文别集，卷帙相当浩繁，堪称鸿篇巨制。值得注意的是，《黔南游宦诗文征》中的作者、作品存在着相当复杂的情况，如果严格界定，该集并不能被视为真正意义上的贵州诗歌总集。从作者身份上看，皆为曾经宦寓贵州的外籍人士；从作品内容来看，除明江东之撰《黔中疏草》，清于钟岳撰《正安集》和《黔南集》、何绍基撰《使黔草》、刘家谲撰《黔游草》、周鸣銮撰《使黔集》、和坤等撰《黔南宦辙搜逸》、崔应阶撰《黔游纪程》、李哲明撰《黔輶集》、瞿嘉福撰《赐砚山房黔蜀集》、罗应旒撰《黔事书牍》、费锡章撰《使黔集》等外，其余各集与贵州无甚联系。而其中与贵州相关的诗集则更少，仅有清姚学塽撰《黔轺诗》、崔应阶撰《黔游诗》、汤右曾撰《黔轺诗》、洪饴孙撰《青埵山人宦黔诗》、田雯撰《田蒙斋中丞黔诗》、臧琮撰《黔中诗》、鄂尔泰撰《总制滇黔诗》、陈德心撰《黔中诗》、颜光猷撰《颜澹园太守黔中诗》、高其倬撰《黔中诗》等，不足总数的十分之一。可见，该集主要立足于贵州一省，对作者和作品采取了较为宽松的选录方式。这里取《黔南游宦诗文征》题中之意，姑且将其视为边缘化的宦寓类贵州诗文总集。该集现仅藏于国家图书馆中。

一般情况下，省级诗歌总集所收诗人诗作范围广泛、数量庞大，且能代表地方诗坛的最高成就。就省级贵州诗歌总集而言，《黔风》《黔诗纪略》《全黔诗萃》《黔诗备采》等莫不如此。它们开列了相对完整的贵州诗人名录，保存了较为详尽的贵州文献资料，为全面了解地方文学史打开了方便之门。而除此之外，那些自成体系者更让我们看到了薪火相传的精神和力量。

# 异彩纷呈的乾嘉八旗诗坛

李　杨

李杨，女，1981 年 9 月 21 日出生，黑龙江友谊人。本科毕业于哈尔滨师范大学英语专业。新疆师范大学中国古代文学专业 2006 级硕士研究生，学位论文《梅村词研究》，导师刘坎龙先生。浙江大学中国古代文学专业 2010 级博士研究生，学位论文《八旗诗歌史》，获教育部人文社会科学研究西部和边疆地区青年基金项目（15XJC751005），导师朱则杰。西南大学博士后，合作导师何宗美先生。主要研究八旗诗词。

乾嘉时期，八旗诗歌经历了深刻、内敛而又颇具爆发性的转变，展现出异彩纷呈的局面。吏隐江南的鲍鉁、天纵英才的梦麟以及慷慨任情的朱孝纯，他们的诗歌创作呈先出不同的诗歌美学特征。和瑛、松筠等驻边大臣的边塞诗创作，更是远承汉唐风骨，彰显出浩瀚伟丽的大国气概和壮美宏阔的边疆风貌。乾嘉八旗诗人们独具个性的创作实践，让八旗诗向着更深更广的方向发展。

## 一、"由来吏隐一身兼"的鲍鉁

鲍鉁（1690—1748），字冠亭，又字西冈，号辛浦、梦崦居士。他出身将门，曾祖鲍承先，在清初统一的军事行动中屡立功勋，得到皇太极信任，位至通显，其家族遂成为清初显赫一时的汉军旗人世家。鲍鉁年未二十便以贡生分发浙江任长兴知县，后署理海防事物，任海塘通判，雍正十二年甲寅（1734）署嘉兴海防同知。他勤政爱民、清廉审慎，任职期间颇有清名。鲍鉁自幼笃嗜读书，创作不倦，尤以作诗为乐，有"诗癖"之称。他一生著作鸿富，今存《道腴堂诗编》《道腴堂诗续》《道腴堂杂著》《道腴堂杂编》《俊逸亭新编》《小簇园新编》《小簇园续编》《道腴堂脞录》《雪泥鸿爪录》《禅勺》等。

### （一）鲍鉁的诗学观念

清代诗歌的发展历程，基本是通过宗唐和宗宋两种诗风追求，在此消彼长的过程中逐步实现的。八旗诗坛在整个清代诗坛大气候的笼罩之下，其整体发展进程上也并未跳脱清诗发展的大方向，但他们却在这个"大方向"中走出了一条属于自己的、敢于质疑的、有所创获的独特发展之路。这种独特性的表现之一，就是在诗学取法上的特立独行，以自身个性和审美体验选取适合自己的诗风取向，而不为周围环境和流风所囿。

鲍鉁论诗，在同期诗人中较有个性。他既不宗唐也不参宋，更极少摆出"兴观群怨"等诗教理论。相比诗歌的社会功用而言，他在乎的是诗歌本身的艺术审美价值和诗人气质所决定的诗歌风格的选择与取向，他在诗集自序中说道：

> 诗自三百篇而降，世运迁移，风雅代变，五言古诗乐府盛于汉魏变于六朝，七言歌行律绝句盛于唐变于宋，元明以还，江河日下，识者无讥焉。由今泝昔源流，正变体制具备，评骘详悉复安能驾出古人之上哉？……且古人有一句一联如"枫落吴江冷"、"微云淡河汉"、"疏雨滴梧桐"之类，当时赞诵，后世脍炙，已卓然不能泯灭于天壤间，由是而言，诗顾在多耶？惟是诗道虽峻而其途甚坦，诗法虽严而其用甚宽，以言言志以言道性情，志之所之，性情之所寄，有不能已于诗。虽不尽合作者，可以流传，而其人吟咏一时，陶写毕世，每不忍吐弃，诗又何不可多之有。[①]

他的这段诗序，肯定了古人诗歌创作的成就，但却不主张踵步古人，他认为真诗如同天籁，可遇而不可求，是简单效法不来的。他在《叶人可诗序》中也曾说："后世拈须叉手，斤斤以古人为矩步者，往往去古人益远。盖诗本无体，袭古人之诗以为体；诗本无法，秉古人之诗以为法。体与法莫不备于古人范围，宇宙而无有过之，惟善用其性情者能使诗中有我，我自成我之诗，而不为古人

---

[①]　鲍鉁：《道腴堂诗编》，《清代诗文集汇编》第 267 册，第 2 页。

之所掩，会心成趣，信手拈弄。"①强调的就是诗写真我之意。他的这种崇尚写真、抒情、任性的创作理念与那些分宗别派、自树城墙的谈诗诸家相比，有其进步性。在他看来，诗歌创作是一种纯粹的发于情、来于心的情感表达的自然产物，正所谓"志之所之，性情之所寄，有不能已于诗"，情之所到，自然而然便可以以诗的语言表述出来。

同时，鲍鉁在肯定诗歌创作的主性观之外，对触发性情感知的客观环境的作用也十分重视。他在《慎斋诗集序》中就谈道："诗以道性情，而性情之流露未有不藉耳目足迹之资者。使徒流连于风云花鸟而无名山大川以荡其气，奇闻异见以旷其怀，则诗境局矣。"②他的大半生都在浙江的奇山秀水中度过，山川助诗兴在他身上体现备至。其《山行遣兴》四首之一云："为爱溪山尚服官，一官消受此溪山。若教闲领溪山胜，便掷微官似草菅。"③可见，山水之助在他诗歌创作中所占地位之重。他写吴兴地区的诗歌较多，曾结集为《吴兴集》。法式善在评价鲍鉁时曾作诗云："自宰吴兴后，吟情逐日增。桑皋咏蚕箔，蒹馆赋鱼罾。诗话江湖播，丛谈远近征。归家理残业，《稗勺》有人称。"④看来，正是这片奇丽的山水成就了鲍鉁一生的诗作。

**（二）鲍鉁的诗歌创作**

鲍鉁的诗歌创作，以长篇古体诗成就为高。他的这类诗歌笔力横绝，睥睨一切，气骨风范皆属上乘，杨钟羲称其"模山范水，裂月撑霆"，并赞其《铜雀半砚为王秋驾赋》一诗"笔力足以凌厉一切"⑤。他善于用古体诗揭露时政，抨击社会黑暗，其《漕政叹》《捉船行》《征漕行》《观纳粮悯农叙志》等诗，针对官吏欺压百姓、国家横征暴敛等社会问题有感而发，如《捉船行》：

昨者羽书至，诸道齐征兵。荆州及江浙，虎贲三千名。备边向滇蜀，万里从军行。水道历常润，刻期促登程。上司亟申令，捉船载行营。长吏

---

① 鲍鉁：《道腴堂诗编》，《清代诗文集汇编》第 799 册，第 251 页。
② 鲍鉁：《道腴堂诗编》，《清代诗文集汇编》第 799 册，第 261 页。
③ 鲍鉁：《道腴堂杂编·丁卷》，《清代诗文集汇编》第 799 册，第 145 页。
④ 法式善：《存素堂诗初集录存》卷十四，《奉校八旗人诗集……成诗五十首》之三十二《道腴堂诗集》，《续修四库全书》第 1476 册，第 571 页。
⑤ 杨钟羲著，雷恩海、姜朝晖校点：《雪桥诗话》卷五第八则，《雪桥诗话全编》本，人民文学出版社 2011 年版，第 1 册第 249 页。

性火烈，咄嗟无留停。伍伯纵鹰犬，扁长如游侦。大索逮旬日，四境喧且惊。千艘连舳舻，齐集杭州城。城下方鞠旅，沿塘列桅桩。历历津堠塞，森森刁斗鸣。健儿气骄猛，抢攘势莫撄。嗟哉刺船翁，白头送长征。何时达江浒，鞍马任骁腾。……①

鲍鉁此诗，反映了清政府无端抓丁、强行征船之事。吴伟业的同名诗作，情感基调建立在国破家亡、江山易代的时代背景之下，诗歌在历史现实的记述中夹杂着亡国之悲和易主之恨。而鲍鉁则不同，他是新朝成长起来的特权阶层的一分子，对朝廷和君主不存仇恨，但他却能对虎狼官吏以势欺人的暴虐行径进行客观无情的揭露，其人其性可见一斑。

鲍鉁将康熙五十八年己亥（1719）去福建赴官一路所作诗结集为《闽江集》，这一集中的古体诗很多，成就也高，兹如其《下滩行》云：

闽中滩多多且奇，水石块圠无端倪。九天云垂四海立，鲸牙撑突龙蹲跜。蚓结虫镂走万窍，衡缩螺粿纷披丽。俨然宓羲画卦象，满者如坎虚如离。初来尺步几战栗，久之渐觉形神疲。建溪以北水清浅，系篙徐徐抵其壖。剑津南来势寖阔，涛山浪屋堆弥弥。很石狰狞匝碕岸，骇波电激还飘驰。纸船有谣况须虑，筮命不藉蓍与龟。敢云恺悌神所劳，潜心默祷若有知。万山过眼不留滞，一生九死争毫厘。曾闻人心更巨测，风波陆地尤艰危。造物用意亦良厚，特设险阻为箴规。燕非无函越无镈，谓闽无滩日亦宜。②

诗人将自己的人生感悟和对客观景物的描写巧妙而紧密地结合在了一起，滩险途长，危机四伏。这不仅是在写江行途中山川地理之险，更是在写鲍鉁心中为官的宦途人生之险。

鲍鉁"清真澹荡，廉洁自持，山水友朋，嗜若性命，异乎俗吏之为"③，他在弥留之际写给全祖望的信中总结自己："一生偃蹇，毫无可录，只操履粗堪自信，

---

① 鲍鉁：《道腴堂诗编》卷七，《清代诗文集汇编》第267册，第56页。
② 鲍鉁：《道腴堂诗编》卷八，《清代诗文集汇编》第267册，第66页。
③ 杨凤苞：《秋室集》卷五《书鲍辛浦遗事》，《续修四库全书》第1467册，第66页。

吟咏聊以自娱。"① 接到这封短信后，全祖望失声痛哭累日。鲍鉁虽未能以诗名家，但他对朋友的拳拳赤子之心、对诗歌创作的全神贯注之情，以及不阿谀奉承、不追名逐利的个性得到了当时艺林的普遍敬重。全祖望、金农、厉鹗、高凤翰、诸锦、文昭等人皆将其引为知己。他的一些诗歌对与他命运相似、宦途人生不得志的友朋们的境遇表达出强烈的愤慨，如其《狂歌》云：

> 一官蕉萃且尘埃，世事悠悠莫漫猜。
> 令色游声今上考，孤情直节故中材。
> 乾坤漭荡江河下，岁月峥嵘鬓发催。
> 廿载酒情因病沮，狂歌今欲倒樽罍。②

宦海沉浮半生的鲍鉁，在人生后期为官心态渐渐归于平静，他在《与安吉州牧高东雅尺牍》中说："人生行乐山水为佳，载酒判花更偕同志，消摇于折腰束带之余，解脱于缙绶缨冠之日，吏胥随侍农圃观瞻，游不旷时，雅不违俗，服官数年，仅有者谅吾兄大抵亦然。"③ 此后，"一城如斗吾专领，便作山中宰相看"④，他在祥和宁静的氛围中找到了灵魂安放的归宿：

> 青山白水记逢迎，相识何尝道姓名。
> 我自乘车君戴笠，莺能求友鹭寻盟。
> 萍蓬随地俄相聚，裘葛经时忽已更。
> 正是林香黄橘柚，物华满眼若为情。⑤

鲍鉁晚年的诗歌创作与王士祯所合颇多。他在《自题辛卯诗卷六首》之二中曾说："诗家宗派太纷争，捉鼻羞为老婢声。不薄西昆三十六，朱弦疏越爱

---

① 全祖望撰，朱铸禹校注：《全祖望集汇校集注·鲒埼亭集内编》卷十九《杭州海防草塘通判辛浦鲍君墓志铭》，上海古籍出版社 2000 年版，上册第 348 页。
② 鲍鉁：《道腴堂杂编·庚卷》，《清代诗文集汇编》第 799 册，第 178 页。
③ 鲍鉁：《道腴堂杂编·戊卷·与安吉州牧高东雅尺牍》，《清代诗文集汇编》第 799 册，第 156 页。
④ 鲍鉁：《小箃国新编·亭午》，《清代诗文集汇编》第 799 册，第 210 页。
⑤ 鲍鉁：《道腴堂杂编·庚卷·示客》，《清代诗文集汇编》第 799 册，第 175 页。

新城。"① 鲍鉁与紫幢王孙文昭交游深厚，两人在京时谈诗学艺，往还赠答，文昭《秋晓次鲍西冈韵》中有"适有新秋句，侵晨来扣关"② 之句。文昭问诗于王士禛，鲍鉁在《书紫幢轩诗后》中谓文昭"髫龄爱重于玉池，弱冠接引于渔洋，丝绣平原，顶礼阆仙，奉南丰之瓣香，衍西江之宗派"，对文昭诗学脉络大致进行了描述，此外还记载了文昭曾绘制王士禛人像供奉于净室之事。鲍鉁显然不是宗唐或者宗宋的单纯拥护者，他对诗歌的学习是很宽博的，但却自始至终承认自己对王士禛的仰慕之情，其《红豆庄诗钞序》中曾记载了自己少时学诗的事：

> 余年甫弱冠，时获从山阴何洁堂先生游，文章之暇研究风雅，先生首举陶渊明、李太白、杜子美、苏子瞻四家之诗授余卒业，谓其洪纤毕具，枯菀兼资，学与性情并致者也。今海内以诗名者不可指数，而先生独推渔洋为风雅正始，亦此意焉。余深维其训，服膺而不敢忘。后见严沧浪诗话云"诗有别材，非关书也；诗有别趣，非关理也。然非多读书多穷理，则不能极其至"，旨哉言乎。乃益信先生之说有原本矣。③

鲍鉁五七律绝中的言情写景之作，最似渔洋家法，如《临平道中》云：

> 一棹临平路，汀洲问藕花。
> 好风吹水竹，晓色自清华。
> 石鼓桐鱼寂，人家聚落斜。
> 坐看山翠滴，幽思此无涯。④

是诗萧疏澹宕、回韵悠长，言情写景，物我两忘。法式善曾评价其诗"诗道虽峻而其途甚坦，诗法虽严而其用甚宽，则旨趣可知"⑤。鲍鉁写诗尚神韵，

---

① 鲍鉁：《道腴堂诗编》卷七，《清代诗文集汇编》第267册，第55页。
② 文昭：《紫幢轩诗集·艾集下·秋晓次鲍西冈韵》，《四库未收书辑刊》第八辑第22册，第341页。
③ 鲍鉁：《道腴堂杂著》，《清代诗文集汇编》第799册，第272页。
④ 鲍鉁：《道腴堂诗编》卷七，《清代诗文集汇编》第267册，第58页。
⑤ 法式善著，张寅彭，强迪艺编校：《梧门诗话》附《八旗诗话》第一百三十四则，凤凰出版社2005年版，第501页。

与他个性气质有很大的关系。神韵诗清丽优美、萧疏澹远、自然超脱的风神正符合鲍钤萧疏坦荡、不慕荣利的性格特点。

嗜诗成癖的鲍钤曾谓杭州为"东南诗国"①，他热爱这里的人文底蕴，更喜欢这里的奇山秀水。他在《灵隐寺》中曾写道："打钟扫地如相许，愿傍稽留过此。"②生前不能如愿长住杭州，与湖山俱老，所以便与友人约定，死后要葬于杭州。鲍钤去世后，葬于杭州青芝坞。青芝坞左近玉泉寺，近有地名曰鲍家田，相传为鲍庆臣的采地，今此地犹存，在杭州市浙江大学玉泉校区附近。

## 二、"蒙古诗杰"梦麟

八旗蒙古大军随多尔衮入关之后，与汉族文化进行了一次超越以往各代的碰撞。有清三百年民族文化大融合过程中，蒙古八旗诗人和满、汉八旗诗人，共同缔造了八旗文学的璀璨夜空。18世纪，清王朝日益稳定和繁荣，国家呈现全盛局面，蒙古族汉文学创作也随之迎来了继元代之后的又一个高峰。八旗蒙古诗人梦麟以其高超的创作成就、蜚声文坛的影响力和对民生疾苦、社会问题的深切关心，成为清代蒙古汉文学创作的杰出代表。

梦麟（1728—1758），字瑞古，又字文子，号谢山，又号午塘、藕堂、喜塘等，西鲁特氏，祖先世居科尔沁地方，隶正白旗蒙古。梦麟生于其父宪德的成都官舍，六岁举家回京。他自幼聪明颖异，被视为神童，七岁习作已得名士称许。乾隆十年乙丑（1745）18岁进士及第，后历任侍讲学士、祭酒、礼部侍郎、工部侍郎、学政等职，乾隆十八年癸酉（1753）出任江南乡试主考官，"蒙古人典试外省自午塘始"③。乾隆二十一年（1756）在军机处学习行走，不久任翰林院掌院学士、军机大臣，乾隆二十三年戊寅（1758）卒于官，年仅三十一。他的诗歌在未入仕前结集为《行余堂诗集》，进士及第入词馆后诗结集为《红梨斋集》，今未见，恐已失传。现在较为常见的是刘承幹嘉业堂雕版的《辽东三家集》本《大谷山堂集》六卷本，存诗300余首。

---

① 鲍钤：《道腴堂杂著·赠金寿门序》，《清代诗文集汇编》第799册，第264页。
② 鲍钤：《道腴堂诗编》，《清代诗文集汇编》第267册，第6页。
③ 福格：《听雨丛谈》卷十，中华书局1984年版，第204页。

梦麟属天纵英才型的诗人，生命很短暂，却以其对创作的执着取得了很高的诗坛地位。他乐于奖掖后进。乾隆十八年癸酉（1753）年典试江西，提督学政期间，识拔曹仁虎、严长明、吴省钦等多位才学之士。王太岳、桑调元、曹仁虎、王鸣盛、王昶也曾受到他的提拔或援引。

梦麟论诗崇"正雅"，抑"邪音"，主张博采众长、融会贯通。他和沈德潜关系密切，对沈氏十分推扬，但却完全不为格调说所束，并在很多层面上超越了格调派的限制。实际创作中，面对抒发真实情感和规模于旧法的矛盾，他毫不犹豫地选择前者。他曾这样总结乾隆诗坛之弊："琼枝玉树务雕饰，婉丽但可娱嫔嫱。……慨自元音日凋丧，乃以筝笛淆笙簧。春撞钟鼓叶琴瑟，斯道岂以浮浇将。摘挦云露失真宰，华虫藻绘咸秕糠。滥觞排比学酬酢，如人值虎兹其伥。鹪鹩斥鴳竞鸣聒，遂合终古无鸾凰"。① 毫不客气，又切中肯綮。

梦麟热衷创作长篇古体诗歌，他的《大谷山堂集》中近体诗仅百首左右，其余皆为五、七言古诗。其近体诗虽不似古体擅名天下，但也不乏佳作，如其《西堂秋夕》云：

> 云影度银浦，碧天横数星。
> 幽人眷良夜，捉席暮山青。
> 荷动触虚籁，竹深流暗萤。
> 遥思潞西客，翠袖倚风棂。②

该诗清幽淡远、意蕴深长。沈德潜谓其"不落大历以下"，盖指其七言律诗而言。梦麟七律宗法杜甫，如其《冬日观象台二首》之一云：

> 木落风高画角哀，霜浓野阔一登台。
> 云旗天转桑乾出，日驭烟横碣石开。
> 黑水遐封思禹迹，金方借筹失边才。

---

① 梦麟：《大谷山堂集》卷六《长歌赠陈生宗达》，《续修四库全书》第 1438 册，第 430 页。
② 梦麟：《大谷山堂集》卷二，《续修四库全书》第 1438 册，第 384 页。

汉家养士恩如海，谁伏青蒲请剑来。①

这是梦麟七律的代表作，无论形与意，几乎全从老杜化出。全诗整洁俊逸，音节铿锵俊朗，法式善谓此诗"沉雄瑰丽，独出冠时，百余年来，北学者未能抗手"②，评价相当之高。

梦麟最负盛名的是他的五、七言古体诗，尤其对乐府歌行，最为擅长。他认为"五言必从悟入，而七言古诗忽起忽落，信手拈来，纵横如意"③。在实际创作中，他也同样贯彻了这样的主张，五言萧寥澄旷，七言激楚苍凉。其五言古诗如《登燕子矶望大江》云：

> 危矶尽天地，独立悲风多。
>
> 落日送大江，万里明颓波。
>
> 四顾何茫茫，孤鸟飞江沱。
>
> 川原接杳霭，秋色来岷峨。
>
> 西望峨眉山，奔涛胡坡陁。
>
> 遥思大海东，万代同此过。
>
> 来者固未已，逝者将奈何。
>
> 我怀在古人，但见山与河。
>
> 谁当识予意，泪落空山阿。④

沈德潜称其诗："乐府宗汉人，五古宗三谢，七古宗杜韩，虽不能至，心向往之，不必议其不醇也。近日台阁中无逾作者。倘天假以年，乌容量其所到。"⑤与梦麟约略同时稍后的阮葵生、杨凤苞以同代人的眼光评价，"今日称诗者，推沈宗伯、梦司空两家"，"八旗才人，自成容若而外，未见其匹"。可见，当日梦麟诗歌在时人眼中是堪与纳兰性德、沈德潜抗手的。可惜，容若以文学独步当

---

① 梦麟：《大谷山堂集》卷一，《续修四库全书》第1438册，第374页。
② 法式善著，张寅彭，强迪艺编校：《梧门诗话》卷一第十三则，凤凰出版社2005年版，第36页。
③ 王昶辑：《湖海诗传》卷十，《续修四库全书》第1625册，第625页。
④ 梦麟：《大谷山堂集》卷五，《续修四库全书》第1438册，第411页。
⑤ 沈德潜等辑：《清诗别裁集》卷二十九，上海古籍出版社1984年版，下册第1209页。

世，沈德潜以诗名垂于青史，梦麟却几乎湮没无闻。

梦麟的七言古诗将李白的浪漫瑰奇、杜甫的沉雄顿挫、韩愈的奇矫嵯峨、苏轼的豁达澹荡熔为一炉，成其特有之面目。如其《登长干浮图绝顶放歌》云：

> 脱我薜荔之衣，切云之冠，翱翔何必凌霜翰。贾勇直上二千尺，微躯径造青云端。云端猎猎秋风酸，欲堕不堕身蹒跚。我足踥踥衣翩翩，天乎天乎吾其仙。仿佛来双童，乘风骑紫鸾。招我游太虚，下见万里之波涛，千里之关山。阆风元圃置眼前，奔流东去何时还。城郭良是人变迁，但见秋晖日日悬。不见昔人颜再丹，王气无复生紫峦。鳞鳞万室长江干，下则背城一逝之洪波，上则万古不歇之飞烟。波动烟移坐变灭，璚枝璧月歌空残。昨夜微霜金井阑，长谣霜晓朝秋天。余冠岌岌凌天关，天关不开天风寒。七星在户如弹丸，羲和鞭日敲琅玕，中有仙人奏管弦。红罗绮组纡当筵，流光何术永尔年。顾我不答空长叹，道逢两黄雀，引我回长安。长安何许云漫漫，云漫漫兮不可攀，立而望之摧心肝。[1]

诗人登上塔顶，纵目瞭望，浮想联翩。全诗句式灵活，长短不拘，错落有致，用韵铿锵，自然叶韵，而又流转如弹丸，毫无凝涩滞郁之感。尤其是诗人的骋怀联想、用语寄情，深得李白诗歌的风致，而其雄伟奇崛、磅礴变幻，又深得昌黎诗旨。诗人将郁结于心的低沉心绪、遥不可攀的用世理想，以及萧疏寥旷的景物特征有机融合在一起，浪漫瑰玮、奇情飚举。王昶曾评价其诗曰："先生乐府力追汉、魏，五言古诗取则盛唐，兼宗工部，七言古诗于李、杜、韩、苏无有不仿，无所不工。风驰电掣，海立云垂，正如项王救赵，呼声动地，又如昆阳夜战，雷雨交惊。虽系多才，实由天纵。归愚宗伯序之，谓：'胸次足以包罗众有，笔力足以催挫古今。'盖知言也。"[2]

梦麟诗歌独到之处有两点：首先，于学诗取径上看，他不拘一格，兼师兼得，正如沈德潜所言之"贯穿百家，其胸次足以包罗众有"[3]。他的乐府诗源出汉魏，

---

① 梦麟：《大谷山堂集》卷五，《续修四库全书》第1438册，第413页。
② 王昶辑：《湖海诗传》卷十，《续修四库全书》第1625册，第625页。
③ 梦麟：《大谷山堂集》沈德潜序，《续修四库全书》第1438册，第362页。

杂以杜甫之沉郁、李白之豪荡，成为其创作的集大成者。尤为难得之处在于，他能力除多数诗人乐府诗歌模拟蹈袭之习，取其神髓，去其形貌，成就自己的风格，展示自己的精神世界。其次，就诗歌中所体现出的强烈的现实主义精神，最具代表性的是他创作的古体歌行。他的古体诗创作一种是抒发一己情怀的感遇之作，一种则为揭露社会现实、抨击黑暗时事、对贫苦人民寄予深切同情的哀时感事之诗。后者成就最高，意义最大。乾隆二十一年丙子（1756）黄河决口，梦麟奉命治河。在这期间，他创作了《触目行》《河决行》《沁河涨》《獒阳夜大风雪歌》《悲泥涂》《舆人哭》《哀临淮》等长篇。《沁河涨》一诗描述了洪水泛滥所带给人民的巨大苦难，《河决行》和《哀临淮》是对洪水过时和过后的百姓困苦遭遇的记录。如果说以上这些诗歌创作将救护的希望寄托在官僚和皇帝身上的话，那之后的《舆人哭》和《獒阳夜大风雪歌》则具有了更为明显的战斗性，诗中充满了对统治者虚伪赈灾行为的揭露和对官吏自私自利行为的批判。《舆人哭》一诗，将关切的目光投注在一个社会底层的舆夫身上，饱含深情地叙写了他惨痛的人生命运。舆夫是一个孤儿，因为不见容于兄嫂，只得出门寻求生路，依靠出苦力赚钱维生，但突如其来的大水，令他家破人亡。沉浸在悲痛中的舆人还没有从家败妻丧的阴影中走出来，便又面临着新的生活磨难：

> ……昨日县帖下，说道官今来。驿吏备马匹，县吏呼舆抬。……天明发铜山，午至桃山驿。不道五十里，里里泥深没腰膝。足下着菲登顿滑，赤脚肉痛畏倾仄。……泥深没我身，触石伤我骨。……前日抬官来，听道往江西。彼时雨虽落，大道犹平夷。今日抬官去，言往江南浒。那知步步难，举动皆辛楚。回首我家亦何许，我足如剌良复苦。……不怨行路难，但愿苍天莫下连宵雨。①

梦麟笔下的舆夫极有代表性，诗人选取了第一人称的叙事手法，既可以最为直观地展现其悲苦之深，也可以用舆夫自道的方式加强诗歌的感染力和情感

---

① 梦麟：《大谷山堂集》卷四，《续修四库全书》第1438册，第409页。

穿透力。这种朴素、真挚、纪实的写作方法，承载着无限的同情和无奈。对于底层人民的生活的艰辛程度，梦麟是深知的，正是因为有着如此深厚的同情，他的诗歌才饱含着真诚的关切和强烈的现实意义。作为前程一片大好的年轻官员，梦麟以其犀利的诗笔，触及广泛存在的残酷社会现实，不为尊者讳，不为强者掩，秉笔直书。乾嘉时期，尤其是乾隆中后期，盛世王朝已经走向下坡，但绝大多数人对隐藏的危机却毫无感知。诗坛上一片歌舞升平，朝局中一片祥和瑞气，只有那些清醒的人才会嗅到潜藏的危险。梦麟正是其中之一。

作为一个以汉文写作的蒙古诗人，梦麟的出现有着重要意义。乾嘉时期，法式善、梦麟、和瑛等八旗蒙古诗人先后涌现，他们在诗学理论、诗歌创作、诗境开拓上都做出了巨大的贡献。法式善以其诗坛地位汇聚天下诗人学士，组成了庞大的诗人群体，创作出闻名于世的《梧门诗话》；和瑛以其特殊经历、身份，开拓了八旗边塞诗的新境界，拓展了边塞诗表现的领域、深度、范围；而梦麟以其不世之才，在短暂的生命历程中，焕发出巨大的创作生命力。他的诗歌时而热情奔放、豪情四射，时而沉郁顿挫、慷慨悲壮，时而逸兴飙飞，时而淡泊出尘，展示出多个精神层面和情感境界。翻开书页，他的凛凛诗风扑面而来，不由为之震撼。梦麟的诗歌，不仅在民族诗学中应占有一席之地，放在整个清诗群体中，也足以自立成家。

## 三、"辽海诗豪"朱孝纯

朱孝纯（1735—1801），字子颖，号思堂、海愚，隶正红旗汉军，其父为清代著名的指画家朱伦瀚，舅祖为指画家、诗人高其倬。朱孝纯乾隆二十七年壬午（1762）中举，后历宦四川、山东等地，官至两淮盐运使。他热衷风雅，精于绘事，还曾师从桐城派大家刘大櫆学习古文。尤喜为诗，有《海愚诗钞》传世。朱孝纯生性伉爽，喜急人之困，与王文治、姚鼐为莫逆之交。其诗序、其父朱伦瀚之《闲青堂诗序》以及伦瀚之墓铭皆出姚鼐手。

朱孝纯少颖异，以诗得名。乡试时，考官得其卷惊叹说："此即为'万山青到马蹄前’者耶？”[①]可见他当时已经有很大的诗名。刘大櫆为其所作诗序说道：“子颖奇男子也。其胸中浩浩焉，常有担荷一世之心。文辞章句，非其所措意，而其为诗古文，乃能高出昔贤之上。”[②]朱孝纯的诗集是他去世之后，由姚鼐等人选辑而成。孝纯二十出头便因家庭贫寒，不得已远游幕府。少有豪气，喜任侠，常思有所作为，一展抱负，其《成都逢杨竹堂》中有句云“与子结交十载前，我时意气横幽燕”[③]，并慷慨悲歌：“许国曾经万里身，平蛮那靖千云垒。偶向边风听鼓鼙，倚剑悲歌不能已。他日报恩趋北风，依然盘马旧英雄。”尤其是他的《仲松岚席上戏作》，更道出心中块垒：

谈兵不武真凡庸，要如阵鼓猛气横江东。饮酒不豪非英雄，安能口鼻呼吸成长虹。我本燕市悲歌者，豪竹哀丝和亦寡。淹蹇科名事偶然，吏人刀笔聊相假。忽然醉卧沙场月，万里边风动萧瑟。手挽军储十万车，身驱铁马三千匹。边风梦远头毛白，飘飘犹作蚕丛客。……男儿威，动四夷，格虎据地一吼如狻猊。何事颓唐倒筵侧，坐畏酒兵甚强敌。看我泰山一掷鬣如戟，酒面英风横白日。[④]

诗中虽对自己淹蹇仕途、不获识拔感到痛苦，但他却坚定地相信，今日的“颓唐倒筵侧”不过是暂时的，诗人内心之壮烈情怀呼之欲出。在那些科名不遂、游幕四方的日子里，他寄情诗酒，感慨颇多，创作了很多蕴意深婉而又满溢豪情的诗歌作品。他与姚鼐的相识，也是在这个时期。对于姚鼐的青眼相向，将自己引为知音，朱孝纯铭感五内，并作有一诗：

我挂轻帆一片云，南游楚越西入秦。烟波浩荡几万里，日月中流有吐吞。九州历遍空自笑，落花飞絮徒纷纷。归来醉卧不出户，日日攲侧头上巾。自喜能高咏，无人可其论。与君未识面，千里叩我门。相逢握手一大笑，

① 包世臣：《小倦游阁集》卷十四《清故江安督粮道署江宁布政使，除名戍伊犁放还汉军朱君行状》，《续修四库全书》第1500册，第488页。
② 刘大櫆：《海峰文集》卷四《朱子颖诗集序》，《续修四库全书》第1427册，第410页
③ 朱孝纯：《海愚诗钞》卷三，《四库未收书辑刊》第十辑第26册，第597页。
④ 朱孝纯：《海愚诗钞》卷三，《四库未收书辑刊》第十辑第26册，第598页。

言语荒谬君不嗔。呜呼，男儿生平不快意，黄金难酬知己恩。拔剑真欲剖肝胆，区区肯数夷门人。君不见，锦貂儿，翠幰宾，权势一朝去，谁复致殷勤。世情凉薄乃如此，何用琼瑶始报君。愿为歌诗十万首，劝君日尽花下樽。①

姚鼐和朱孝纯之间颇有惺惺惜惺惺惺的知己之情。姚氏称"今世诗人足称雄才者，其辽东朱子颖乎。即之而光升焉，诵之而声闳焉，循之而不可一世之气，勃然动乎纸上，而不可御焉。味之而奇思异趣，角立而横出焉"②。与朱孝纯关系亦非同寻常的王文治尝以八音论诗，说朱氏之诗类金钟，感激而豪宕。朱孝纯的老师刘大櫆更是赞誉其诗歌"以飞扬生动之笔，为波澜层叠之文"，简直是"滉瀁自恣"。

整体上看，无论是游幕四方的创作初期还是为官各地的创作后期，朱孝纯的诗作皆呈现出沉雄绮丽、汪洋恣肆、豪情跌宕为主要特色的诗歌风格，很有风骨。其后半生的诗作，苍劲挺拔、伉壮雄豪，绝无尘俗气和儿女态，此期之创作可视为八旗诗歌中之神品。同样是长篇古体，后期之作较前期更为峭立绝俗，气象神飞，如《毕阳吏持纸乞画，戏题长歌》云：

昔年赤手缚贼乌，蛮城短衣匹马趋。承明天子诏我拂绢素，要写嵯峨剑阁烟雨秋。纵横是时意气云霄薄，解剑挥毫众惊愕。论功受赏数亦奇，感激温纶沛邱壑。讵料来此川黔陬，牛马奔走无时休。簿书鞅掌日繁剧，生憎笔墨同仇雠。偶忆大罗天上事，云泥梦断三千秋。毕阳小吏尔何知，谒我乞画兼乞诗。今我把笔三叹息，松煤欲泼还自惜。人生遭际东流水，戏弄丹青聊复尔。朱繇道元久不择，玉轴飞烟那容拟。但因所遇试能事，奇气沾沾自堪喜。君不见，男儿铁槊大如椽，也共毛锥羞涩矣。③

诗人从年少时期匹马试猎的英姿豪气回忆到目今为官多事、荒芜笔墨，其

① 朱孝纯：《海愚诗钞》卷二《赠姚孝廉姬传》，《四库未收书辑刊》第十辑第 26 册，第 584 页。
② 朱孝纯：《海愚诗钞》姚鼐序，《四库未收书辑刊》第十辑第 26 册，第 572 页。
③ 朱孝纯：《海愚诗钞》卷三，《四库未收书辑刊》第十辑第 26 册，第 594 页。

间有自豪也有失落。自豪的是当年承命作画，不辱家风；失落的是而今笔墨荒芜，难寻旧日心怀。朱孝纯一直想在仕途上有所建树，在平定西部战乱时，他虽身处战区，但身为文官的他基本没有机会立功沙场。虽也曾深入战场，却只能在一旁观战，不能与敌交锋，这对于他而言，无异于一种折磨，所以他才有这样的浩叹："……饮君之酒为君起，坐困黄金非我耻。许国曾经万里身，平蛮那靖千云垒。偶向边风听鼓鼙，倚剑悲歌不能已。他日报恩趋北风，依然盘马旧英雄。"①

法式善曾这样评价朱孝纯诗歌创作："近传谪仙派，推是海愚翁。老得山川助，狂增魄力雄。"②此论即针对其为官蜀中时创作的那些逸兴飙发、奇想天外之作而发。如其《夔门放舟入峡》云：

> 虎须怒迸江波高，顽马劣象纷腾逃。惟余白盐与赤甲，峡门对立如相招。千寻石壁束江口，破壁江声之字走。轻舟性命委波涛，舵师叫绝篙工吼。蜀江之险天下无，在昔几辈夸雄图。鱼复故宫遗瓦砾，龙湫古井生莓芜。谋臣猛士知何在，到眼邱墟已千载。可怜陆子亦吾曹，辛苦夔州纂丝改。③

夔门又称瞿塘峡，为三峡之首，是三峡之中最窄的一个。两边断崖高耸，水流最急，其风景之独绝、形势之险要令人叹为观止。全诗飞奔流荡、一气呵成，既有面对此景的神奇想象，也有对历史哀婉的追怀。

朱孝纯古体长篇正如法式善所评"近传谪仙派"，是学习李白的杰作。李白的古体诗创作，尤其是长篇乐府歌行最具风神，也最能体现出他风华遒丽、豪放飘逸的创作特点。李白之诗，乐观豪放，洒脱不羁，时而悲愤不平，时有傲世之语，全以神行，绝无矫揉造作的斧凿痕迹。他还善于采用抑扬顿挫的语调变换，来配合情感的抒发，在读诵期间常常能感受到灵魂的震颤。朱孝纯在诗歌创作中的情感抒发，也完全是李白式的，大气磅礴、海立云垂、发想无端，

---

① 朱孝纯：《海愚诗钞》卷三《出省诣新都，孙一樵明府留饮席上作》，《四库未收书辑刊》第十辑第26 册，第 598 页。
② 法式善：《存素堂诗初集录存》卷十四《奉校八旗人诗集，意有所属辄以题咏，不专论诗也，得诗五十首》之四十五《海愚诗钞》，《续修四库全书》第 1476 册，第 572 页。
③ 朱孝纯：《海愚诗钞》卷三，《四库未收书辑刊》第十辑第 26 册，第 601 页。

将一个又一个的联想以意脉联结在一起。诗歌是随着情绪流动而不以时间、事件作为线索，惝恍离奇，变幻莫测。他似乎只对雄壮的事物感兴趣，所以气势之宏大，意境之壮阔，超乎寻常。如"天都飞瀑一千丈，莲花倒影青天上。石笋嶙峋手拄颐，胸生大海云摩荡"①、"中原回首一千里，塞门落日苍烟孤"②、"悬崖飞溜势争雄，一线微茫指汉中。紫霭倒垂霜涧日，白波横卷雪山峰"③等等。

朱孝纯古体宗李白，近体学杜甫，惟妙惟肖之余，独出胸臆，不徒袭其皮毛。他的近体诗尤其是七言律诗，也十分不错。在风格上亦以沉郁厚重为主，但句法更为整炼，气格也更为旷达，在八旗诗人中十分难得。兹举两例，以供清赏：

> 西过潼水见三峰，险扼秦关百二重。
> 紫塞长风吹苜蓿，青天积雪落芙蓉。
> 曾闻守御思完甲，难向希夷觅旧踪。
> 薄宦天涯同酒监，欲乘云气驾茅龙。
> ——《潼关望华山》④

> 重镇遥连塞曲深，灵旗虎卫望森森。
> 边风压地黄云动，朔气横关白日阴。
> 杨业庙荒鸦去远，明昌碑断草痕侵。
> 请缨旧有封侯志，慷慨还为出塞吟。
> ——《宿古北关下作》⑤

朱孝纯七律的苍古老辣，迹踪杜甫是明显的，但形神俱备，实属可贵。

朱孝纯家学湛深，其父朱伦瀚以画艺名重当时，于诗歌一道也颇有心得。伦瀚（1680—1760），字涵斋，号亦轩，为明宗室后裔，后居山东历城，明末迁辽东，隶正红旗汉军。康熙五十一年壬辰（1712）武进士，官侍卫，出为宁

---

① 朱孝纯：《海愚诗钞》卷三《将去广安，潘兰口州牧坐中听洪西圃吴吟，并话黄山之胜》，《四库未收书辑刊》第十辑第 26 册，第 600 页。
② 朱孝纯：《海愚诗钞》卷三《天舍山》，《四库未收书辑刊》第十辑第 26 册，第 602 页。
③ 朱孝纯：《海愚诗钞》卷七《晓过柴关》，《四库未收书辑刊》第十辑第 26 册，第 631 页。
④ 朱孝纯：《海愚诗钞》卷七，《四库未收书辑刊》第十辑第 26 册，第 629 页。
⑤ 朱孝纯：《海愚诗钞》卷六，《四库未收书辑刊》第十辑第 26 册，第 620 页。

波知府，升粮储道。乾隆二年丁巳（1737）以御史用，署湖北盐驿道，官至给事中、副都统。有《闲青堂诗集》。

朱伦瀚少时应科举，但不称意，所以投笔从戎，成侍卫。在禁中时，为顺治皇帝所赏识，时人谓其"画诗书称三绝"。他的诗前后风格凡数变，"阙廷供奉、酬言答赠之什或入沈宋之新声，或入钱郎之雅调，或如元白温李之穷极变态"，而其"边塞从猎之篇，一变为东坡放翁之开爽逸俊，而元人靓容丽语亦时时流溢笔墨间"。[①] 其《春烟》云：

> 漠漠悠悠出水隈，疑云疑雨故徘徊。
> 栖鸦窥晓啼初远。岸柳摇风拂又来。
> 淡抹青痕披藻野，轻牵缟带缚章台。
> 几番断续微茫意，却被双双燕翦开。[②]

这种江南风情浓郁的画面，若非亲身所见，是不容易描摹得出的。作为北方人士，他对江南的风土人情，有着由衷的好奇和好感，觉得新鲜，也觉得澄净幽淡，所以诗也写得清幽澹荡，毫无矫揉造作和刻意修饰。

## 四、和瑛、松筠与八旗边塞诗

清代八旗诗人足迹遍天下，西藏、新疆、内蒙古、云贵、塞北，都留在了他们的诗作中。其中西藏和新疆，与其他边陲地区相比，更具民俗风情和文化特色，八旗边塞诗在这方面的创作成就也最为突出。边塞诗一般具有很强的社会性和时代性，是时代和政治的产物。康乾时期，中央建立了对新疆、西藏地区的有效统治。清代八旗边塞诗歌创作，在汉、唐之后迎来了又一个创作高峰。清代八旗边塞诗人们，以其豪宕的胸襟气度和开阔的眼界，创作了很多极富民族风情，又蕴含着爱国思想的作品。

---

① 朱伦瀚：《闲青堂诗集》徐琰序，《四库未收书辑刊》第八辑第 25 册，第 354 页。
② 朱伦瀚：《闲青堂诗集》卷一，《四库未收书辑刊》第八辑第 25 册，第 367 页。

### （一）和瑛等人写西域风情的诗歌 [①]

和瑛（1741—1821），原名和宁，避道光皇帝旻宁之讳改名和瑛，字太庵，额尔德特氏，隶镶黄旗蒙古。乾隆三十六年辛卯（1771）进士，历官盛京、西藏、新疆等地，嘉庆二十三年戊寅（1818）授军机大臣，充上书房总谙达。道光元年辛巳（1821）卒，谥"简勤"。从他嘉庆七年壬戌（1802）巡抚山东，因勘案失察遣戍新疆乌鲁木齐开始，他在新疆时间共有 8 年，曾担任叶尔羌（今新疆莎车）办事大臣、喀什噶尔（今新疆喀什）参赞大臣、乌鲁木齐都统等职。他在边疆地区留下了很多著述，其中与西域地区有关的如《回疆通志》《三州辑略》《续〈水经〉》等。和瑛精通曲律，尤喜诗歌创作，有《太庵诗稿》《易简斋诗钞》传世，其中《太庵诗稿》为作者手订之稿本，未刊行，收诗 1000 余首。《易简斋诗钞》收录诗歌 500 余首，部分与《太庵诗稿》重合，多是其历官各处的记录，他的西域诗就收录在此集中，占诗歌总数的近五分之一。

和瑛留心风雅，无论在哪里做官，都注意地方文化建设，与当地文士往来唱和，吟诗作赋。他对文学的痴迷令老友们对其仕途颇为忧心，法式善就曾劝他不要因文废职，这种担心并不是多余的，不久他就因"日事文墨，废弛政务" [②]被皇帝申斥，遭解职。这件事却成为一个契机，成就了和瑛和新疆的一段姻缘，为我们留下了许多八旗西域诗作。

和瑛赴西域的时候已经 63 岁，他对路途的遥远、环境的艰辛并没有显露出消极悲观的情绪，反而带着豁达豪迈的心态欣然上路。其《鸭子泉和常中丞原韵》云：

> 祁连巀嶫驻冰颜，诗版遥摹霄汉间。
> 驿客停骖弦月皎，羌儿叱犊戍楼间。
> 不观海市游沙市，才别金山到玉山。
> 六十年来风景换，阳春万里出阳关。 [③]

---

① "新疆"这一名称是乾隆二十七年（1762）设立伊犁将军之后始设，而本文所涉的诗歌部分是"新疆"正式纳入清代版图之前的作品，为论述方便起见，故而沿用"西域"这一颇为古老的地理名称。而关于"西域"这一地理名称的沿革和具体指代，以及"西域"与"新疆"之间的关系问题，详情参见星汉著《清代西域诗研究》第一章第一节《历代西域地理范围概说》，上海古籍出版社 2009 年版，第 1—5 页。
② 赵尔巽等：《清史稿》卷三百五十三，中华书局 1977 年版，第 37 册，第 11282 页。
③ 和瑛：《易简斋诗钞》卷三，《续修四库全书》第 1460 册，第 511 页。

这种达观和苏轼"莫听穿林打叶声,何妨吟啸且徐行。竹杖芒鞋轻胜马,谁怕,一蓑烟雨任平生",有着异曲同工之处。他对苏轼的喜爱不仅是对其诗词的崇拜,更有个性上的认同。和瑛作诗多宗宋调,尤其对黄庭坚颇有心得。他在西域时期正是这一地区较为和平稳定的时候,所以他的诗歌没有剑拔弩张的战争描写,多是对西域文化历史、宗教等的真实记录。

和瑛描写西域地区承平气象、闲适生活的诗歌,很有田园风味。如他在嘉庆十年乙丑(1805)巡城时写下的《城堞春阴》《山房晚照》《澄碧新秋》《百尺垂虹》《孤舟钓雪》等作品,无论从题目上还是从内容上,都与中原风景无二致,这也从侧面说明了当时西域人民的生活是较为安康富足的。他对西域地区的民俗风情了解颇深,其《观回俗贺节》云:

> 怪道花门节,刲羊血溅腥。
> 羯鸡充羑里,娄鼓震羌庭。
> 酋拜摩尼寺,僧宣穆护经。
> 火祆如啖密,石棹信通灵。[①]

花门节是西域地区重大的传统节日,称古尔邦节,又名宰牲节。和瑛的这首诗对这一节日的记载十分详细,还在诗中加了注解,可见其对民俗、历史的掌握和熟悉程度,是超过早期八旗诗人的。

作为一方守土大吏的和瑛,在诗歌中也经常歌咏清王朝统一天山南北的宏图伟业,如其《题巴里坤南山唐碑》:

> 库舍图岭天关壮,沙陀瀚海南北障。七十二盘转翠螺,马首车轮顶踵望。高昌昔并两车师,五世百年名号妄。雉伏于菟鼠嚏穴,骄而无礼不知量。寒风如刀热风烧,易而无备胥沦丧。贤哉柱国侯将军,王师堂堂革而当。吁嗟韩碑已仆段碑残,犹有姜碑勒青嶂。岂知日月霜雪今一家,俯仰骞岑共惆怅。[②]

---

① 和瑛:《易简斋诗钞》卷三,《续修四库全书》第1460册,第514页。
② 和瑛:《易简斋诗钞》卷三,《续修四库全书》第1460册,第518页。

他在诗中对侯君集、姜行本等人平定西域的战功给予很高的评价，其实也是在赞美清朝统一新疆的功绩。怀着对国家统一大业的自豪，他热情歌颂了在平准、平大小和卓战争中英勇无畏的将军和士兵，如《英吉沙尔》《叶尔羌城》等。

和瑛的诗歌也触及很多现实问题，尤其是清中后期，地方驻防部队的腐败问题，可谓触目惊心。如《食蟹二首》之二：

> 秦关不识蟹堪茹，百计邮传似羽书。
> 帅幕一餐千户赋，军中省得匦䬓鱼。①

诗人注云"川陕用兵，巨贾贩活蟹入连云栈达军营"，这种奢靡和浪费在清代中后期变本加厉。昭梿《啸亭杂录》卷八《军营之奢》中记载："……诸将帅会饮，多在深箐荒麓间，人迹之所罕至者，其蟹鱼珍馐之属，每品皆用五六两，一席多至三四十品。……军中奢靡之风，实古今之所未有也。"② 清中后期社会风气的转变，标志着清王朝经济达到鼎盛，也标志着清王朝开始走向衰亡，和瑛敏感地意识到了这点。

除和瑛之外，阿克敦、国梁等人的西域边塞诗作成就也较为突出。

阿克敦（1685—1756），字仲和，章佳氏，隶正蓝旗满洲，乾隆朝名臣阿桂之父，他的《德荫堂集》卷八《奉使西域集》所收就是他的西域诗作品。清廷对准噶尔的用兵持续了康雍乾三朝，康熙三十五年丙子（1696）收复哈密后，清廷先后在新疆设置自己的台站进行统治。康熙五十六年丁酉（1717）靖远将军驻兵巴里坤，六十年辛丑（1721）吐鲁番内附，开始了统一西域的步伐。至雍正朝，岳钟琪、查郎阿先后率西路军在巴里坤建立大本营。但连年的征战，战争双方皆困苦不堪，雍正十二年甲寅（1734）噶尔丹遣使入京议和，雍正皇帝遂遣傅鼐赴伊犁，阿克敦作为副使随行，他的西域诗就是这次出使的产物。

阿克敦的出使虽然是以军事斗争为背景，但他毕竟不是武将，他的西域诗中没有刀光剑影，有的只是雄奇壮美的塞外风光和其所肩负的使命，其《出嘉峪关》云：

---

①　和瑛：《易简斋诗钞》卷三，《续修四库全书》第 1460 册，第 521 页。
②　昭梿撰，何英芳点校：《啸亭杂录》卷八，中华书局 1980 年版，第 258 页。

> 酒泉边郡设关雄，险障三秦一线通。
>
> 势带层山绵积雪，界连大漠鼓长风。
>
> 五原据地犹居内，万里营城远在东。
>
> 今日田庐平野阔，伊州车马日忽忽。①

西域景物与内地景物迥异，更与江南柳绿花红、草长莺飞的柔婉景色不相类，阿克敦和所有初入西域的诗人一样，面对这种的雄壮景色不禁豪兴飚发。但这样的诗歌在他的西域诗中数量极少，最多的是描写西域地区在清廷有效经营下农业发展、人民富足的田园景致。"引水能知稼，分畦善种瓜"②、"雪满荒芜连野涧，春回林木带流清"③，若不点明是在西域地区，说是中原地区的乡村景致也不差。这说明在清初时，新疆地区的农业和经济的发展已经达到了相当的规模。

但阿克敦毕竟只是作为使节暂入西域，他对这一地区的历史、地理、民俗、宗教等问题远不如此后的和瑛、国梁、成书等人了解细致，所以他的诗中对一些地名和历史沿革常有舛错，如《十一月十九日过阳关》云：

> 古人离别重阳关，西出于今过此间。
>
> 只有颓城依乱草，更堪寒日下空山。
>
> 千秋事业抛荒塞，万里风尘老客颜。
>
> 定远勋名无片石，一杯清酒吊河湾。④

诗后有作者自注，"阳关之西有河名玛纳斯，其流甚巨，南带天山北据瀚海，设关以此为险"。"阳关"是西域诗歌中出现频率很高的一个地理名词，在今敦煌市玉门关之南。而玛纳斯河在乌鲁木齐以西，据郭平梁先生考证，这个阳关可能是玛纳斯县境内的阳噶尔八逊古城。类似这样的情况在阿克敦的西域诗中还有不少，读其诗的时候需要注意甄别。

---

① 阿克敦：《德荫堂集》卷八，《续修四库全书》第 1423 册，第 352 页。
② 阿克敦：《德荫堂集》卷八《哈密》，《续修四库全书》第 1423 册，第 352 页。
③ 阿克敦：《德荫堂集》卷八《宿乌鲁木齐》，《续修四库全书》第 1423 册，第 353 页。
④ 阿克敦：《德荫堂集》卷八，《续修四库全书》第 1423 册，第 352 页。

国梁，榜名纳国栋，奉旨改国梁，字隆吉、丹中，号笠民，隶正黄旗满洲，乾隆二年丁巳（1737）进士，曾任兰州府同知等职。乾隆三十年乙酉（1765），他从甘肃任满，得知迪化（今乌鲁木齐）府同知任满，就主动请缨，自愿出关。他遣妻子儿女自行回京，只身赴任，这种主动宣力塞外的事极为少见，并且他当时已年近五十。他的西域诗收在《澄悦堂诗集》中的《玉塞集》《轮台集》中。

国梁行进西域的一路上都慷慨激昂、兴致勃勃，"自是壮怀轻道远，敢因白发恼青衫"①，"按部书生还较远，春光唯有玉关浓"②，"相思莫念边庭苦，胜作无端五岳游"③。可见，他是带着造福一方人民的豪情壮志。事实上，国梁对西域地区，尤其是对当地的水利兴修和农业屯垦贡献非常之大。历史上多个王朝曾在西域兴办屯田，但像清王朝这样规模之大、地域之广、形式之多的屯田则绝无仅有。清初因为一系列的战事问题，屯田发展受到限制，西域统一之后，即乾嘉时期，屯田事业达到了鼎盛。军屯、民屯、旗屯、回屯、犯屯等加在一起，共有田地270多万亩，西域地区的经济进入了最繁荣的阶段。国梁及其诗歌就是清王朝西域屯田鼎盛时代的见证者。

国梁怀着强烈的责任感和使命感，在新疆地区四处访求水源，引水灌田，足迹遍布天山南北，其辛苦程度可想而知，尤其为乌鲁木齐附近的屯田工作付出了巨大的努力。"天边老茇际天黄，引溉成田十倍穰。拟向天山探乳窦，月钩新晕海心凉"④，诗人在考察昂吉尔图淖尔的时候写下这首对未来满怀期望的作品。"淖尔"即蒙语"湖泊"之意，昂吉尔图淖尔在今乌鲁木齐市柴窝堡机场一带，又名鄂门泊，是距离乌鲁木齐较近的水域，这首诗就是记载国梁考察乌鲁木齐附近屯田的事。星汉先生曾评价他是"历史上进入西域管理屯田并歌颂屯田的第一人"⑤，他记录屯田工作的作品，既是西域生活的直观记录，更让我们看到了他对西域这片神奇的土地所怀有的激情和热爱。

国梁来到西域任乌鲁木齐同知时，这个职位不过才设立五年，诸多工作需要

① 国梁：《澄悦堂诗集》卷五《奉调赴乌鲁木齐二首》之一，《清代诗文集汇编》第342册，第83页。
② 国梁：《澄悦堂诗集》卷五《得旨调授乌鲁木齐丞再成二律》之二，《清代诗文集汇编》第342册，第84页。
③ 国梁：《澄悦堂诗集》卷五《答曾明府饯别诗》，《清代诗文集汇编》第342册，第83页。
④ 国梁：《澄悦堂诗集》卷六《过昂吉尔图诺尔》，《清代诗文集汇编》第342册，第108页。
⑤ 星汉：《试论国梁西域诗及其在新疆的贡献》，《民族文学研究》1999年第2期。

开展。"燕然勒石非吾事，看取周民颂柞芟"①，简单说出了他来西域的愿望，就是在这里带着百姓开荒种田，让百姓安居乐业。他的诗歌没有官僚气，只有浓厚的人情味。他从不抱怨边疆生活的艰苦，永远表现出一种洒脱和豁达。正是因为怀着这样的心情和志向，他的边疆诗充满了对民生的热切关注，着眼于些细小事，满怀热情地歌唱他治理下的西域田园风光。他这样描写"野烧"：

> 卧闻河水涨秋滩，车铎声中夜色阑。
> 归路不愁明月尽，照人野烧落霞残。②

"野烧"，即烧荒，在秋收后将土地上的杂草和秸秆点燃，用草木灰作肥料。"宁边"即今昌吉回族自治州政府所在地昌吉市，诗人一路巡查，夜晚还要连续赶路，劳累了一天的他虽然疲惫，但却心情大好，因为只有丰收之后野烧的景象才会如此壮观。

如果说汉、唐边塞诗人多以壮阔的眼光和雄奇的笔触对西域地区的风景人文进行宏观的描述，那么至清代，边塞诗便从宏观转向具体而微的刻画。也就是说，清代的边塞诗，触及社会生活的方方面面，这也是清代诗歌表现形式更为深化、具体、细致的特点在边塞诗创作上的反映。清人的西域诗写实性很强，他们对西域风情、地理、民俗的真实记录，使得人们对西域的认识更加真实可靠。与前代西域诗比较，清人的西域诗少了意想天外的神来之笔，多了对细小事物的描述和欣赏。如成书（1760—1821），字倬云，号误庵，他在西域期间作有《伊吾绝句》30首、《咏禽兽草木果产》20首、《莎车纪事》诸诗，西域地区的大事小情，皆能入诗，尤其是对哈密等地经济物产、民俗宗教等的记载，简直可作史料来看。这些特点都是前代西域诗中难见的。

**（二）松筠等人写西藏民俗的诗歌**

清朝一直都十分重视西藏地区的安定，实行了驻藏大臣制度，管理藏地军事、政治、民事等。康熙四十八年己丑（1709），康熙皇帝派吏部左侍郎赫寿往藏

---

① 国梁：《澄悦堂诗集》卷五《奉调赴乌鲁木齐二首》之一，《清代诗文集汇编》第342册，第83页。
② 国梁：《澄悦堂诗集》卷六《八月二十九日夜之宁边晦夜却回》，《清代诗文集汇编》第342册，第107页。

协同办事，这是向西藏派员的开始。此后又陆续派僧格、玛喇等人入藏办事，并在雍正六年戊申（1728）平定阿尔布巴事件后专门设驻藏大臣衙门，同时设立腾格里、达木防线和一系列的关卡。乾隆五十五年庚戌（1790），和珅会同理藩院正式订立驻藏大臣职责，清代驻藏大臣制度趋于完善。清朝从设置驻藏大臣直至清末，实际到任者有 110 多位，其中以满、蒙八旗为主。这些驻藏大臣多能诗，如官保、奎林、和琳、松筠、文干、瑞元、文康、崇恩、崇实、锡缜、文硕、尚贤、升泰、联豫等人，皆有诗文集传世。松筠是其中的佼佼者。

松筠（1752—1835），字湘浦，号百二老人，玛拉特氏，隶正蓝旗蒙古。由翻译生员笔帖式出身，乾隆四十八年癸卯（1783）由户部员外郎超擢内阁学士，历官两广总督、热河都统、吏部尚书、驻藏大臣、伊犁将军等职。松筠一生宦海沉浮 50 余年，在边疆地区将近 20 年，治边之功最大。同时，他长于文史，是清朝边臣中著述最为宏富者，今有《西陲总统事略》、《绥服纪略图诗》、《古品节录》、《百二老人语》、《伊犁总统事略》、《西藏巡边记》、《镇抚事宜》（包括《西招图略》一卷、《西招纪行诗》一卷、《秋阅吟》一卷、《西藏图说》一卷、附《路程》一卷、《绥服纪略》一卷）等等，其所创作，皆"非事吟咏，特以注疏地方情形"[①]。清代八旗边塞诗特点之一，就是作者多为边臣，故其创作多政治家的思想和眼光，所关注的自与一般边塞诗人不同。松筠的咏藏诗如《西招纪行诗》《丁巳秋阅吟》，亦以有裨政教为目的，内容大致包括这样几个方面：表达施政理想和治边策略，筹划边疆军事和军队操练，记录藏区特有的风土人情和宗教特色、藏区人民的生活实况，发展边疆文化事业等等，每个方面都与作者身份和用世理想深相契合。

松筠有着强烈的稳定边疆和令人民富足的责任感和使命感，诗作体现了十分明确的治边思想和施政理念，多反映藏区人民实际生活，如"卫藏番民累，实因频耗蠹。……度地招流亡，游手拾农具。……安边惟自治，莫使民时误"[②]。在这首诗的注中他说："所属番民，如果家给人足，外患何由而生，是以安边之策，莫若自治。"他认为藏区的百姓之所以困苦是贵族和寺庙联合压迫的结果，其《西

---

① 松筠：《松筠杂著五种·绥服纪略序》，《北京图书馆古籍珍本丛刊》第 79 册，书目文献出版社 1998 年版，第 764 页。

② 松筠：《松筠杂著五种·西招纪行诗》，《北京图书馆古籍珍本丛刊》第 79 册，书目文献出版社 1998 年版，第 711 页。

招图略·抑强》说："藏地相沿，世家最贵。布施以献，达赖班禅，藉势以残卑下番众，至于遣人边地，贸易往还，所需背夫驮牛以及食物草料皆出于百姓，而毫不与值，此盖达赖班禅不知番庶疾苦，率与噶舒克之所致也。"① 正是因为这样的巧取豪夺，藏区百姓几乎到了流离失所、饥寒交迫、无以为生的地步。他的这类诗具有极强的写实性：

> ……昔有千余户，今惟二百强。一是苦征输，荡析任逃亡。……伊昔半逃亡，往往弃田间。甘心为乞丐，庶得稍安舒。乃因差徭繁，频年增役夫。出夫复不役，更欲折膏腴。凡居通衢户，乌拉鞭催呼。耕牛尽为役，番庶果何辜。②

地方土司和宗教势力的双重榨取、繁重的徭役和税赋，令多半的藏民不堪重压背井离乡成为乞丐。松筠诗中自注记载："此地早年原有百姓一千余户，牛羊亦本番孳，实因赋纳过重，人口日渐逃亡，以致萨喀桑萨偏溪三处共止翻有百姓二百九十六户人，户既少所蓄牛羊较前止有十分之二，查其应纳正项酥油及抽取牛羊税银外尚有数千两无名税赋，种种苦累民不堪命。"其凄惨足可想象。松筠当然意识到这种流离失所的悲惨景象对清朝的统治是十分不利的，有鉴于此，他征求班禅和达赖的意见，蠲免了大量赋税，还减轻徭役，招徕流民回乡，在一定程度上缓解了政民之间的尖锐矛盾。

松筠不仅十分重视民计民生的问题，对边防事务更是留心。他认为边防"贵在审势而行权，盖势有强弱，强甚而不已则折，弱甚而不已则屈"③，所以，对周边各国的威胁从不掉以轻心，严明军纪、不断操练军队，其《丁巳秋阅吟》就是巡查边防和军队演武时创作的。其《江孜》云：

> 秋阅江孜汛，蛮戎演战图。炮声发震旦，鼓气跃争驱。锐技惟螯进，

---

① 松筠：《松筠杂著五种·西招图略》，《北京图书馆古籍珍本丛刊》第79册，书目文献出版社1998年版，第678页。
② 松筠：《松筠杂著五种·西招纪行诗》，《北京图书馆古籍珍本丛刊》第79册，书目文献出版社1998年版，第717页。
③ 松筠：《松筠杂著五种·西招图略》，《北京图书馆古籍珍本丛刊》第79册，书目文献出版社1998年版，第674页。

雄师在令呼。百年虽不用，一日未应无。训练能循制，屏藩足镇隔。赏颂嘉壮健，感激饮醍醐。①

  驻藏大臣每年都有巡查边界防卫和观看兵武演习的职责，虽然属例行公事，但其意义不可小觑。松筠对无战备战的观点是极为支持的，他知道只有在和平时期勤加操练、加强军队的战斗力，才能在有边警的时候随时上阵杀敌，保家卫国，捍卫疆土的完整和人民的幸福安定。在松筠任期之内，藏区的军事战备和边疆防务都更为系统化，这也是他治边功绩之一。《定日闻操》《达木观兵》等诗都是描写八旗军队训练、演习、驻防等问题的。松筠可以算是清代边臣中最有居安思危意识的人之一，他所秉持的"既安莫忘危，慎初且慎终"②的理念和行动，令其任期之内边疆一直保持稳定发展的状态。

  松筠还十分注意对西藏地区地形地貌的考察，他说："守边之术，宜乎审隘绘图，使各汛官兵熟悉道里阨塞，方于缓急。"③他的这一做法也是以守边卫土为初衷的。他吸取了廓尔喀人入侵西藏地区的教训，认为设置关卡隘口对于一个国家的边疆防御至关重要，他审时度势、依地形设防务，进行了最为有效的防御和守备。④其中，曲水就是他十分重视的一个隘口之一，其《曲水》云：

  曲水即褚滑，汉晋非蛮语。关隘依岩道，江岸环幽围。形似阵长蛇，是谓百夫御。岂独地势佳，随在多粮糈。且喜近前招，程仅两日许。欲久乐升平，治以同胞与。惟期善时保，万载堪安处。⑤

  松筠注意到了曲水这一天然屏障，形势险固，且地多农田，有兵数百人便

① 松筠：《松筠杂著五种·西招纪行诗》，《北京图书馆古籍珍本丛刊》第79册，书目文献出版社1998年版，第720页。
② 松筠：《松筠杂著五种·西招纪行诗》，《北京图书馆古籍珍本丛刊》第79册，书目文献出版社1998年版，第713页。
③ 松筠：《松筠杂著五种·西招图略》，《北京图书馆古籍珍本丛刊》第79册，书目文献出版社1998年版，第685页。
④ 廓尔喀即尼泊尔人，清乾隆时期曾在红教活佛的唆使下两度入侵我国西藏地区，第一次议和后虽然撤回但背信弃义，次年进行了更大规模的侵略的抢劫，被福康安以及海兰察击退至喜马拉雅山南麓，接近其首都阳布（今尼泊尔首都加德满都），后廓尔喀五年向清廷朝贡一次，直至19世纪初。
⑤ 松筠：《松筠杂著五种·丁巳秋闱吟》，《北京图书馆古籍珍本丛刊》第79册，书目文献出版社1998年版，第719页。

万人难逾。他考察干坝时曾写诗云"更有干坝隘，迤西定结连。路皆称险要，防边宜慎焉"，并注明："定结干坝两处隘口，相距札什伦布程途仅四五日，外通廓尔喀，最为险要。"这些都是松筠的边防思想的体现。

松筠在藏期间，十分留意育化藏民、兴办教育、支持边疆文化事业，他编著的多部关于藏区历史、地理、文化的书籍就是最好的证明。他说："夫处一方，宜悉一方故事，述而书之便览焉。自国朝崇德七年［壬午，1642］，达赖、班禅同厄鲁特图什汗遣使进贡以来，事迹无不载在典籍，夫复何述。然典籍在朝而不在藏，今唐古忒久安，其老者既稀，少者无闻，而圣朝覆育之德日久不可不知也。"[1]宣扬中央皇权恩施普济的仁政思想是其支持文教的出发点，结果是藏民的文化教养大大提高，具有十分重要的意义。松筠可能是驻边大员中最为关心民瘼的一位，他在新疆时曾上疏奏请在新疆开矿，增加人民收入，遭嘉庆皇帝驳回；又请增加牧民牧地以改善贫苦牧民生活，被皇帝申斥，唯其"素喜布恩邀誉"[2]。在藏时他多次蠲免税赋，与民休养生息，极大地改善了藏民的生活。同时，他还极为留心地区宗教事务，以促进民族团结，其《郎噶孜》云：

> 层巅郎噶孜，高耸佛头青。
> 官寨惟僧主，番民好听经。
> 时和人乐业，岁稔稻连町。
> 暂宿安行帐，晨征尚带星。[3]

佛教是藏区人民赖以生存的精神支持，他清楚知道宗教在藏区管理上的重要性，所以他说"俗尚不应鄙，情推可易治"，这和和琳对藏区宗教所持的态度便有所不同了。他知道班禅和达赖具有无上的领导力量，为了稳定藏区的统治他对待二者十分尊敬。其《班禅》云："智慧生成缘性天，现身此辈可光前。幼龄说法莲花座，奕世经传仙鹿年。衍教屏藩遐城固，安生普渡用心虔。信知

---

① 松筠：《松筠杂著五种·西招图略》，《北京图书馆古籍珍本丛刊》第79册，书目文献出版社1998年版，第684页。
② 《清实录·仁宗睿皇帝皇帝实录》卷一百六十三，中华书局1986年7月第1版，总第30册第124页。
③ 松筠：《松筠杂著五种·丁巳秋阅吟》，《北京图书馆古籍珍本丛刊》第79册，书目文献出版社1998年版，第720页。

释道能行远，神妙圆通本精专。"①松筠诗歌介绍了藏区人民所信奉的黄教两大活佛之一班禅幼龄说法之事，在他看来处理好宗教事务对守土卫疆的意义十分重大，所以他对藏区宗教问题采取了"固不必信，亦不可鄙"的态度，倡导宗教信仰自有，这种政策是十分可取的。

松筠为诗主"性情"，他认为诗之道，性情为本，参之以学问，但不可逞才示学，涉猎剽窃，流于浮华。这点上，他和诗学理论大家法式善不谋而合。他的诗歌有着极强的现实主义精神，写实写情皆自然生动，不尚雕琢。尤其是他揭露藏区人民生活流离失所的诗歌作品，置于以"歌功颂德"为主格调的乾嘉诗坛，本身就很难得。松筠的咏藏诗具有极强的民族性和地域性，间杂丰富的历史文献资料和对真实地理环境的记载，是我们研究清代藏区历史、文化、军事等问题的珍贵史料。但松筠的诗歌作为一种艺术创作而言，也存在一些问题，首先是诗歌口语性过强，过于侧重写实纪事，而忽略了艺术的雕琢，就诗歌而言难免粗糙，影响到了作品的审美价值。

除松筠之外，高述明等人创作的西藏边塞诗作品也值得我们关注。

高述明（？—1723），字东瞻，高斌之兄，官凉州总兵官。高氏家族本隶镶黄旗汉军，后因高斌之女封贵妃抬旗为镶黄旗满洲。高述明勇武善战，长驻边陲，曾两入西藏，因军功名播西海，雍正元年癸卯（1723）旧创发作，卒于军营。有《积翠轩诗集》，乃其子高晋在其去世后，于军营箱箧中捡拾所得，仅上下两卷。

高述明虽为武将，但雅善文学，他的诗少刻意营情造景之语，也少词句雕琢藻绘之弊，纯以自然真挚取胜，并且有浓郁的军旅气，继承了清初八旗军旅诗昂扬壮烈、清刚健举的传统，如《黑水军中》云：

> 黑水风沙骑几群，笳声悲壮不堪闻。
> 通宵羯鼓浑惊鸟，尽日征帆欲遏云。
> 细柳营中频督阵，燕然山上想铭勋。

---

① 松筠：《松筠杂著五种·丁巳秋闱吟》，《北京图书馆古籍珍本丛刊》第79册，书目文献出版社1998年版，第722页。

可怜慷慨从军士，倚剑旗门日又曛。①

　　陶士僙曾评价高述明在藏期间的军旅诗，谓其："秋霜剑气春花管，儒将雍容信不虚。路宿孤军飞鸟外，诗酣百战枕戈余。壮图宛绘风云阵，异俗疑观山海书。却忆张骞持汉节，西行未遍历穹庐"。②乃得旨之言。唐英在为其诗集所作序中称："今先生身逾绝塞，转战千里，当夫朔风裂面剑戟如林，俱足助其才思，而增其豪兴，盖从军出塞之作，昔人得之拟古者，而先生身亲见之故，其诗格益恢奇，声益宏壮。"③可见，江山助诗兴，成就了高述明咏藏诗的极大成就。如其《将军出猎西海》云：

　　　　十万出关雄，深机运掌中。
　　　　剑锋直拂旄头气，旗角斜侵海面风。
　　　　珍重雕弓留射马，肯将一矢贯双鸿。④

　　高述明诗歌以沉雄为胜，人谓其诗多类杜甫，观其创作，虽然在艺术锤炼上时显欠缺，但在气骨上却是清诗中俊逸之作。这首诗短短几句，将八旗劲旅所向披靡的勇武精神展露无遗，这是康熙朝盛世精神的体现，也是清初八旗将领勇猛精神的表现。

　　当然，高述明的诗歌并非都是金戈铁马、慷慨铙歌之气，他在藏区的时候还写了一些反映西藏风土民情的诗歌作品，如《答人问藏中风景二首》之一：

　　　　君问西天极乐方，果然风景不寻常。
　　　　枫林温地皆红叶，番寺悬岩尽白墙。
　　　　尖帽圣僧身着锦，平头羌女面涂糖。
　　　　相传猎是猓猓类，竁蒂时看堆髻妆。（其一）

① 高述明：《积翠轩诗集》卷下，《四库未收书辑刊》第九辑第20册，第671页。
② 邓显鹤辑：《沅湘耆旧集》卷七十五《读高东瞻总镇征藏诸诗，激昂清壮，西域风上，历历如绘，马上率题一章》，《续修四库全书》第1691册，第470页。
③ 唐英撰，张发颖主编：《唐英全集·陶人心语》卷六《积翠轩诗集叙》，学苑出版社2008年版，第1册第95页。
④ 高述明：《积翠轩诗集》卷下《将军出猎西海》，《四库未收书辑刊》第九辑第20册，第673页。

这是诗人回答友人提问所做的诗歌,对藏区的寺庙、僧人、藏族女子的装扮等等都有涉及,既有好奇又有喜爱,风格清新语言质朴,和那些昂藏军旅之诗格调迥异。

和琳(1753—1796),字希斋,钮祜禄氏,隶正红旗满洲,为乾隆宠臣和珅之弟。由笔帖式起家,不数年擢至四川总督、兵部尚书等职,有《芸香堂诗集》。和琳统兵入藏时也作有一些咏藏诗,如《藏中杂感》《西招四时吟》诸篇,皆记藏区风物人情,滋味隽永,《藏中杂感四首》之三云:

> 独上碉楼望眼宽,四山积皑雪漫漫。
> 一声冈洞僧茶罢,半万更登鸟食残。
> 灯样仅传公主履,灶形犹仿尉迟冠。
> 黄金铺地谁饶舌,致累阇黎色相难。①

这首诗涉及当时藏区宗教的一些问题,诗中一些特有名词皆有作者自注,如"冈洞"是指"人腿骨,吹之其声似喇叭","更登"指"僧侣",最值得我们注意的是末句自注云"番僧无不爱钱",从侧面反映出当时西藏宗教集团内部的奢靡和腐朽。这句评语,在视宗教为天的西藏地区,可不是谁都敢说的。和琳对藏区宗教问题的认识和处理,显得较为随意,甚至不时有些"不恭"之语,这就和松筠等人不同。事实上,他在西藏地区时对文化、宗教、民生疾苦等问题理解的深度和关注的程度的确不如松筠。

和琳作为边疆重臣,治边业绩虽不甚著,但面对雄奇景物时也不免诗兴大发,即景抒情,其《西招四时吟》对藏区四季的不同景色进行了细致入微的刻画描写:

> 莫讶春来后,寒容转似添。
> 小窗欣日色,大漠渺人烟。
> 风怒沙能语,山危雪弄权。
> 略应桃柳意,塞上怯争妍。②

---

① 和琳:《芸香堂诗集》,《四库未收书辑刊》第十辑第 28 册,第 539 页。
② 和琳:《芸香堂诗集·西招四时吟四首》之一,《四库未收书辑刊》第十辑第 28 册,第 549 页。

藏区的春天来得较晚，而且即便时令已入春，还是很有可能出现"倒春寒"。诗人从节令入手，继而将描写范围扩大到了春日的山原景色和草木特征，为我们展现出初春藏区特有的景象。

清代驻藏大臣中八旗子弟占绝大多数，且能诗善文夙好风雅者不少，他们所创作的有关藏区风土人情、宗教民俗、军事斗争的诗歌作品成为八旗边塞诗十分重要的组成部分。如果说此前边塞诗多以西域为创作背景，那么清代八旗驻防遍及各地，其创作地域扩展到了祖国西北、西南、东北，甚至更为辽远的区域。在表现层面上看来，清代八旗边塞诗叙写边疆风情不仅局限于军旅诗和风景诗，大凡边疆地区社会生活中的细枝末节均可入诗，这就极大地拓展了清代诗歌的表现领域，成为清代诗歌不可或缺的重要一环。时至清代，封建中央集权制度虽然达至极盛，却全然没有了盛唐时期的那种青春的生命活力。在这样的创作氛围里，八旗边塞诗终究在乾嘉时期空疏的诗风中开拓了一片自由的天地。边塞景物的新奇和壮美，特殊的历史人文条件，为清中后期的诗坛注入了生机和活力。

# 从周亮工《赖古堂集》自改原作
# 现象看其仕清心态

黄治国

黄治国，男，1983年4月28日出生，河南温县人。本科毕业于洛阳师范学院汉语言文学专业。苏州大学中国古代文学专业2007级硕士研究生，学位论文《王昶诗歌研究》，导师赵杏根先生。浙江大学中国古代文学专业2011级博士研究生，学位论文《清初河南诗歌研究》，导师朱则杰。主要研究清代河南诗歌。

在由明入清的贰臣群体中，周亮工是较有代表性的人物。其现存《赖古堂集》二十四卷，中有诗歌十二卷。因其本人的经历复杂而特殊，他的诗作不仅反映出明清易代之际的社会现实与作者的心态浮沉，同时也具备了典型的参照意义。笔者细绎《赖古堂集》，发现其中存在着不少自改原作现象，该现象尚未引起学界注意。这种自改原作虽较细微，但对其进行考察却有助于厘清周亮工的仕清心态，对认识清初贰臣群体的心态也具有重要的参考价值。

## 一、周亮工生平述略

因周亮工的心态变化与其生平经历密切相关，所以不避烦琐，将其生平叙述如下。

周亮工（1612—1672），字元亮，号栎园，学者称栎下先生，河南祥符（今开封）人，生于江苏南京。周亮工年少即有才名，但"屡与试事，咸以北籍不得入院"①，后于河南乡试中举，是以自称"予生秣陵，长大梁"。明崇祯十三年庚辰（1640）

---

① 周亮工：《赖古堂集》附录《年谱》，上海古籍出版社1979年版，下册第905页。

中进士，授山东潍县令。清兵南下攻潍县，周亮工带甲率众，登陴守城，身负箭创，而城赖之以全。十七年甲申（1644）以廉卓行取浙江道监察御史。明亡，见南明事不可为，遂隐居南京郊外牛首山。

清顺治二年乙酉（1645），清兵下江南，周亮工降，诏以原官招抚两淮，寻改两淮盐法道。四年丁亥（1647），擢福建按察使，破土寇李凤毛，平定秦登虎之叛。六年己丑（1649）升福建右布政使，先后平定上杭曾省之乱、建宁陈和尚之乱、延平吴赛娘之乱、邵武耿虎之乱。九年壬辰（1652）郑成功大军攻打漳州，周亮工破围入漳，抚境安民，漳州之围卒赖以得解。十年癸巳（1653）升福建左布政使。翌年，奉调入京，擢都察院左副都御使，旋遭福建总督佟岱的弹劾，立予革职。十三年丙申（1656），周亮工赴闽对质。十七年庚子（1660），判立斩籍没，后被赦获释。康熙五年丙午（1666），任江南江安督粮道。八年己酉（1669），漕运总督帅颜保参劾周亮工纵役侵扣诸款，得旨革职逮问论绞。九年庚戌（1670），取生平著述尽行焚毁，不久遇赦得释。十一年壬子（1672）病逝，享年61岁。

周亮工的一生，可谓跌宕起伏，饱经忧患。他是一个能吏，在明守潍，使其以一小邑而独得保全；在清经略福建，先后八年，为清王朝平定福建立下了汗马功劳。他是一个文化大家，嗜书画，喜印章，工诗善文，且交游广泛，奖掖人才不遗余力。邓之诚先生评论其"好士怜才，一时遗老多从之游"[1]。同时，他又是"明清易代之际的一个畸人"[2]，宦海浮沉，九死一生。如此丰富的人生经历，皆可于其诗作中察而见焉。

## 二、《赖古堂集》中的自改原作现象

《赖古堂集》中的诗作大部分能够真实反映周亮工的生平经历，但同时也存在着一些改动之处，细致探讨这些改动，有助于考察作者的仕清心态。今见之《赖古堂集》为康熙十四年乙卯（1675）周亮工长子周在浚所刻，上海古籍出版社曾据以影印。其中不少诗作实际上非其原貌，而是经过了极为巧妙且颇

---

① 邓之诚：《清诗纪事初编》卷八，上海古籍出版社1984年版，下册第889页。
② 黄裳：《关于周亮工》，《读书》1987年第11期。

耐人寻味的删改。如这首《南台万家无一存者，泫然有感》：

> 残城门不闭，永昼意如昏。
>
> 桑枭经年思，弓刀一夜痕。
>
> 寒风吹白骨，阴雨泣新魂。
>
> 始悟身犹在，徘徊泪自扪。①

此诗原题《过昌邑》，见于周亮工前明时所刻诗集《通憛》。其《〈通憛〉小引》曰："《通憛》，虏退后作也。'憛'，犹'愤'也。草玄先生语：'"通憛"，"通愤"也。'胡为虏退而憛也？虏迫潍，夫人而虏迫潍也，退则犹然潍之矣。犹然潍之，憛之所由作。若夫凭城据战，临穴捉刀，胡肉数衃，飞矢云集时，一城朝气方如景星庆云焉，愤何自哉？《通憛》，虏退后作也。癸未仲夏，潍令大梁更生周亮工书。"②癸未指明崇祯十六年（1643）。该集反映的是其在潍县全力守城、抵抗清兵的情状。《赖古堂集》中此诗不仅改换了题目，且颔联也面目全非——原颔联为"过市声全咽，逢人发半髡"③。昌邑西临潍县，此诗是清兵退后，周亮工路经惨遭清兵铁骑践踏的昌邑时所作。"逢人发半髡"真实记录了昌邑百姓遭清兵薙发之状，改后的诗作则完全抹去了清兵肆虐的痕迹，只是一首反映易代之际战乱过后惨景的普通诗作。再如《通憛》中所收《警至，计偕诸君子咸舍予南去》：

> 岁暮随人欲上书，适燕南驾意何如。
>
> 重围玉貌心怜尔，坚垒金城事愧余。
>
> 空说囊沙排白浪，可能隐几守朱虚？
>
> 渡江莫爱风波稳，吾辈平羌力有余。④

---

① 周亮工：《赖古堂集》卷五，上海古籍出版社 1979 年版，上册第 253 页。
② 周亮工：《周亮工全集·通憛》，凤凰出版社 2008 年版，第 6 册第 7 页。
③ 周亮工：《周亮工全集·通憛》，凤凰出版社 2008 年版，第 6 册第 14 页。
④ 周亮工：《周亮工全集·通憛》，凤凰出版社 2008 年版，第 6 册第 9 页。

《赖古堂集》则易末句"平羌"为"弯弓"。又如《围渐解，示诸生，再用"生"字》：

开口平胡虏，小心事甲兵。
匡围解后死，玉貌重先生。
月冷霜依堞，沙寒雪满营。
前军殊敢战，烽火不须惊。[1]

在《赖古堂集》中，题目改作"王师将返，闽围渐解，射乌楼上示诸同事，用'生'字"。首联亦相应改为："竞欲平鲸浪，囊书学老兵。"[2] 又如《有传潍阳已陷者，家严慈悲哭过甚，遣奴子南行奉慰，三用"生"字》云：

草色拥连营，干戈岁已更。
危时凭众志，旷日识孤城。
国事人传死，亲忧信寄生。
固山锋可挫，吾意请长缨。[3]

在《赖古堂集》中，题目改为"白下讹传闽省已陷，予殉难射乌楼者，遣仆子归慰家严慈"，且颈联上句改为："臣罪人传死。"尾联因有明显指涉清兵的"固山"二字，改为："谁怜居室客，冥莫触心兵。"[4] 又如《见耕者》在收入《赖古堂集》时，题目被改作"寇退，出西禅寺，见耦耕者"，同时颈联"天心终厌虏，时事莫增兵"一句[5]，易"虏"为"乱"，虽一字之差，却大有不同——称"虏"是蔑指清兵，称"乱"则正切合周亮工仕清之后的封疆大吏身份，指称福建各地反清活动。西禅寺位于福州西郊怡山之麓，为福州五大禅林之一，特意标出作诗之地，无非意在表明此诗作于自己经略福建之时，力图掩盖原诗

① 周亮工：《周亮工全集·通憺》，凤凰出版社2008年版，第6册第10页。
② 周亮工：《赖古堂集》卷五，上海古籍出版社1979年版，上册第252页。
③ 周亮工：《周亮工全集·通憺》，凤凰出版社2008年版，第6册第10页。
④ 周亮工：《赖古堂集》卷五，上海古籍出版社1979年版，上册第253页。
⑤ 周亮工：《周亮工全集·通憺》，凤凰出版社2008年版，第6册第14页。

本事。再如《寇退郊望》，在《通懵》中原为：

> 胡骑曾三至，残黎黯自吁。
>
> 千家灰大漠，万鬼溽荒芜。
>
> 到目皆成泪，关心独茹荼。
>
> 九旬百里内，空自说平胡。①

郑成功顺治九年壬辰（1652）围困漳州，曾引水灌城。此诗将"胡骑曾三至"改为"海水能飞立"，既剔除了违碍字眼，又将诗中所涉事件替换为周亮工在闽时事，偷梁换柱，掩人耳目，可谓巧妙之至。

如果说以上改动均是细微处的增删替换的话，那么对照《通懵》，我们在《赖古堂集》中，还可以发现一些较大的改动。请看下表：

| 篇名 首次 | 《感怀》四首① | 《射乌楼纪事》四首② |
|---|---|---|
| 其一 | 戊午年中衅起边，出遮赢得血痕鲜。难将革面除辽孽，漫说挥戈逐左贤。沙漠风高惊砺矢，黄流云拥惧投鞭。谁怜时事纷如此，烽燧愁看蓟北天。 | 红云满眼万家涧，广石舟翻车样翻。畏使渔矶鸣羽镞，愁闻雁渚击金鐎。鲸声渐息兵堪洗，鹰眼犹存衅未销。惭愧十年父老泪，重来不敢怨狂飙。 |
| 其二 | 红云满眼万家涧，白浪城边虏骑骄。畏使参连鸣羽镞，愁惊形候击金鐎。天声欲振胡堪埽，洪捷惟收衅未消。圣主忧时崇将帅，狼胥可有霍嫖姚。 | 城南城北鼓声寒，城上乌啼夜入阑。雁外天高烽燧阔，弓前月冷阵云残。桑麻忍下穷檐泪，刀箭徒余谴吏藏。亦有空言羞曲突，王师无日解征鞍。 |
| 其三 | 单于夜遁不成擒，扫穴犁庭未古今。九死一生尺寸土，十年三至犬羊心。枭骑增级师全捷，弱女乘城力莫禁。却异骞旗诸将帅，忍闻罪己有纶音。 | 秋风尽夜响弓鞘，候水争看乱舞蛟。大将自能光壁垒，羁臣但学谨刍荛。十年舍筑书空上，一夕潮乘事尽消。谁使登陴徒应卒，创余惟愿听金铙。 |
| 其四 | 春风尽夜响弓鞘，走集空传候折胶。大将谁能光壁垒，孤臣但学谨刍荛。十年筑舍书频上，万骑屯云战未饶。惭愧登陴徒应卒，创余惟愿识金铙。 | 岩城逐吏学趋跄，乌石楼前万弩张。三匝几如华不注，独存私幸鲁灵光。阴森夏木号山鬼，幻渺青磷照野长。闻道捷书朝夕达，宝刀锈尽未堪藏。 |

① 周亮工：《周亮工全集·通懵》，凤凰出版社2008年版，第6册第11页。
② 周亮工：《周亮工全集·通懵》，凤凰出版社2008年版，第6册第13—14页。
③ 周亮工：《赖古堂集》卷八，上海古籍出版社1979年版，上册第397—398页。

　　两相对比，我们不难发现《射乌楼纪事》四首实是以《感怀》四首为蓝本，改头换面而成。其改动有三种类型：第一，题目更改。射乌楼位于福州府城之南，前临城壕，顺治十三年丙申（1656），郑成功率师进攻福州，周亮工参与了守城大战，于射乌楼上亲发大炮击死对方渠帅三人。题目改换之后，易使人认为诗作为记福建时事。第二，正文通首抽换。《感怀》四首中的其一、其三两首，强烈地表达了对清兵的蔑视和敌对情绪，充满拥护明廷、战斗到底的决心和信心，进行局部的删改已不足掩饰，所以两诗均被删去。进而将《感怀》四首的其二、其四调整为《射乌楼纪事》四首的其一、其三，另添入两首"新作"。然而这两首"新作"在《通愒》中仍是有其原诗的。《射乌楼纪事》其二原题《箭口合而复发，感而赋此》，全诗如下：

> 城南城北鼓声繁，城上乌啼夜入阑。
> 雁外天高烽燧阔，弓前月冷战骑残。
> 桑麻忍下穷民泪，刀箭徒余长吏瘝。
> 谁道海滨堪御寇，王师无日解征鞍。[1]

　　《射乌楼纪事》其四原题《齐鲁名城沦陷者六十有一，弹丸之地乃复晏然，自登归，赋此志庆》，全诗如下：

> 谁怜胡骑久披猖，百雉曾经万弩张。
> 三匝几如华不注，独存私幸鲁灵光。
> 阴森夏木号山鬼，幻渺青磷怨国殇。
> 四野余来惟白骨，更生莫忆旧柴桑。[2]

第三，正文字句更改。这样的改动在此例中是广泛且规模较大的。这中间又有几种情况，一种是将易于引人想及北方少数民族的具有侮辱或敌对意味的字眼，进行删改更换，如"虏""胡骑""辽犨""单于""左贤"等。一种是将易于引

---

① 周亮工：《周亮工全集·通愒》，凤凰出版社2008年版，第6册第10页。
② 周亮工：《周亮工全集·通愒》，凤凰出版社2008年版，第6册第15页。

人想及周亮工为明守潍之事的字眼删改更换，如"白浪城边"中的"白浪"即白浪河，在潍县东门外，是以被删改。一种是将易于引人想及周亮工为清经略福建之事的字眼加入诗中，如"乌石楼前"，就是指的射乌楼。还有改动最大的一种，是将原作中涉及驱除胡虏的典故换作无关痛痒的字眼。如《感怀》四首其二的颈联、尾联使用了汉代霍去病逐匈奴于漠北的典故，暗含抗击清兵之意，在《射乌楼纪事》中此两联被改得面目全非，反清意味已消失殆尽。

据周在浚为康熙十四年乙卯（1675）刻本《赖古堂集》所作《凡例》说：

> 先司农束发即好为诗，自诸生以至历仕所得诗章皆勒之梨枣，有《友声》、《乱骂》、《闽雪》、《北雪》等十余刻。庚子春患难中自为删定，授不孝浚刻之江宁，今世所传《删定赖古堂诗》是也。己酉宦江南，复广《赖古》之全，尽收诸集而次第之，增以《偶遂》、《恕老》、《近诗》，合为全稿，缮写成书。一夕，中有所感，尽取焚之，并旧所梨枣亦付一炬，遂使数十年呕思化为灰烬。今幸印行之篇尚存散帙，收合编葺，略还旧观，仍依定本，一以诸体为断。

从中可知，今见之《赖古堂集》康熙十四年刻本，是周在浚依据周亮工"自为删定"之本，"收合编葺"，重新刊刻的。那么今见之《赖古堂集》中的文字修改当为周亮工所为。这些修改不仅将"胡""虏""羌"等称呼尽行替换，进而还煞费苦心，将诗题中能透露之前抗清事迹的文字全部抹去，修改为切合自己入清后平定八闽事迹的文字，如将"潍阳"改为"闽省"等。另外，周亮工又有《全潍纪略》一书，据书后跋语，该书为"明末清兵围潍之役，周侯元亮所辑之公文档件而刊行者也"[1]。谢国桢先生《增订晚明史籍考》卷十四说："是书［指《全潍纪略》］记崇祯壬午清兵围潍事。当清兵南下之时，到处掳掠，惨不忍闻。潍城因亮工固守，赖以得全，潍民至为生祠以祀，后亮工降清，再过其祠，不宿而去，盖不免有惭德焉。此本亮工在时，亦自讳之，故传本极鲜。"[2]可见周亮工在入清之后，对其先前的抗清事迹是力图掩盖的。

---

① 周亮工：《周亮工全集·全潍纪略》卷末，凤凰出版社 2008 年版，第 6 册第 41 页。
② 谢国桢：《增订晚明史籍考》卷十四，上海古籍出版社 1981 年 1 版，第 653 页。

## 三、周亮工自改原作的原因

周亮工自改原作或自讳其书，目的在于掩盖其抗清事迹。联系周亮工个人行迹和清初历史文化背景，这种掩盖，究其动因，主要有以下三方面：

首先，是为避祸。入清之后，书中仍称清人为胡虏，当然会惹来杀身之祸。顺治十八年辛丑（1661）发生的庄廷鑨明史案，株连而死者 70 余人，流放宁古塔者几百人，与周亮工顺治十七年庚子（1660）自为删定诗集仅隔一年。这应该不仅仅是一种巧合。

其次，是为避嫌。降清之后，周亮工屡起屡踬，饱经宦海风霜，两次被判论死，充分体现了清统治者对汉族士大夫的排斥和不信任。周亮工以汉人而获任左布政使，以汉人而获内召，在清皆为首开风气，这与清初"首崇满洲"的政治体制是格格不入的，必然刺激到了一些满族官员，引发弹劾之举。联系两次弹劾周亮工之人皆为满族官员（佟岱、帅颜保），其中因由，可见一斑。邓之诚先生曾说："〔周亮工〕屡踬屡起，由刘正宗恶之，当时满汉相倾，成为风气，亮工不死，属有天幸。"[1] 所以，虽然周亮工极力谋求融入新朝，建功立业，并且也确实为清朝镇压东南抗清力量做出了巨大贡献，但由于清初统治者对汉族士大夫的猜忌与排斥，他在仕途上几经颠踬，"隐然负有才不尽用之憾"[2]，两次下狱，几乎丧命。周在浚称《赖古堂集》是周亮工于"庚子春患难中自为删定"，此时周亮工刚刚经历了福建谳案之灾，饱受打击，编订诗集必然谨慎之至，极力掩盖、抹杀自己当年竭力抗击清兵的事迹，避免落下把柄，进一步遭受满人的嫌忌和排挤。

再次，是为邀宠。周亮工主动改诗，自讳其迹，主要还是为了便于自己向清统治者靠拢，尽快地消除清统治者的猜忌，从而更迅速地融入新朝。对一个降清的贰臣来说，诗集中保存着这些刺目的违碍之语只能表明自己对新朝的抵触情绪和疏离甚至是对抗心理，对改朝换代之后已经进入新朝统治阶层的士人来说，无疑是建功立业的绊脚石。在诗作中不断咏及自己为清廷经略福建的事迹，则有助于淡化贰臣形象，强化助新朝定鼎的忠臣形象。周亮工不遗余力地修改诗句和自

---

① 邓之诚：《清诗纪事初编》卷八，上海古籍出版社 1984 年版，下册第 889 页。
② 周亮工：《赖古堂集》附录《行述》，上海古籍出版社 1979 年版，下册第 966 页。

讳行迹，从中我们可以看出，他以一种积极的态度力求融入新朝。姜宸英在为周亮工所作《墓碣铭》中说："公材器挥霍，善经济，喜议论，疾龌龊拘文吏，当大疑，专断生杀，神气安闲，无不迎刃解者。自筮仕即在兵间，寻擢台职，益欲以意气自奋。"①黄虞稷在为周亮工所作《行述》中也说其"方颐丰下，目光如电，性骏爽，事至立断，有言必发"。②周亮工一生汲汲于功名，深怀用世之志，胸怀经世大才，建功立业是他梦寐以求之事。

根据以上分析，周亮工的自改原作现象是由其入清后的处境导致的，而这一现象又深刻地折射出以周亮工为代表的清初贰臣群体复杂的处境和心态：新朝对他们既倚重有加又处处防范，他们对新朝既渴望融入又战战兢兢，如履薄冰。这是一种极有意味的双向制约关系。

## 四、周亮工的仕清心态

作为一个身历两代，亲逢中原板荡、天崩地解之大变革的汉族士大夫，周亮工的不少诗作无疑与时代的风云变幻息息相关。但是，与其他清初诗人不同的是，故国之思与亡国之痛在其诗作中几乎难觅踪迹；尤其在入清为官之后，其诗作多是站在清王朝的立场之上抒情言志，极少流露出明亡之痛和贰臣之悔。在《赖古堂集》中我们只能读到几首情绪幽渺难探的诗作。先看其《钱牧斋先生赋诗相送，张石平、顾与治皆有和，次韵留别》：

> 寒潮入夜不增波，苦忆敲冰渡浊河。
> 失路自怜酒伴少，看山无奈泪痕多。
> 交情雨雪犹分袂，时事东南未罢戈。
> 冻尽劳劳亭下柳，那堪重听故人歌。③

钱谦益《牧斋有学集》卷六有诗《放歌行，赠栎园道人游武夷》《丁家水

---

① 周亮工：《赖古堂集》附录，上海古籍出版社1979年版，下册第946页。
② 周亮工：《赖古堂集》附录，上海古籍出版社1979年版，下册第966页。
③ 周亮工：《赖古堂集》卷八，上海古籍出版社1979年版，上册第392页。

亭再别柅园》。周亮工次韵唱和的是后者，原诗如下：

> 灯晕离筵酒不波，同云酿雪暗秦河。
> 人于患难心知少，事值间关眉语多。
> 鼓角三更庄舄泪，残棋半局鲁阳戈。
> 荔枝酝熟鲈鱼美，醉倚银筝续放歌。[①]

周亮工于顺治十三年丙申（1656）正月自金陵赴闽对质，钱谦益以卞文瑜画作相赠并赋此诗赠行。钱作中以庄舄越吟之典，暗指周亮工的故国之思，并不隐晦。反观周亮工的诗作，"失路自怜""看山无奈"均可作因此时遭谗被谤、情绪佗傺理解，但联系到东晋诸臣见神州陆沉而新亭对泣之时，也是"看山无奈泪痕多"的，那么此处也可作亡国之痛解，而"失路自怜"便也可解作对无奈仕清的自怨自艾。不过，这种语带双关的方式也使得情绪的抒发显得朦胧委婉，含义幽隐难寻。再如这首《清溪遇高澄甫，即送其南归，计予别澄甫于白浪河时遂十年矣》：

> 兵戈岁晚不教休，岐路为君未到忧。
> 旧梦围中惊白浪，贫交乱里上清流。
> 残灯笑语全如寐，襆被仓皇遂是游。
> 容易能还乡里去，寒家亦在石城头。[②]

诗中"旧梦围中惊白浪"指的是崇祯十五年壬午（1642）清兵攻打潍县之事，次年清兵退围后，王大允辑有《白浪河上集》，收录了当时士大夫在围解之后的集咏诗歌。白浪即白浪河，在潍县东门外。高永清当时作有《和周侯韵》赞颂周亮工守城之功："三齐城郭纡长策，六级壶关勒上勋。"[③]清兵退后，周亮工尚作有《高澄甫归》一诗为高永清送行。此诗所写是十年之后重逢之景，此

---

① 钱谦益：《牧斋有学集》卷六，上海古籍出版社 1996 年版，上册第 273 页。
② 周亮工：《赖古堂集》卷八，上海古籍出版社 1979 年版，上册第 377 页。
③ 周亮工：《周亮工全集·白浪河上集》，凤凰出版社 2008 年版，第 18 册第 104 页。

时周亮工已为清廷大僚，诗中对当年率潍民拼死抵抗清兵之事一笔带过，只言前尘往事如同一梦，由诗中的"梦""寐"二字，可以想见诗人因重逢故人而引发的对前朝"故"事，乃至前明"故国"的深深感慨。而此种感慨仅以只言片语透露，可谓十分谨慎。另外，在《舟中与胡元润谈秦淮盛时事，次韵四首》中我们也约略可见其江山兴亡之感，其一云：

> 红儿家近古青溪，作意相寻路已迷。
> 渡口桃花新燕语，门前杨柳旧乌啼。
> 画船人过湘帘缓，翠幔歌轻纨扇低。
> 明月欲随流水去，箫声只在板桥西。①

欲寻故家路已迷，渡口门前新燕啼，感慨沧桑，迷蒙而旖旎。从全诗题材和感怀旧事的情绪来看，周亮工对陵谷变迁是略带无奈而伤怀的。事实上，这种因江山兴亡而起的无尽沧桑之感还是间接地传达出作者对故国的依恋之情。但是，诗人借秦淮盛衰写朝代更迭，相较正面悲歌家国沦亡，无疑是十分委婉含蓄的。这组诗歌以其意境的似真似幻，诗情的若即若离，与王士祯的《秋柳四章》有异曲同工之妙。结合前述自改原作现象，统观其诗歌创作，周亮工对故国情事的力图掩盖或微妙流露，无论是被迫而为还是自觉养成，都可证其复杂的仕清心态：渴望融入且极为谨慎。

综上所述，从周亮工的诗作中我们可以看出，他入清后虽不无依恋故国之情，但却极力淡化和掩饰这种情绪的流露，且在行动上积极向新朝靠拢。他希图建功立业而终不见用，极力融入新朝而备受猜忌，终究还是"旧巢已覆，新枝难栖"。透过周亮工的自改原作现象，可以发现，在由明入清的贰臣群体中，他的积极向新朝靠拢是颇具特殊性的，而他备受清廷猜忌是很有代表性。因此，周亮工入清后的行迹和诗作集中体现了清初贰臣群体的恶劣处境和复杂心态。以他为例的探讨，对深入了解清初贰臣文人的仕清心态与文学创作具有政治、历史和文学史方面的意义。

----

① 周亮工：《赖古堂集》卷九，上海古籍出版社1979年版，上册第413页。

# 清初"女遗民"及其家国诗

吴　琳

吴琳，女，1986年4月19日出生，安徽绩溪人。本科毕业于北京科技大学计算机科学与技术专业。浙江大学中国古代文学专业2010级硕士研究生，学位论文《清初女性诗歌研究》，导师朱则杰；2012级博士研究生，学位论文《闺阁内外：明末清初女性文学空间研究》，获国家社会科学基金后期资助项目（18FZW007），导师楼含松先生。主要研究清代女性诗词。

## 一、遗民文献与遗民叙事中的女性

遗民之称，一般用于易代之际忠于前朝而耻事新朝者。作为明清文学研究的重要对象，清初的明遗民是一个数量空前、涵盖广泛的复杂群体。有关遗民的名称定义、事迹搜集与意义阐述，在清初即已进行，而流传下来的文献极少。在清末相似的历史环境中，又掀起一轮明遗民话语建构与文献整理的热潮。迄今可见的遗民文献有10余种，为明遗民研究划出了基本的疆界。在这些总集中，不乏以女性之身而位列遗民者，值得予以特殊的关注。试从诸家文献中搜罗如下：

孙静庵《明遗民录》卷四十八收录女性包括毕韬文（毕著，字韬文）、刘淑英（按：刘淑）、香娘、沈隐隐（沈素瑶）、草衣道人（王微）、文莺、沈云英、商夫人（商景兰）、仲商夫人（商景徽）。

朝鲜佚名撰《皇明遗民传》收录女性包括丁仙窈（丁孺人）、李夫人（巩永固女）、潘夫人、岑太君、沈云英、屈氏、崔回姐、崔柔姐、崔紧姐、陈元淑、曹静照、黄修娟、龚鼎孳妻、彭夫人、萧夫人。

谢正光《明遗民传记索引》在上述基础上，又参考《续表忠记》《南疆绎史摭遗》《前明忠义别传》《荟蕞编》《清诗纪事初编》等史料，新增入铁娘子、陈舜英、薛琼3人。

上述关于女性遗民的文献，有如下问题值得探讨：第一，编者筛选对象的标准是什么？在事迹提炼与叙述中，又是如何体现这一标准的？第二，诸家关于女性遗民的标准是否合理，有多少商榷的空间？搞清这些问题的过程，也是界定本文讨论对象的过程。

《明遗民录》《皇明遗民传》皆未对选录女性做出说明[1]，谢正光论及遗民选录标准云："明遗民者，殆生于明而拒仕于清，举凡著仕第或未著仕籍，曾应试或未及应试于明，无论僧道、闺阁，或以事功、或以学术、或以文艺、或以家世，其有一事足记、而能直接或间接表现其政治原则与立场者也。"[2]可知编者界定的关键，在于"政治原则与立场"，即忠于明室而拒仕于清。女性虽无出仕机会，仍可以通过事功、学术、文艺、家世等途径，直接或间接凸显其政治立场。对上文所列女性逐一考察，按照事迹，大致可分为如下类型：

第一，反抗清廷、拒绝征召封诰等政治行动，即谢正光所谓"事功"。如刘淑、毕著、岑太君、沈云英曾参加抗清军事斗争，入清后归隐；秦良玉曾率兵击退张献忠，立功后拒绝清廷征召。龚鼎孳降清后，其原配童氏拒受清廷一品夫人的封诰。对于女性来说，这些行动无疑是其政治立场最有力的反映。

第二，协助、规劝男性亲人保存志节。如青楼名妓王微归名士许誉卿后，力劝其保身全节。阎若璩之母丁仙弨，王克承妻萧氏皆嘱其子守义弗仕，黄修娟劝夫沈羽文罢弃举业。商景兰率领遗民大家庭祸福与共，支持二子祁理孙、祁班孙的复明活动。无论劝夫、训子，皆是女性干预家庭成员的主动抉择，可视为女性政治立场的间接表现。

第三，国变后赴死之烈女。一类是徐烈母、王烈母（顾炎武继母）、钱元淑、彭夫人（彭而述妻王氏）。这些女性往往明确表现出为国家颠覆而就死，如顾炎武继母王氏绝食殉国，弥留之际再三嘱咐顾炎武不要出仕，莫为异国臣子。崇祯帝自缢后，钱元淑痛哭绝粒而殁，为时人所称。不过，殉国者虽与遗民志

---

[1]　孙卫国《朝鲜〈皇明遗民传〉的作者及其成书》考证《皇明遗民传》作者为成海应，见《汉学研究》2002年第1期。

[2]　谢正光：《明遗民传记索引·叙例》第一款，上海古籍出版社1992年版，第10页。

节相近，而一死一生，不宜混淆入遗民的队伍。另一类沈隐[①]、文莺并非殉国者。沈隐殉夫而死，未直接表达其政治态度。文莺为李长祥妻黄氏侍女，城溃后愿代黄氏赴死，只能作为"义仆"的形象，其义行纯为报主，而非出于对明朝的忠诚。

第四，与夫偕隐。如潘叔旸女于明亡后做绝命诗四章，自尽未遂，与丈夫乔可聘闭门偕隐，知其子补诸生后，作诗自愧。山阴名媛商景徽与夫徐咸清偕隐著书终老。由于隐逸动机往往较为复杂，因此隐逸与遗民二者之间具有模糊性，需综合家庭身世、仕途判断。

第五，为尼。如曹静照、沈隐。全祖望《沈隐传》称其为扬州姬，夫职方殉节后，主者欲收香娘于下，香娘不从而削发为尼。自述："相公每饭不忘故君，妾亦何忍负之。必欲见辱，有死不能。"[②]邹氏因夫不知书而弃去，削发为尼，名涵光。

第六，宫人。其中李夫人（巩永固女）被俘后拒事二姓、不从清人，后被放归。而屈氏、崔回姐等，只剩下明朝遗留下来的臣民这一字面的意义，与遗民的精神内核差距更远。

因此，上述女性事迹中，第一、第二、第四类基本符合谢正光对女性遗民的认知，其余似觉勉强。《明遗民传记索引》在选录实践上，之所以未贯彻作者所称的标准，盖因作者初衷在于汇集历代遗民文献，以便读者观察遗民观念之变迁，故而重在兼收并蓄而略于甄别淘汰。

以上文献在一定程度上代表了社会对遗民身份的认同与接受。总集的编撰工作不仅包含材料史实的复制，也是一个意义赋予的过程。对清初女性遗民的认定、筛选与诠释，不可避免地要受到这两个时段特殊视域的影响。

在此过程中，清末政治话语对清初历史记忆的重塑，是一个重要环节，对此学界已有阐发。夏晓虹《历史记忆的重构——晚清"男降女不降"释义》一文，就揭示了晚清对明季女英杰的话语塑造。在清末民初救亡思潮的影响下，妇女与家国的关系被提到空前的高度，明季爱国女性的事迹，也相应地引发了时人

---

① 沈隐，《明遗民录》作沈隐隐，一名沈素璊。
② 全祖望：《全祖望集汇校集注·鲒埼亭集外编》卷十二《沈隐传》，上海古籍出版社2000年版，中册第975页。

的重视："秦汉以降，妇女以奇节著闻者，彪炳于史册，然卒未有为民族殉身者。惟明季妇女，其志尤坚。"① 清末男性从史料中发掘身赴国难、视死如归的女英杰典范，目的在于激励"二万万女同胞，更有缴'男降女不降'之遗绪，而同心协力，共捣黄龙者"。这一时期诞生的闺秀总集，亦不免受此种风气波及，表现出对女性政治话语的浓厚兴趣。《清代闺阁诗人征略》编者自述全书以沈云英、刘淑英、毕著开端，便"寓崇拜女豪杰之微意"②。

民族危亡之秋的危机意识，使得晚清人士对明季女性的阐释焦点，集中在女性的民族意识与政治情怀，并直接推动了女性遗民的发掘。《小黛轩论诗诗》的作者，称赞清初归隐的女诗人纪映淮"流水栖鸦句有神，阿男犹是女遗民"。而毕著、沈云英的事迹，也经过稗官野史的渲染改编，增加了二人拒绝清廷征召的细节，以突出其忠于明室的遗民身份。类似的改动，在一些女性诗作中也被发现，清末流传的杜氏妇绝命诗云："不忍将身配满奴，亲携酒饭忌亡夫。今朝武定城头死，留得清风故国都。"③ 据明末沈宜修《伊人思》、清初王端淑《名媛诗纬初编》记载，杜氏妇为明初人，在洪武帝宫廷政变中罹难，而此诗中"满奴"应作"象奴"，在清末被篡改，一字之差，意义迥别。时人之所以努力将女性节烈与民族危难联系在一起，使历史事实服从于政治话语，与清末剧烈的社会转型有密切关系。对此现象，夏晓虹《历史记忆的重构——晚清"男降女不降"释义》一文总结道：

> 于是，晚清对于明季殉难妇女的叙述，也一律赋予'为民族殉身'的至高意义。不屈而死的女子与'降志辱身'的男子形成鲜明反差，更成为晚清谈论明季史事者特有的思路。④

这一论述揭示了女性叙事中的常用套路，但其思路显非晚清人士所特有。

---

① 《警钟日报》"史谭"栏《妇女不降》，1904年7月13日。
② 施淑仪：《清代闺阁诗人征略》卷首《例言》，上海书店1987年版，第6页。
③ 见小横香室主人《清朝野史大观》卷八《清人轶事》"杜妇遗诗"条，上海书店1981年6月影印民国二十五年（1936）排印本，第104页。
④ 见陈平原、王德威、商伟主编《晚明与晚清：历史传承与文化创新》，湖北教育出版社2002年版，第259页。

在明末清初,已有"夫降妻不降"的话语①。而从清初到清末的事迹演变中,附加在女性身上的政治意图并未产生本质的变化。以烈女求死的从容反衬男子的懦弱,实际上也是明季史家的惯用手法。

明室颠覆、异族入侵,给明季文人的心灵带来了巨大的震撼。随着死国者日增,生与死的抉择,成为明清之际不断讨论的中心议题②。其中女性自尽者,亦数量空前。著名女诗人方维仪之姊方孟式随夫自尽,《明诗综》记载:"方孟式,如耀桐城人,大理卿大镇之女,嫁山东布政使张秉文,济南城溃,同夫殉节。"③此外,仅昆山一地女子,在顺治二年乙酉(1645)秋间就有400余人投水自尽。

观此期女性自尽的动机,大多为保全贞节。明代节烈风气极浓,而政府对于以身相殉之"烈"的标榜又胜于冰霜侍翁姑之"节"。因而易代之际烈女纷出的氛围有着深厚的历史渊源与社会基础。"与其辱而生,不如洁身死"之语④,明示义不受辱之念。顺治三年丙戌(1646),清军下浙江,林鼎新妻刘氏闻兵至而自缢,留所临《黄庭经》卷末遗诗云:"生有命,死有命。生兮妾身危,死兮妾心定。"⑤知其早存必死之志。同时,受到晚明情教的影响,殉节中亦不乏殉情的成分。顺治七年庚寅(1650)广东被围,李氏之夫投珠江自沉,李氏被囚而题诗自缢,诗云:"恨绝当时步不前,追随夫婿越江边。双双共入桃花水,化作鸳鸯亦是仙。"⑥平阳女子被掠,乘隙以柳枝自经,义无反顾地追随丈夫于地下,并题诗许愿:"楼前记取孤身死,愿作来生并蒂花。"⑦这些绝命诗表明了促使女性殉国的情感因素。

但在明季史家的笔下,女性的节烈观念同国家大义画上了等号,抵制异族侮辱肉体,常常被阐释为对山河入侵的抵抗,并常常与苟且偷生的男性对比,形成了"女胜于男"的价值评判。计六奇《明季北略》,于殉难臣民后加入不

① 刘献廷《广阳杂记》卷一"霍山黄鼎"条,载霍山黄鼎归降清廷,"其妻独不降,拥众数万盘踞山中,与官兵抗,屡为其败",见中华书局1957年版,第36页。
② 何冠彪《生与死:明季士大夫的抉择》中统计明季殉国人数,得出为历朝之冠的结论。见台湾联经出版事业股份有限公司2005年版,第17页。
③ 朱彝尊:《明诗综》卷八十六,中华书局2007年版,第8册,第4200页。
④ 曾燠:《江西诗征》卷八十五,《续修四库全书》第1689册,第768页。
⑤ 王端淑:《名媛诗纬初编》卷十二,清康熙六年丁未(1667)山阴王氏清音堂刻本,第24b页。
⑥ 恽珠:《国朝闺秀正始续集》卷一,清道光十六年丙申(1836)红香馆刻本,第9b页。
⑦ 恽珠:《国朝闺秀正始集》附录,清道光十一年辛卯(1831)红香馆刻本,第2b页。

少女子的事迹，并称："人惟贪生念重，故临事张惶，若烈妇存一必死之志，则虽刀锯在前，鼎镬在后，处之泰然，岂与优柔呴嚅者等哉！"①显然欲以烈妇的言行，加剧易代之际对失节持论苛严的言论氛围。计六奇收录的女性事迹中，最引发轰动的是杜小英的《绝命诗》。杜小英在顺治十一年甲午（1654）吴三桂叛乱中为清兵所掳，被献给一位曹姓将领，杜小英施计投河，留下《绝命诗》十首，诗中将女性全节之死，上升到国家大义："图史当年强解亲，杀身自古欲成仁。簪缨虽愧奇男子，犹胜王朝共事臣。"②计六奇评其诗云："读前数章，想见贞节女子；读至卒章'杀身'、'犹胜'等语，则非闺秀口角，俨与文山争烈矣！"同清末爱国人士一样，女性的自我牺牲也被视为一种激励男性反抗的力量，寄托着唤醒士人的诉求。原被视为红颜祸水的女性，得到了清初文人的宽恕谅解，他们"塑造出了形形色色身赴国难的奇女子、守节殉国的烈女烈妇、以勇武洗雪国耻的女战士与侠女"③。

在历史上，当男性无力完成保家卫国的任务时，女性的能力便被凸显出来，放大为疗救社会的力量。对此，归庄曾将闺阁人才济济视为衰世的表征："嗟乎！衰世之人才乃多钟于闺阁耶？"男性文人力图发掘女子优胜于男子之处，然而，这种"甘拜下风"并未改变两性格局中的男性主体地位。因为，男性文人们尽管高呼"女胜于男"，他们仍然是公共话语的主导者。

揭示清初与清末相似的舆论环境，并不意味着认同女性的表现全然是被男性话语塑造的幻象。从古至今，社会不断调整着对两性的角色要求。秦燕在《女子关系天下计——论明清时代男性在女性面前的惭愧意识》一文指出："在山河变色的时候，女性的坚执，竟教男人们——这些在历史中惯扮英雄豪杰的男人——相形之下黯然失色。在明清，这几成公论。"④通过这些跨越了闺阁空间、僭越到男性世界的角色扮演，女性凸显了自我在历史维度上的重要意义。因此，女性与家国的结缘，既受到历史、文化、政治等外部力量的推动，亦是女性自我建构、自我阐释的过程。它为我们带来了一系列思考的方向：女性如何看待

---

① 计六奇：《明季北略》卷二十一下"烈女"条，中华书局1984年版，第574页。
② 谈迁：《北游录·纪闻·上》"辰州杜烈女诗并序"条，中华书局1960年版，第339页·
③ 李惠仪：《祸水、薄命、女英雄——作为明亡表征之清代文学女性群像》，见胡晓真主编《世变与维新：晚明与晚清的文学艺术》，"中研院"中国文哲研究所2001年，第301页。
④ 见熊月之、熊秉真主编《明清以来江南社会与文化论集》，上海社会科学院出版社2004年版，第59页。

明末清初的政治变局与国族危机，她们为何要积极界定自身的遗民身份，又诉诸怎样的文学表现？这些问题，只有从她们自身的作品入手才能窥探一二。

## 二、从家到国：女性角色的延伸

对于生长于世家大族的闺阁才女而言，家族所赋予的"名父之女、名士之妻、令子之母"的身份，为其提供了审视外部世界的基本视角。女性与王朝政权的关系，亦由此而展开。

女性在少年时代的心智成长与观念形塑过程中，对其政治立场影响最大的，莫过于家族背景与家风濡染。尤其是父女关系，不论是才华的培养与发掘，还是志趣、情感的紧密联结，乃至理想、信念的潜移默化，均对女性突破传统贤妻良母角色，起到了更为积极的作用。资质出众的才女，常常被父亲视若珍宝。王思任欣赏女儿王端淑，就有"生有八男，不易一女"之语。易代之际建立功勋的女性，刘淑、沈云英、毕著等，都是将门之后，通过父亲的言传身教，家国情怀根植于心。刘淑的英雄心性，七岁时便为其父刘铎所识。刘铎被冤而死，临终绝笔"知汝百年能不负，铜肝铁胆颇如余"，认为女儿"异日必为女中英"。这一预言，根植在刘淑的内心深处，激励了她一生的气节与坚持。刘淑未辜负父亲的期待，在易代之际毁钗纾难、施展抱负。学界有人认为刘淑是弹词《天雨花》的作者，这一结论未必属实，却自有其合理性。从女性眼光出发的《天雨花》，通过深度刻画父女关系，表现身为女儿的小说作者对明清之际国族危难的态度[1]。曼素恩曾指出，"在所谓历史小说中，由女性——尤其是女儿的角色——在风雨飘摇的危机中暂时取代缺席的男性，以延续家国命脉于不坠，几乎成为一种不可改易的成规"[2]。《天雨花》中，左仪贞对象征着家族权力的世代传承的"盘龙剑"的渴望、占有与使用，便显示出女性对自我在晚明乱世中扮演新角色的深沉期待。

作为募兵抗清的女英雄，刘淑的事迹在当时并非孤例。《个山集》之传世，

---

① 见胡晓真《才女彻夜未眠——近代中国女性叙事的兴起》第五章《父与女——女性文学想象中的晚明变局与世代传承》，北京大学出版社 2008 年版，第 185—217 页。
② 曼素恩：《缀珍录——十八世纪及其前后的中国妇女》，江苏人民出版社 2005 年版，第 205 页。

如沧海遗珍，使刘淑的内心世界完整呈现于后世。在 400 多首诗词中，作者时时以忠于明室的遗民自居，努力继承父亲的价值系统，时刻不忘反清斗争。另一个著名的女英雄毕著，则留下了一首自叙之作《纪事》，用朴实无华的文字，对自己的军事行动进行了阐释：

> 吾父矢报国，战死于蓟邱。父马为贼乘，父尸为贼收。父仇不能报，有愧秦女休。乘贼不及防，夜进千貔貅。杀贼血漉漉，手握仇人头。贼众自相杀，尸横满坑沟。父体舆榇归，薄葬荒山陬。相期智勇士，慨焉赋同仇。蛾贼一扫清，国家固金瓯。[①]

毕著其人其事，在清初诸总集中语焉不详。乾隆时期，沈德潜编《国朝诗别裁集》，采用的是从其兄长处所阅毕著诗集的第一手材料[②]。诗中频频出现的"贼"实指清兵[③]，对这一违碍之语的替换，可见沈德潜保存易代之际历史记忆的苦心。诗首叙其父守蓟邱，战死疆场。毕著力排众议，率众突袭贼营，斩其魁首，夺回其父遗体。这种行为，历史上不乏前例。如果说，为父报仇是毕著采取军事行动的最初动因，那么此诗开头对其父"矢报国"的强调，篇末"国家固金瓯"的期许，便将其"孝女"个人行为，上升到家国大义的层面。在"子报父仇"的伦理秩序下，"孝女"与"女将军"的形象完美结合，体现了由家到国、化孝为忠的思维转化。

身世与家庭，不仅决定了女诗人自身的归属感，也是世人鉴定女性遗民身份的重要依据。沈德潜在《国朝诗别裁集》中点评侯怀风深沉悲壮的《感昔》一诗说道："此感思陵失国时事，降将倒戈，虎臣战没，而君王因之殉社稷矣！

---

① 沈德潜：《清诗别裁集》卷三十一，中华书局 1975 年版，下册第 564 页。

② 沈德潜称："韬文诗稿向见于家来远兄处，序中有云：'梨花枪万人无敌，铁胎弓五石能开。'又云：'入军营而杀贼，虎穴深探；夺父尸以还山，龙潭妥葬。'又云：'室中椎髻，何殊孤仲之妻，陇上携锄，可并庞公之偶。'时异其人，钞异五言古、七言绝二章，来远兄没，毕诗遂索不得矣。存此旧录，聊以见其生平。"见《清诗别裁集》卷三十一，中华书局 1975 年版，下册第 564 页。

③ 清俞樾《茶香室丛钞·茶香室三钞》卷十五"毕著诗不应入国朝诗选"条云："《国朝礼亲王《啸亭续录》云：沈归选《国朝诗别裁》纯皇帝命内廷词臣删定，然如闺秀毕著《纪事诗》，乃崇德癸未饶余亲王伐明，自蓟州入边，其父战死。故诗有蓟邱语，非死流寇难也。当其时海宇未一，不妨属辞愤激，归愚选入，已失检点。内廷诸公，仍未纠缪。此与商辂续纲目，滁州之战书明太祖为贼兵同一笑柄。"中华书局 1995 年版，第 3 册第 1212 页。

忠臣之女，宜有是诗。"① "忠臣之女"的身份标签，是后世读者理解其诗情感基调的关键。嘉定侯氏一门忠烈，在抗清斗争中，侯怀风父、兄皆殉国。联系其覆巢之下的处境，诸如"成败百年流电疾，苍梧遗恨不堪攀"之感慨，便非无病呻吟。

这一判断也基于一个事实——那些对明朝怀有强烈情感的作品，往往出自忠臣之后，或者殉情之妻，她们亲身经历了明朝覆灭带来的切肤之痛，因而能自然而然地将故国之思融化为身世之感。商景兰《春日寓山观梅》一诗，当园梅悠然绽开、岸柳悄然舒展，一派争春气象来临之际，作者却兴起"物在人亡动昔愁"之感。这种感伤情绪，与《悼亡》诗称颂夫婿"成千古""原大节"②，《哭父》诗愤慨"国耻臣心切，亲恩子难报"的情感如出一辙③。自祁彪佳殉国之后，商景兰独力抚孤持家，支持祁理孙、祁班孙兄弟的秘密复明活动，慈溪魏耕、归安钱缵曾、山阴朱士稚、秀水朱彝尊、番禺屈大均均与祁氏兄弟过从甚密，以山阴祁氏梅墅为密筹据点，参与了轰动一时的"通海案"④。事败后，祁氏兄弟一流放、一郁郁而终。商景兰入清后的创作，始终未能走出故国沦丧、夫婿殉身的伤痛，在古稀之年犹忆一生"濒死者数矣"⑤。将这些女诗人与朱中楣、徐灿等丈夫入仕新朝的女诗人作比较，在后者笔下，故国之思常常以含蓄深隐而富于艺术化的形式呈现；而前者却直诉枕戈泣血之志，表现出鲜明的政治立场。王端淑之父王思任在明亡后绝食而死，孟称舜《丁夫人传》称王端淑"集成名曰《吟红》，志悲也"⑥，丁肇圣诠释道：

　　　先帝变兴，煤峰泣血。予遂携家南归。内子更多长沙三闾之句。……集曰吟红，不忘一十七载黍离之墨迹也。⑦

---

① 沈德潜：《清诗别裁集》卷三十一，中华书局1975年版，下册第565页。
② 商景兰：《锦囊集》，《祁彪佳集》附编，中华书局1960年版，第260页。
③ 商景兰：《锦囊集》，《祁彪佳集》附编，中华书局1960年版，第264页。
④ 可参考何龄修《关于魏耕通海案的几个问题》（《文史哲》，1993年第2期），谢国桢《记清初通海案》（《明清之际党社运动考》，中华书局1982年，第279页）。
⑤ 商景兰：《〈琴楼遗稿〉序》，《祁彪佳集》附编，中华书局1960年版，第289页。
⑥ 王端淑：《名媛诗纬初编》卷首孟称舜《丁夫人传》，清康熙六年丁未（1667）山阴王氏清音堂刻本，第2b页。
⑦ 王端淑：《吟红集》卷首丁肇圣序，日本内阁文库本，第1b页。

国祚更移，异族入主，彻底颠覆了王端淑平日养尊处优的生活，《苦难行》真实记录了其在甲申前后生活境遇之陡变：从"甲申以前民庶丰，忆吾犹在花锦丛。莺啭帘栊日影横，慵妆倦起香帏中"，到"一自西陵渡兵马，书史飘零千金舍"。诗人还家后遭遇父亲自尽、兄长失和，长姊出家，只能卖文维生，开始坎坷的生活。所著《吟红集》之"红"，便是朱明之隐喻。这一手法在清初非常普遍，类似的还有诸如借用"楚汉""胡"字眼，强调华夷之别，"红""朱""落花"的隐喻则饱含强烈悼明意味①。这套特殊的语汇系统，将刻骨铭心的历史记忆，凝结在某些指代性质的字眼中：

> 歌罢伤心泪几行，江山旋逐楚声亡。
> 贞心甘向秋霜剑，不欲含情学汉妆。
> ——朱德蓉《咏虞姬》②
> 我怀朱明时，乱山似凝碧。
> ——朱德蓉《哭修嫣》③
> 几时荆汉拥旌旗，人识征南白接□。
> ——章有湘《怀四叔父》④
> 一夕胡笳落花飞。
> ——刘淑《秋泛为访童夫人答赠》⑤
> 补天应有重光日，暂向穷途哭落花。
> ——刘淑《自叹》十五首之七⑥
> 红香暖日流云散，青冢黄昏泣露寒。
> ——龚静照《落花和韵》⑦

"楚汉""朱明""胡笳""落花"等，皆是明遗民表达政治立场的特殊语汇，

---

① 参见朱则杰《清诗考证续编》第四辑《特殊意象类》有关各篇。
② 见《祁彪佳集》附编，中华书局1960年版，第296页。
③ 见《祁彪佳集》附编，中华书局1960年版，第294页。
④ 见邹漪《诗媛名家红蕉集》卷上，清初刻本，第18b页。
⑤ 刘淑：《个山集》卷五，《刘铎、刘淑父女诗文》本，人民教育出版社1999年版，第333页。
⑥ 刘淑：《个山集》卷三，《刘铎、刘淑父女诗文》本，人民教育出版社1999年版，第305页。
⑦ 见汪启淑《撷芳集》卷二十五，清乾隆五十年乙巳（1785）飞鸿堂刻本，第3a页。

而"青冢""虞姬"对汉室的忠诚，更是明清之际女性笔下频繁出现的隐喻。上段引诗的作者，有着相似的遭际。朱德蓉为山阴祁班孙妻，是商景兰率领的遗民大家庭中的一员。章有湘夫家嘉定侯氏一门忠烈，留下寡妇妯娌夏淑吉、章有渭、宁若生、盛蕴贞组成嘉定侯氏女诗人群，明亡后，共筑岁寒亭唱和终身。龚静照父龚廷祥为南明中书舍人，明亡投水而死。龚静照作《鹃红集》以悲其父。这些进入遗民语汇系统的女诗人，皆与清廷有深仇大恨，故以哀顽楚声蕴其志，使个人不幸与国家沦丧之痛相互生发。

在家国同构的社会中，国之颠覆伴随着家的倾毁，个人悲痛与集体创伤联结在一起。女性所处的闺阁，亦无法置身事外。她们以遗民自居，通过艺术手段达成集体共识，形成了一个心领神会的语义场。她们用富于艺术性的表现，超越了个体椎心泣血的记忆，进入更为深广的遗民文学情境。

# 三、"青山自署女遗民"：遗民情境的呈现

明末遗民不仅数量超过前代，而且成为文化生产中的精英。当遗民成为一种群体的选择，便凝聚成一种强大的力量，跨越性别、阶层、党派，形成不同领域的话语权威。它不仅为仕途中断的人们提供了理念支持，亦使变节降清的士人不得不面临道德责谴。身为贰臣之妻的女诗人，在诗作中流露出故国心态，为丈夫承担着失节带来的灵魂拷问。对于一直处于边缘的女性群体来说，遗民身份的认同，亦成为建构自我身份和权力的有效资源。出身低微的李因、王微、柳如是，便因操守气节而为世人所称道。明末与柳如是齐名的诗妓王微[①]，曾力助许誉卿保全节操。钱谦益《列朝诗集小传》赞曰："颍川（按：指许誉卿）在谏垣，当政乱国危之日，多所建白，抗节罢免，修微有助焉。乱后，相依兵刃间，间关播迁，誓死相殉。居三载而卒，颍川君哭之恸。"[②]时人王端淑极赏之，在《名媛诗纬初编》中将其列入"由风尘中反正者"，并称："修微不特

---

① 王微（1600—1647），字修微，号草衣道人。广陵（今江苏扬州）名妓，早年从钟惺、谭元春游。先嫁吴兴茅元仪，后为华亭东林名士许誉卿侧室。色艺双绝，尤工诗词。曾布衣竹杖，游历江楚，著有《樾馆诗》。
② 钱谦益：《列朝诗集小传·闰集·香奁·中》"草衣道人王微"条，上海古籍出版社1983年版，下册第760页。

声诗超越,品行亦属一流。"①

在"不系园"社集中名噪一时的女诗人吴山,是一位明确将自己定义为"女遗民"的作者。邓汉仪题其《青山集》曰:"江湖萍梗乱离身,破砚单衫相对贫,今日一镫花雨外,青山自署女遗民。"②吴山出身寒微,其夫卞琳在明末任当涂县令,入清后辗转漂泊,生活困顿。其诗作融入了士大夫心忧天下的精神,颠覆了世人对女性创作的印象。魏禧为吴山所作《青山集序》中评论道:

> 天下女子,能诗者不乏人。夫人于典亡盛衰之大故,篇什留连,不一而足,有《国风》讽刺、《小雅》怨诽之义,予读之,低徊泣下。然楚玉一贫书生,夫人非有象服六珈之遇,而往往若此,则真吾所不解也。③

吴山的平民姿态,使其缺少刘淑那样欲以一己之力匡救时艰的英雄情结,也没有商景兰、顾贞立这些望族名媛的身份顾虑。穷苦困顿的生活磨炼了诗人的意志,人世艰辛的体尝赋予其博大的胸襟。如果说,作为忠臣之后的女性,常常专注于亡国带来的家族仇恨,吴山"非有象服六珈之遇",把视野延伸到对整体命运的关怀,将传统士大夫精神内化成自身信念,创造了更为高远辽阔的诗境。对遗民身份的自我界定,在其诗歌中得到充分的演绎。《清明》云:

> 而今何处觅桃源,风雨清明且闭门。
> 春草萋萋归不得,江南多少未招魂。④

邓汉仪评曰"如此诗便极浑极悲"⑤。顺治初年,清军屠城的惨烈图景犹历历在目。宁若生《同荆隐集玉璜闺中次韵》:"十年往事不堪论,凭仗清搏减泪痕。独有云和楼上月,天涯还照几人存?"⑥诗中"十年往事"之隐语,即是清兵入关后的暴行"嘉定三屠"。经历浩劫后的沉重历史记忆,在清明这一特殊时节

---

① 王端淑:《名媛诗纬初编》卷十九,清康熙六年丁未(1667)山阴王氏清音堂刻本,第11b页。
② 邓汉仪:《诗观初集》卷十二,《四库禁毁书丛刊》集部第1册,第640页。
③ 魏禧:《魏叔子文集外编》卷九《青山集序》,《魏叔子文集》本,中华书局2003年版,中册第461页。
④ 邓汉仪:《诗观初集》卷十二,《四库禁毁书丛刊》集部第1册,第641页。
⑤ 邓汉仪:《诗观初集》卷十二,《四库禁毁书丛刊》集部第1册,第641页。
⑥ 陈去病:《五石脂》,《丹午笔记》《吴城日记》《五石脂》本,江苏古籍出版社1999年版,第289页。

赋诗所蕴含的深广哀愁，无须明言即能为时人所领会。

李惠仪指出："遗民情怀与时代使命造就了中国女性文学传统中罕见的高瞻远瞩、独立特行之精神。"① 遗民不仅是世人认知的身份标签，亦是一种自我暗示，一种理想信念。遗民以个体对国家利益的忠诚为评判标准，使认同遗民身份的女性，在创作中追寻政治寄托、历史关怀与道德沉思。吴山《中秋》一诗，视野跳脱一己得失，借中秋明月抒发深沉的历史喟叹与悲悯情怀：

> 最爱寒光好处圆，今宵何事转凄然。
> 两宫昔日繁华地，百代清秋水月天。
> 凫雁不关离黍恨，湖山宁受后人怜。
> 聊乘一叶中流放，风露依稀咽管弦。②

诗人在象征圆满的中秋这一时间点，在兵乱后游事消歇的西湖上，借一轮凄清的满月，来映照山河的残缺破碎与人事的萧条。由情入理，从一时的朝代更替，放眼千古兴衰，在弥漫全诗的禾黍之悲与家国之感之上，笼罩了更寥廓的悲凉与更深沉的感慨。与吴山遭际相似的嘉兴女诗人黄媛介，亦借诗词抒发遗民情怀，代表作《丙戌〔顺治三年，1646〕清明》其二云：

> 倚柱空怀漆室忧，人家依旧有红楼。
> 思将细雨应同发，泪与飞花总不收。
> 折柳已成新伏腊，禁烟原是古春秋。
> 白云亲舍常凝望，一寸心当万斛愁。③

开篇援引春秋鲁穆公时期，漆室有少女倚柱而啸，忧国忧民的典故。黄媛介以"漆室女"自喻，表达了家国情怀。"空怀"与"依旧"二句形成强烈的对比，弱质女子徒怀家国之忧，而新朝显贵只知歌舞享乐，这两个虚词的使用，

---

① 李惠仪：《明清之际的女子诗词与性别界限》，见〔加〕方秀洁、〔美〕魏爱莲主编《跨越闺门——明清女性作家论》第六章，北京大学出版社2014年版，第174页。
② 邓汉仪：《诗观初集》卷十二，《四库禁毁书丛刊》集部第1册，第641页。
③ 黄媛介：《黄皆令诗》，清顺治十二年乙未（1655）邹氏蟫宜斋刻《诗媛八名家集》本，第5b页。

展现了意脉与情绪的跌宕起伏。"已成"与"原是"又是一组对比，点出风习依旧而山河改易，并以细雨落花烘托了愁绪之深广。在现实中，女诗人虽具有远大胸襟、不凡抱负，却只能困于性别围限的无可奈何。

因此，当女性认同遗民群体的文化身份，亦进入了相应的意义空间。"不降其志，不辱其身"的忠义气节与坚忍品质，使遗民群体承载了崇高的道德价值，并透过政治实践、生活选择与话语表达呈现于世。被排除于政治之外的女性，仍然可以在文学层面实现角色转换。书写一己遭际，展现家国关怀，传达超乎传统闺阁的新声。

## 四、大节与人情：生存空间的界定

遗民，不仅是一种政治态度、情感状态，亦是一种生存空间的自我辨识。在新朝、故国间确立自我的位置与价值，关系着遗民的身份认同。而遗民生存意义的阐发，常常要在与其他群体的比较中展开。明清之际的生存选择，无非仕、隐、死三途，如何看待变节之仕与殉节之死，遂成为明清之际遗民群体的首要议题。

对于仕清的失节群体，遗民的言论往往较为严苛，展现出强烈的道德优越感。方中履入清后隐居不仕，某一日为刊刻诗集而接受了官员捐助，其妻张莹即赠诗讽曰："始信文章是神物，令君遽肯见公卿。"[1] 身为摈纷华、尚节操的隐士，倘若不能回避交往公卿，便会遭到趋炎附势之诮。掌管遗民大家庭的商景兰常以"忠孝门"自勉，敦诫子孙后辈克勤克俭，以风烈之后规范言行，更作《绝交诗》，以鸟之族类为喻，"论交各有类，同类观其心。应求不相合，何如行路人"，述不愿同苟且求富贵者为伍之志。赵园《明清之际士大夫研究》"遗民生存方式"一章，便历数了清初某些偏执的遗民拒绝当权者作客的行为。

与遗民相映照的另一类群体是殉国者。他们与遗民立场相同，却以死全节，以激烈方式摆脱新朝的控制。对这些殉国事迹的保存与阐扬，成为许多遗民自觉的使命承担。作为劫后余生者，他们一方面要借表彰殉国展现不与新朝合作

---

[1] 方中履：《汗青阁文集·下》卷六，清光绪十四年丁亥（1888）刻《桐城方氏七代遗书》本，第35b页。

的立场，一方面要透过生死抉择反思自我的生存意义。而以精英自许的女性，也积极参与了这一建构。王端淑《吟红集》中的《管文忠公绍宁传》《黄忠节公端伯传》《凌侍御公駧传》《袁部院公继咸传》《唐忠愍公自彩传》《金陵乞丐传》等人物传述，渗透了忠君守节的正统观念与伦理话语，被学界视为"遗民写作"[①]。而其强烈的伦理观念，亦体现在其汇总有明一代女性诗文总集《名媛诗纬初编》中。是书卷二十一录有宋娟、汉阳女子、素娇、吴芳华、湘江女子、吕林英、秦影娘，卷二十三有姑苏女子、衣氏、王菊枝、叶子眉、赵雪华诸人作品，在哀叹其悲惨遭遇的同时，又希冀其能矢志节烈，指责汪源仙屈身事敌是"偷生苟免，世所最鄙"，借以发抒"凡士气不振，而乾坤贞烈之气多钟于妇人"的深沉感喟[②]。邹漪在《启祯野乘》中论及王端淑云：

乙酉［顺治二年，1645］以来，妇以兵而受辱者甚多，以兵而□者亦不少。特闺门之秀，隐而弗彰，近在吾乡尚有逸者，况稍远乎？越中诸烈，皆本之王玉映。玉映表章节义，与予千里同心，此固李易安所掩面而避席，苏若兰之敛手而执鞭者也。彼世之人，语及节义，非缄嘿不言，即诋诃相及，视玉映何如哉！[③]

在生死与政治立场发生冲突时，鼓励舍生取义、牺牲生命坚守民族立场，这一倾向也渗透到女性群体中，甚至形成了极端的言论。在当时兴起的"虞姬"题材中，"虞姬"形象包含的以死全节的意义凸显出来，受到时人的广泛认同。朱德蓉《咏虞姬》、李因《吊虞姬》、吴眦《咏虞姬》，均以虞姬作为女子气节的榜样而自我激励。宫女叶子眉逃出战乱，途经灵璧石碣，感而且愧："文章漫说夸机女，羞见虞姬舞袖长。"[④]刘淑耳闻目见诸多烈女事迹，自叹"奈何

① 美国学者魏爱莲（Ellen Widmer）认为《吟红集》里面大量的诗文都属于 Ming-Loyalist writing，即遗民写作。唐新梅《〈吟红集〉与王端淑的遗民写作》则从王端淑书写的男性遗民传记中透视其对遗民史的思考及自身的遗民心态，认为"明末清初浙江山阴女史王端淑是一个应该录入遗民史册的女子"。见贺云翱、彭有琴主编《女性考古与女性遗产》，南京大学出版社 2011 年 7 月第 1 版。
② 王端淑：《名媛诗纬初编》卷二十一"汪源仙"条，清康熙六年丁未（1667）山阴王氏清音堂刻本，第 5a 页。
③ 王端淑：《名媛诗纬初编》卷二十一"汪源仙"条，清康熙六年丁未（1667）山阴王氏清音堂刻本，第 5a 页。
④ 叶子眉：《灵璧观虞姬石碣》，见王豫《江苏诗征》卷一百七十七，清道光元年辛巳（1821）焦山海西庵诗征阁刻本，第 8b 页。

历乱逐风波，古今尽是偷生客"①。对以死全节的大力提倡，构成了明清之际最大的话语暴力。忍死偷生，成为明季遗民难以回避的敏感话题。

表彰节义，是为了赋予死者价值。但舍生取义，终究是一种迫于无奈的选择。男性为避免出仕而死，或许能够带来实际的反抗意义；鼓励女性赴死，未免过于严苛。当"男主外，女主内"的社会分工将女性的才华压制在闺阁之内，也部分免除了女性承担社会责任的义务。明清之际底层民众留下的绝命诗中，就不乏"江山更局听苍天，红颜无辜实可怜"的呼声②。浙江仙居赵氏诗云："鼓鼙满地不堪闻，天道人伦那足云。听得睢阳空有舌，裙钗只合吊湘君。"③更是站在女性的立场上，对男性当权者进行愤怒的指责。

而此期自觉表彰节义的精英女性，站在明政权的立场上进行价值评判，营造了个人服从政权、儿女情怀让位于家国大义的氛围。在这样的背景下，女性常常需要不断对自己的偷生做出解释。商景兰曾云：

> 余七十二岁孥妇也，濒死者数矣。乙酉岁，中丞公殉节，余不敢从死，以儿女子皆幼也。辛丑岁，次儿以才受祸，破家亡身，余不即死者，恐以不孝名贻儿子也。未亡人不幸至此。且老，乌能文，又乌能以文文人耶。

商景兰所面临的第一次生死选择，是其夫祁彪佳投水自尽之际。顺治二年乙酉（1645），清兵攻陷南京，经黄道周、王东里诸贤达举荐，祁彪佳拟担任少司马，总督苏、松一带民众抗清。未及就任，清兵即已进逼杭州。苦于回天乏术，祁彪佳于六月初六自沉于寓山水池，成为千古凭吊的英烈。临死前，祁彪佳将家中田产账簿转交商景兰，嘱其抚养子女、支撑门户。这一惊心动魄的时刻，死最大限度地凸显着生，引人思考生命的意义。商景兰作于此际的《悼亡》诗，对这一问题进行了深入的探索。其一云：

① 刘淑：《个山集》卷五《为杨了玉死烈歌》，《刘铎、刘淑父女诗文》本，人民教育出版社1999年版，第345页。
② 计六奇：《明季南略》卷三"张氏赋诗投江"条，中华书局1984年版，第207页。
③ 恽珠：《国朝闺秀正始集》卷一《题衣诗》，清道光十一年辛卯（1831）红香馆刻本，第24a页。

公自成千古，吾犹恋一生。

君臣原大节，儿女亦人情。

折槛生前事，遗碑死后名。

存亡虽异路，贞白本相成。①

祁彪佳迫于清廷压力而自沉寓山水池，是当时的重大事件，商景兰此刻的言行，自然引发世人瞩目，如何表达内心哀痛以及进退去取，是诗人不得不字斟句酌的。全诗多用强烈的对照，铿锵有力，前二联将死与生、国与家并举，末句在对比中达到统一，指出生与死、为国与为家，是相辅相成的。从女性家庭责任感出发，作者指出男女两性的社会分工殊途同归："公自成千古""君臣原大节"是祁彪佳所践行的道路；"儿女亦人情""贞白本相成"则是身为女性的商景兰所应追寻的价值。问题便不在死与生孰是孰非，而在于承认两者都有存在的理由。商景兰的观念在当时具有一定代表性，因而受到认同。

而颇有意味的是，王端淑所撰《祁忠敏公世培》，条列祁彪佳十条不可与死的理由，一向评价严苛的王端淑，对祁彪佳之死也不免有叹惋之情：

> 忠敏之死，有十不可焉。翩翩公子，一也；少年科甲，二也；给假完亲，三也；建节吴地，四也；风流倜傥，五也；琴瑟和合，六也；吟咏不辍，七也；子幼未婚，八也；家亦微裕，九也；于情于理，十也。②

祁彪佳少年得志、家境殷实。文采风流，与商景兰伉俪相重，一生未尝娶妾媵。且祁氏一门才姝，长女德渊、三女德琼、季女德茝，子祁理孙妇张德蕙、祁班孙妇朱德蓉，平素相从商景兰，"或对雪联吟，或看花索句"③，有"望之若十二瑶台"之誉④。对祁彪佳之死的惋惜，反过来证明了商景兰承担的不幸。《悼亡》诗中欲语还休、隐隐透出的怨意，已经预示了她后半生创作的感情基调。从收录在《锦囊集》里的商景兰入清后的诗作来看，在诗人的内心深处，家族

---

① 商景兰：《锦囊集》，《祁彪佳集》附编，中华书局 1960 年版，第 260 页。
② 王端淑：《吟红集》卷二十一，日本内阁文库本，第 4b—5a 页。
③ 商景兰：《〈未焚集〉序》，《祁彪佳集》，中华书局 1960 年版，第 297 页。
④ 朱彝尊：《静志居诗话》卷二十三，人民文学出版社 2006 年版，第 727 页。

的荣耀与清名，并不足以抵偿人生的苦难与缺失。茕然独居数十年，萦绕终身的依然是"谁知共结烟霞志，总付千秋别鹤情"的遗憾。

葛征奇、李因夫妇的际遇与祁彪佳、商景兰相似。杨德建评李因诗作曰："今博观《竹笑轩三集》成于悲悯忧思者，若不沾沾于一己之穷通得失。实以巾帼而深忠爱之情，因时寄兴，往往动秋风禾黍之哀鸣焉。"① 对于葛征奇殉国的选择，李因并非完全认同。在事隔多年之后的追忆中，李因提及自己与葛征奇在舟中的一场对话：

> 风雨寒宵，穷年暮景，追想兵火之变，同家禄勋避乱，小舟往来芦苇间。禄勋有言，惟以死报国。余云杀身成仁，无救于时。对泣唏嘘，万感交集。由今思昔，正所谓痛定思痛耳。②

"杀身成仁，无救于时"，是李因的洞见。然而在彼时极端的语境中，站在个体与家庭立场的声音，注定要淹没在国家话语的洪流中。家国巨变破坏了李因与葛征奇宛如神仙眷属的幸福生活，粉碎了二人偕隐深山的梦想。尽管诗人常以彤管、丹心、战血等红色意象抒发报国热情，然而随着时间流逝，诗人渐渐消磨了当年的慷慨豪气。尤其到了干戈渐平、天下初定的康熙时期，兴亡更替、循环无端的思考开始占据了李因的头脑。诗人感叹着"歌残千年亡国恨，留与今人佐酒觞""世事循环黑甜梦，人性翻覆汝南评"，时有今是昨非之觉，如梦如幻之感一闪而过："遥思光禄前朝事，唤醒邯郸梦里人。"③ 时代的盲点，常常只有在过后才能被关照定，对死节热潮的反思亦是如此。处在当时的人们，既不能看清诸行无常的人生，更无法知悉社会的未来走向。当明亡清兴成为定局，血泪斑斑的历史记忆随着时间的推移淡化，社会在新兴旧替的进程中改换了语境，曾经的忠贞与坚守在现实中如何找到支点，不仅仅是李因一个人的疑惑。

---

① 李因：《竹笑轩吟草·三集》后跋，辽宁教育出版社 2003 年版，第 102 页。
② 李因：《竹笑轩吟草·三集·忆昔十二首》自序，辽宁教育出版社 2003 年版，第 67 页。
③ 李因：《竹笑轩吟草·三集·玉兰》、《中秋有感》、《岁暮记愁》六首之二，辽宁教育出版社 2003 年版，第 60 页，第 61 页，第 83 页。

# 胡凤丹结社与系列《同声集》

胡媚媚

胡媚媚,女,1988年10月16日出生,浙江平阳人。本科毕业于安徽大学对外汉语专业。浙江大学中国古代文学专业2011级硕士研究生,学位论文《清代诗社研究——以六诗社为中心》,汇智出版有限公司2019年版(出版书名为《清代诗社初探》),导师朱则杰。复旦大学中国古代文学专业2013级博士研究生,学位论文《清代诗社研究》,导师郑利华先生。同济大学博士后,合作导师孙周兴先生。主要研究清代诗人结社。

清代诗坛主力倡导诗社,并通过社诗总集的选定与刊行扩大该社的影响。以社员数量和地域幅员为参照,胡凤丹结社属清代重大社事。胡凤丹(1823—1890),字齐飞,一字枫江,号月樵,晚署双溪渔隐,浙江永康人。历官湖北候补道,署督粮道。著有《退补斋诗存》《退补斋文存》等。他主持编纂了多种书籍,是当时著名的刻书家、藏书家。其子胡宗廉等所撰《显考月樵府君行述》,记载了胡凤丹的生平概略。"游皖、鄂、闽,皆有《同声集》之刻。庚寅寓杭,偕吴筠轩、盛恺庭诸丈月举'铁华诗社'。番愚许方伯应鑅开'西泠耆英会',府君亦与焉。"[①]皖江唱和、鄂渚唱和、榕城唱和,是胡凤丹发起的诗社活动,并刻有相应的社诗总集,即《皖江同声集》《鄂渚同声集》《榕城同声集》。

## 一、"皖江同声社"与《皖江同声集》

诗社具有"集体创作"的性质。社员举行集会时,围绕相同或相似的诗题

---

① 胡宗廉等:《显考月樵府君行述》,光绪十六年庚寅(1890)刻本,第11b页。

进行唱和，内容趋于一致。在多次集会的基础上，逐渐约定集会主题与创作方式，形成有规律的唱和模式。然而，《皖江同声集》多为留别、送别、赠答等内容，并无集会赋诗，无异于诗人间的一般交游。可以说，胡凤丹等人在皖江唱和阶段没有明显的结社意识。但是，皖江唱和与鄂渚唱和的宗旨、风格类似，二者在时间上相承接，而《鄂渚同声集》是社诗总集，因此笔者俱以诗社视之。清代，各个诗社的内在紧密程度不同。有些诗人群体，并不具备结社意识，或者集会无定，偶以"社"自称；而有些诗社，社集特征显见，却不专以"社"名。诗社的界定，应结合诗人群体和集会的具体情况加以考察。皖江唱和，纵使脱离集会活动、借助诗柬往来，其主体仍处于相对稳定的状态，具有"社"性。

皖江唱和，作为胡凤丹结社的先声，为以后的鄂渚唱和、榕城唱和提供经验。我们又可以称之为"皖江同声社"。张炳堃于同治八年己巳（1869）为《皖江同声集》所撰序言记载：

> 余自通籍入词馆后，供职甫三年，乞养南归，日与诸兄弟吟咏于当湖澂水间，不复作出山想。咸丰末年，叠遭兵燹，身以外荡焉蔑焉。至同治纪元，从军入秦，由秦而晋，而豫而燕，复与襄好通音问相往。适乙丑冬，需次鄂垣。次年夏，月樵都转抵鄂，朝夕过从，告予曰："吾侪在皖，与朱久香阁学、何小宋方伯、陈心泉观察及李季荃、吴竹庄、李恕皆、胡稚枫诸公联吟叠唱，得《皖江同声集》十卷。率皆次韵之作，各抒胸臆以表生平，君盍为鉴定焉？"①

胡凤丹到湖北后，与张炳堃过从甚密，谈起在皖之时与朱兰（久香其字）、何璟（小宋其字）、陈潮（心泉其字）、李鹤章（季荃其字）、吴坤修（竹庄其字）、李文森（恕皆其字）、胡志章（稚枫其字）等人联吟叠唱，并有《皖江同声集》，请为鉴定。

胡凤丹所撰《皖江同声集·凡例》交代了唱和的起止时间、编纂体例等，前三款如下：

---

① 胡凤丹：《皖江同声集》卷首，同治八年己巳（1869）退补斋刻本，第1a—2a页。

自同治乙丑秋九月至丙寅春三月，同人在皖唱和，合计五、七古及七律诗二百五十六首，厘为十卷。

是编以首唱者列于前，次韵者列于后，不以科分之早晚为序。

目录于某某之下载明某省、某县、某字，其历任衔名未及备载。[①]

皖江唱和始于同治四年乙丑（1865）九月，终于同治五年丙寅（1866）三月，历时半载。唱和得五言古诗、七言古诗和七言律诗256首，共十卷。《凡例》第四款叙述了唱和的相关轶事，感叹朋友聚散无常。该《凡例》与张序的撰写时间相近，即总集付梓之前。根据《皖江同声集》目录，可知参与唱和的诗人为李文森、何璟、吴坤修、陈瀚、胡凤丹、胡志章、朱兰、李鹤章八人。以社员数量、唱和时长等作为衡量标准，皖江唱和的规模远不及此后的鄂渚唱和。

李文森（1830—1867），号海珊，贵州镇远人。道光三十年庚戌（1850）进士。官安徽兵备道、署按察使。何璟（1827—1898），又字伯玉，广东香山（今中山）人。道光二十七年丁未（1847）进士。选庶吉士，授编修，历任江南道监察御史、户科给事中、安徽庐凤道，官至闽浙总督。生平与李鸿章、李鹤章、曾国藩、曾国荃等人有交往。吴坤修（1816—1872），江西新建人。咸丰间从军数年，官至安徽布政使、署巡抚。著有《三耻斋初稿》，参与编纂光绪重修《安徽通志》。另刻有《半亩园丛书》等，与胡凤丹一样是著名的藏书家、刻书家。陈瀚（1815—1870），福建闽县人。道光二十七年丁未（1847）进士。官山东道监察御史、湖北盐法道。胡志章，生卒年不详，原名承浩，湖北安陆人。优贡，官知州。朱兰（1800—1873），号耐庵，浙江余姚人。道光九年己丑（1829）进士。授编修，官内阁学士、詹事府詹事、安徽学政。著有《补读室诗稿》。李鹤章（1825—1880），又字仙侪，号浮槎山人，安徽合肥人，李鸿章弟。诸生。著有《浮槎山人文集》《半仙居诗草》等。除了李鹤章，其他诗人基本上是旅居皖地，可能都是"作客"心态。他们在当时有一定的诗名和官职，大致反映出胡凤丹交往的诗人群体的层次。

---

[①] 胡凤丹：《皖江同声集》卷首，同治八年己巳（1869）退补斋刻本，第1a页。

## 二、"鄂渚同声社"与《鄂渚同声集》

《鄂渚同声集》为"鄂渚同声社"的社诗总集，共有三编。初编七卷、二编二十卷、三编八卷，分别对应鄂渚唱和的三个阶段。此三编连同《皖江同声集》，四种总集的刊刻年月相近又有所差异，应加以区别。

《鄂渚同声集初编》收录了胡凤丹、张炳堃、王熙绅、王柏心、陈建侯、伍肇临、何璟、何国琛、陈樊侯、胡志章、刘维桢、金安清、彭崧毓、丁守存、朱宗涛、钱桂林、吴耀斗、向光谦、刘国香、袁瓒、诸可权、卢英偶、车元春、陈善寅、濮文暹等人的诗歌作品。卷六后附徐庆铨、王树之、丁绍基、唐莹、濮文昶等人的词曲作品。胡志章曾参与皖江唱和。书序为同治九年庚午（1870）春陈潏所撰，刊刻时间稍晚于《皖江同声集》。《鄂渚同声集初编·例言》交代了鄂渚唱和第一阶段的情况：

> 是编继《皖江同声集》而作。余自丙寅四月来鄂，察案联欢，大半燕台旧雨。从公余间，辄相赠答，随作随钞，汇分七卷，署曰《鄂渚同声集初编》，纪始也。
>
> 自丙寅至己巳，前后四载，所作以编年为先后，不序官阶，不依年齿。有因诗而存其人者，亦有因人而存其诗者。工拙固不暇计，从实也。[①]

同治五年丙寅（1866）至八年己巳（1869），胡凤丹在湖北与旧识唱和，得《鄂渚同声集初编》七卷。"因诗存人、因人存诗"是编纂该集的主要原则，遵从真实，不计工拙。

鄂渚唱和第二阶段始自同治九年庚午（1870），得《鄂渚同声集二编》二十卷。参与诗社的有何国琛、彭崧毓、张炳堃、陈潏、胡凤丹、彭汝琮、释量云、车元春、丁守存、唐嘉德、钱桂林、王应昌、朱宗涛、诸可宝、袁瓒、刘维桢、徐瀛、刘国香、金安清、张凯嵩、萧铭寿、孙第培、何铭彝等人，其中包括一些偶然与会的社外诗人。陈潏曾是皖江唱和的成员。卷首收录了张之洞所撰序言，

---

[①] 胡凤丹：《鄂渚同声集初编》卷首，同治九年庚午（1870）退补斋刻本，第1a页。

作于同治九年庚午（1870）大雪前二日。可见，《鄂渚同声集》三编的刊刻紧随各阶段唱和的结束时间，而非同时付梓。

鄂渚唱和第三阶段始自同治十年辛未（1871），迄于光绪元年乙亥（1875），历时五年，得《鄂渚同声集三编》八卷。社员有何国琛、彭崧毓、胡凤丹、刘维桢、张凯嵩、张荫桓、车元春、彭汝琮、陈懋侯、张炳堃、钱桂林、诸可宝、林寿图、陈潏、李树瀛、舒立瀛、刘国香、潘颐福、彭瑞毓、瞿廷韶等人。书序为光绪二年丙子（1876）五月恽祖翼所撰，标志着《三编》的大致成书时间。

纵观鄂渚唱和三阶段，胡凤丹、张炳堃、何国琛、刘维桢、彭崧毓、钱桂林、刘国香、车元春等人始终参与其中，为核心社员。

张炳堃（1817—1884），原名瀛皋，字鹿仙，浙江平湖人。道光二十七年丁未（1847）进士。改庶吉士，授编修。后请辞奉养父母。太平军攻打浙江之时，张炳堃慷慨从戎，以道员分发湖北，得到湖北总督李鸿章和巡抚曾国荃的器重。同治十二年癸酉（1873）、光绪二年丙子（1876），两次出任湖北督粮道。《平湖县志》载其传[1]。居湖北期间，张炳堃参与胡凤丹结社，二人关系密切。

何国琛（1813—1884），字白英，也作伯英，浙江海宁人。道光二十一年辛丑（1841）进士。官湖北襄阳知府、署督粮道。胡凤丹《退补斋文存》，同治十二年癸酉（1873）退补斋鄂州刻本，各篇文后往往附有同人之评语，其中也包括何国琛。卷三《"月泉吟社"序》一文，何国琛评道："怀古抚今，慷当以慨，结以清翁之人，酬一缣为况，尤觉逸趣横生。然请与君约，或人酬一花、人酬一酒，应不吝此豪举否。"[2]又有彭毓嵩语："社刻惟浙江最盛。今楚、皖《同声集》之刻，亦称盛于一时。追溯昔之'月泉'，君盖非漫为是好事者。至人酬一缣，固属豪举。然时非其时，无论力所不逮。即有力，亦讵可为耶？九江关榷使置酒琵琶亭，以待四方之游客。一诗见赏，不吝千金。吾闻其语，未见其人，可胜慨哉！"[3]可见胡凤丹及其所刻两部《同声集》受到高度赞誉。

彭崧毓（1803—？），字于蕃，又字渔帆，号稚宣，湖北江夏人。道光十五年乙未（1835）进士。改庶吉士，授编修。著有《求是斋文存》《诗存》。

---

① 光绪《平湖县志》，《中国地方志集成》浙江府县志辑第20册，第398页。
② 胡凤丹：《退补斋文存》卷三，《续修四库全书》第1552册，第304页。
③ 胡凤丹：《退补斋文存》卷三，《续修四库全书》第1552册，第304页。

钱桂林、刘国香、车元春等人，生平不详。《鄂渚同声集》收录了他们的作品，社诗总集在"以诗存人"这个方面深具意义。

## 三、"榕城同声社"与《榕城同声集》

《榕城同声集》为胡凤丹游闽地时唱和所得总集，胡凤丹自序说：

> 庚辰首夏，薄游闽南。于时溽暑初临，荷风散馥，吟瓢酒盏，累日无虚。或敦素好，或缔新交；或赠缟以抒情，或论文而兴感；或纪山川之灵异，或志物产之精华。……七月杪，遵海南旋，中秋抵里，搜寻游稿，钞录成帙，厘为三卷。以同人吟咏者，不序官、不论齿，先唱后和，以为纂编。复以仆之沿途杂感及题赠诸作附之卷末。《易》曰"同声相应，同气相求"，可为吾党咏焉。[①]

《退补斋文存二编》卷三也收录了这篇序文[②]。"榕城同声社"的时间主要集中在光绪六年庚辰（1880）夏。胡凤丹结社、刻书，从同治初年持续至光绪年间，推动了各地诗歌的发展和书籍的刊行。根据《榕城同声集》目录，胡凤丹、张景祁、叶永元、吉大文、黄绍昌、丁志璧、高望曾、杨浚、张国桢、梁俊年、朱宝善、程咸焯等人参与唱和。

张景祁（1828—？），字韵梅，号蘩甫，浙江钱塘（今杭州）人。同治十三年甲戌（1874）进士。改庶吉士，充武英殿协修、国史馆协修。光绪二年丙子（1876），以庶常改官县令，谒选得福建武平知县；九年癸未（1883），调台湾淡水知县。张景祁与胡凤丹相唱和的时间，与上述经历吻合。吉大文（1828—1897），字少史，广东崖州（今海南乐东）人。咸丰元年辛亥（1851）举人。曾参与镇压黎族人民起义而升为知府。光绪四年戊寅（1878），赴京报功，以候补道员分发福建。黄绍昌（1836—1895），字芑香，广东香山（今中山）人。光绪十一年乙酉（1885）举人。官中书。何璟督闽，延为幕府记室，因此得以参与榕城唱和。著有《香山

---

① 胡凤丹：《榕城同声集》卷首，光绪六年庚辰（1880）刻本，第1a—2b页。
② 胡凤丹：《退补斋文存二编》卷三，《续修四库全书》第1552册，第540页。

诗略》等。高望曾（1829—1878），字稚颜，号茶庵，浙江仁和（今杭州）人。诸生。官福建将乐知县。杨浚（1830—1890），字雪沧，号冠悔道人，福建闽县（今福州）人。咸丰二年壬子（1852）举人。官内阁中书，任国史馆、方略馆校对。杨浚曾设书肆广收善本，也是著名的学者、藏书家。朱宝善（1820—1889），字楚材，一字樱船，晚号悔斋，江苏泰州人。官福建澄海知县。著有《红粟山庄诗》①，同治九年庚午（1870）至光绪十五年己丑（1889）自刻于福建。

《榕城同声集》三卷，前两卷是胡凤丹与诸友唱和所得，卷三是胡凤丹的个人杂感、题赠之作。前两卷的编纂体例是，先录胡凤丹的原作，再录诗人们的和作。如卷一胡凤丹《闽中留别简诸同人五律六章》，叶永元、吉大文、黄绍昌、张景祁、丁志璧五人分别作《和月樵都转闽游留别五律六章，仍次前韵》以和②。《榕城同声集》没有显示明确的结社或集会特征，比之《皖江同声集》《鄂渚同声集》，更似一般唱和总集，且唱和时间较短、诗歌数量较少，是胡凤丹唱和结集的尾声。

## 四、"同题咏物"与唱和行为诗社化

鄂渚唱和第二阶段，是胡凤丹结社的兴盛阶段。虽然历时不长，但集会次数、作品篇数却相对丰富。《鄂渚同声集二编·例言》前四款为：

> 是编始自同治庚午暮春，同人约以月之朔望，轮流直课，意在遣兴，非求标榜也。
>
> 课日集崇文书局听经阁小叙，或限韵，或不限韵，或作古今体诗，或填词曲。各擅所长，不拘体格。
>
> 课作誊写，不按科第，不分少长，不计工拙，以诗成先后为次。
>
> 署曰《鄂渚同声集二编》，因丙寅至己巳已有《初编》之刻。此编系同人课作阄题分韵，名曰《二编》。厥后所作，以续编名之。③

---

① 复旦大学图书馆古籍部藏《红粟山庄诗》六卷，同治九年庚午（1870）福州刻本；《诗续》六卷、《诗余》一卷、《诗补遗》一卷，民国十四年（1925）朱崇官刻本。
② 胡凤丹：《榕城同声集》卷一，光绪六年庚辰（1880）刻本，第4a—10b页。
③ 胡凤丹：《鄂渚同声集二编》例言，同治九年庚午（1870）退补斋刻本，第1a—1b页。

这个阶段，社员开始约定集会时间为每月初一、十五，轮流主持诗课。集会地点为崇文书局听经阁。同一次集会，社员各擅所长，创作体裁比较自由。"不按科第，不分少长，不计工拙"，作品按照诗成先后次序誊写。清代诗课、诗社的创立目的往往与试举有关，而胡凤丹组织该社的意图主要是遣兴抒怀。尽管初衷如此，集中诸作的篇幅、构思，经常超出"遣兴抒怀"的要求，达到较高的艺术水准。在已有结社经验的基础上，鄂渚唱和第二阶段步入相对成熟的结社模式。

《鄂渚同声集二编》二十卷，对应二十次集会，集中在同治九年庚午（1870）。一次集会通常包含一到三组诗题，始自《饯春》，迄于《馈岁》《别岁》《守岁》。怀古类有《鄂城怀古》《赤壁怀古》等，咏物类有《蒲扇》《葛巾》《蓑衣》《箬笠》《蝉》《萤》《蜗》《蛾》《枥下骥》《架上鹰》《匣中剑》《涧底松》《天边云》《水中月》《镜里花》《身外影》等。另有一些应时序而作的诗歌，如《荷花生日》《庚午小春，晚步长春园访菊》《腊月望日立春》等等。

鄂渚唱和第二阶段，区别于皖江唱和、鄂渚唱和第一阶段的地方，在于社诗总集内"同题咏物"诗歌的数量。之前的唱和，没有集会作为依托，诗歌按写作时间编排，属于普通的酬唱赠答。到了鄂渚唱和第二阶段，上述咏物诗歌大量出现，集会时间固定，结社意识强烈。咏物诗创作，突破了室内集会对题材的限制，满足了多次集会对诗题的需求，是诗社运行的重要方式。同题咏物则是社员赓唱迭和的具体形式。咏物组诗也在一定程度上激发了社员的创作力。琴棋书画、花鸟鱼虫等，都是社诗常见的吟咏对象。此后的鄂渚唱和第三阶段、榕城唱和，既无明确的集会活动及社诗作品，也无"同题咏物"诗歌。因此，笔者将"同题咏物"的出现，看作胡凤丹结社的高潮，是唱和行为诗社化的标志。这类诗歌增强了社事的规律性，即集会的约定性。

"同题咏物"与"分体""分韵"等俱为创作形式，在清代社集中较为常见。例如"竹冈吟社"，主要活动于道光三十年庚戌（1850）、咸丰元年辛亥（1851），社员有张伟、王式金、黄家锟、黄步瀛、诸士瓒、张舒文等人，社诗总集为《竹冈吟社诗钞》。王式金作《咏物四题，李心庵易园文集中有倚声八阕，予拟五律四首以继之》，分别为《万花筒》《千里镜》《九连环》《七巧牌》[①]，是典

---

① 张伟、王式金：《竹冈吟社诗钞》卷一，咸丰二年壬子（1852）刻本，第13b—14a 页。

型的咏物组诗。又，王式金作《冬花》，黄步瀛作《冬草》《冬菜》，黄家锟作《冬笋》[①]；王式金作《雪花》《冰花》《酒花》《米花》，张伟同作四题，黄家锟作《酒花》《米花》[②]；王式金作《菊秧》《竹秧》《荷秧》《菱秧》，黄步瀛、张伟、黄家锟同作四题[③]。以"冬""花""秧"为核心，展为一组诗题，社员共同吟咏。同题咏物组诗，增添了结社集会的趣味，充实了唱和作品的数量。

从"同题咏物"出发，"同题咏史"也成为社诗的创作类型之一。如道光年间王侃、许崇基等结"听雨楼吟社"，社员20余人，王培荀辑有社诗总集《听雨楼吟社》[④]。社集载有明确的社员名单，卷首《凡例》条列社规，涵盖了集会的具体情形。社诗总集分为上、下两册，收录了同题同体唱和诗歌，并有品评。卷一有《庄周化蝶》《纪渻养鸡》《弄玉跨凤》《田单火牛》《塞翁失马》《叶公好龙》《公输木鸢》《郑人得鹿》《燕姞梦兰》《卫武比竹》《战钜鹿》《五湖舟》《丰城韧》《鸿门宴》等题。咏史怀古，为集会创作提供了源源不断的题材；同题唱和，则便于社员互相切磋和品评诗歌，促进了集会活动规律化。评定社诗甲乙，也有赖于相同体裁、相似题目等前提。

"同题咏物"，既是促进唱和行为诗社化的因素，又是集会唱和的一种形式，在结社的过程中成为集体创作的标志，也为社诗的品评创造条件。清代，诗人数量增加诗歌题材不断扩大，即使诗题无法满足集体同时创作，"同题咏物"或相关分咏方式也巧妙地解决了这一问题。社集组诗的涌现，一方面是清代诗社发展的结果，另一方面也印证了清诗作品在各个层面的丰富性。

## 五、社诗作品与结社环境的转变

诗社的集会活动及社诗创作，一定程度上受到结社环境的影响。尤其是风云变幻的晚清时期，外界环境的转变，反映在社诗作品上可能更为深刻。《皖江同声集》与《鄂渚同声集》，作于不同的时间、地域，且诗人群体发生了变动，其诗歌内容和创作手法等也呈现出阶段性的特征。主要表现在以下两个方面。

---

① 张伟、王式金：《竹冈吟社诗钞》卷一，咸丰二年壬子（1852）刻本，第18a—18b页。
② 张伟、王式金：《竹冈吟社诗钞》卷一，咸丰二年壬子（1852）刻本，第19a—20b页。
③ 张伟、王式金：《竹冈吟社诗钞》卷二，咸丰二年壬子（1852）刻本，第3a—5a页。
④ 王培荀：《听雨楼吟社》，道光二十九年己酉（1849）刻本。

一是《皖江同声集》的纪事性。《皖江同声集》从卷八开始，吟咏时事的作品逐渐增多。如卷八胡凤丹所作《胞从兄弟十三人，今存者只六人矣，两遭兵燹，家境萧然，八叠前韵志慨》《季荃观察言克复嘉湖前事，九叠前韵志谢》《季荃观察所统旧部"开"字营调皖防守，十一叠前韵》《谢王少岩太守题八烈诗，十五叠前韵》《赠袁竹畦参军，二十九叠前韵》等诗①，谈论兵事战乱，慨叹人生际遇。又，《客感柬王峰臣军门，二十二叠前韵》一诗，作于"捻匪窜楚，北陷黄陂等邑"之时②，也具有"以诗纪事"的功能。其诗如下：

> 读书已悔十年迟，作客无聊短策支。
> 懒散都从驹隙过，功名感说虎头痴。
> 鲸猊浪静澄清日，鹅鹳声销整暇时。
> 皖水肃清兵事息，羽书楚北又交驰。

时间应为同治四年乙丑（1865），捻军突破包围进入湖北，战事不息。胡凤丹作客异乡，感怀岁月匆匆，功名未就。其从兄弟五人已死于战事，家境萧然。友人之中也不乏有投笔从戎的举动。这个阶段的诗歌，一改宴饮唱和的欢乐情调，关心战况和局势，弥漫着烽烟之痛和故乡之思，诗人在精神上饱受战争的摧残。

李鹤章作为领兵将士，配合其兄李鸿章的计划，率领淮军在镇压捻军的战役中取得了节节胜利。《皖江同声集》卷九收录了他的一系列纪事诗。如《癸亥冬攻克苏锡，乘胜进取常州，雪夜破城外五十余垒，忆己未避乱是城读书白龙庵，不胜今昔之感，马上赋此以示诸将》《内子由皖至常昭，因攻剿正紧，不及往视，复叠前韵告捷》《甲子寒食大雨，卧病军中，念此次贼围常昭县城赖内子督守得保，再叠前韵寄怀》《平吴归皖，三叠前韵》《咸丰己未，避乱常州，与张子绍京、李子玉亭读书城内白龙庵，临赴浙闱乡试题壁》《克复常州，步己未题壁原韵》《重到白龙庵，寄怀张绍京、李玉亭，再叠前韵》《平吴感示诸将，三叠前韵》《重建白龙庵告成，四叠前韵》③。这九首七律勾勒出李鹤

① 胡凤丹：《皖江同声集》卷八，同治八年己巳（1869）退补斋刻本，第2b—8a页。
② 胡凤丹：《皖江同声集》卷八，同治八年己巳（1869）退补斋刻本，第6a页。
③ 胡凤丹：《皖江同声集》卷九，同治八年己巳（1869）退补斋刻本，第1a—4a页。

章的生平经历和战争的形势策略。咸丰九年己未（1859），李鹤章避乱常州，在城内白龙庵读书，赋诗题壁。同治二年癸亥（1863），攻克苏锡，进取常州。同治三年甲子（1864），捻军围攻常昭，李鹤章夫人督守得保，数千捻军乞降；同年，李鹤章克复常州，生擒八王；平定吴地，打破了捻军占据江宁十余年的状态，苏南地区的捻军基本被肃清；李鹤章重建白龙庵，复其旧观。胡凤丹依次作七律九首以和，如《次李季荃观察攻克苏常雪夜破贼垒五十余座马上赋诗示诸将原韵》《叠和季荃眷口至常昭因攻剿不及往视原韵》《再叠贼围常昭赖夫人督守城池原韵》等等①。吴坤修也有两首和诗。战争环境下的结社唱和，淡化了集会活动的娱乐功能，以社诗作品记录了历史真实和个人情怀。而到了鄂渚唱和阶段，时移世易，这个类型的诗歌不再出现。

二是《鄂渚同声集》的地域性。皖江唱和的主体是暂居安徽一带的诗人，其诗歌的地域色彩并不浓厚；而胡凤丹在湖北的停留时间较长，相对而言，《鄂渚同声集》的地域特征较为突出。《鄂渚同声集二编》之中，《鄂城怀古》《荆州大堤行》《赤壁怀古》等题，都是与湖北相关的题材，体现出地域文化对社诗创作的引导。何国琛《鄂城怀古》二首如下：

> 翼轸分躔枕上流，熊渠锡爵冠通侯。
> 当年歌舞横江出，是处楼台载酒游。
> 龙角峰高天外削，虎头云起坐中收。
> 兴亡自昔无成局，毕竟英雄让仲谋。（其一）
> 舳舻千里已消沈，铙板铜琶思不禁。
> 黄鹄摩空春雨暝，白羊来下暮烟深。
> 更无人物夸吴蜀，只有江山自古今。
> 醉后独看鹦鹉赋，一轮明月涤烦襟。（其二）②

第一首七言律诗，"当年歌舞""龙角峰高"两联，写出了鄂城的昔日繁华与关键地势，末句点出孙权的军事才干。陈潏的七律，同韵而作："锦帐牙

---

① 胡凤丹：《皖江同声集》卷九，同治八年己巳（1869）退补斋刻本，第4a—4b页。
② 胡凤丹：《鄂渚同声集二编》卷二，同治九年庚午（1870）退补斋刻本，第1a页。

旗据上游，雄藩形胜拱神州。双流水汇云涛壮，八字山分剑壁秋。半世勋名劳运甓，满天风月快登楼。铜琶休唱江东曲，惹得周郎一顾愁。"① 颔联对仗工整，尾联引出周瑜，颇有惋惜之意。何国琛《鄂城怀古》其二，诗末以祢衡《鹦鹉赋》消除烦闷的心绪。陈濬第二首七律写道："楚泽行吟有瓣香，骚坛从古盛文章。祢衡作赋夸鹦鹉，崔颢题诗压凤凰。木叶亭边山月小，梅花笛里水风凉。仙人一去无消息，我辈登临兴更长。"② 以祢衡、崔颢的名篇作为吟咏对象，赞扬了楚地的文学传统，抒发了登临赋诗的快感。二人的两首七律，分别吟咏湖北的历史与文学，属于怀古诗歌。此外，在结社集会的过程中，诗人们置身鄂城，自然受到风土人情的熏陶。当地的楼台水榭，不仅是诗社的聚集地点，也是坚固的文化标志。到了榕城唱和阶段，《榕城同声集》也反映出闽中独有的环境。

社诗总集反映了历次集会的唱和情况和诗人群体的创作倾向，是诗社研究的第一手资料。诗社的举行与社诗总集的刊行相辅相成，社集加强了诗社在清代文学史上的地位与影响。社集的刊行流通，首先得益于诗坛的结社风气，其次依赖于个别诗人如胡凤丹投入的精力。不同阶段的社诗总集，见证了时代环境和地域环境的转变。除了社诗作品的内容，总集刻本的体例、风格也非一成不变。《皖江同声集》和《鄂渚同声集》的刊刻时间相近，字体相同，比之光绪刻本《榕城同声集》，更为厚重精美。尤其是《鄂渚同声集》三编，校刻规范细致，可谓胡凤丹退补斋刻本和清代同治刻本的典范。

## 六、胡凤丹的结社经历与刻书事业

除了皖、鄂、闽三大唱和，胡凤丹还有一些短暂的结社经历。比如，曾与方濬颐（字子箴）、薛时雨（字慰农）、孙衣言（字琴西）创立"长江诗筒"，该社具有消寒会的性质。《退补斋诗文存二编》卷一收录了社诗作品《方子箴、薛慰农、孙琴西创议"长江诗筒"，命余首唱，赋此为第一集》③。卷首注明创作年份为"癸酉、甲戌、乙亥"，且此诗前一题为《水仙茶花》，其序云："光

① 胡凤丹：《鄂渚同声集二编》卷二，同治九年庚午（1870）退补斋刻本，第2a页。
② 胡凤丹：《鄂渚同声集二编》卷二，同治九年庚午（1870）退补斋刻本，第2a—2b页。
③ 胡凤丹：《退补斋诗文存二编》卷一，《续编四库全书》第1552册，第439页。

绪纪元花朝前十日，小园茶花含苞未放。忽宝珠一树，红逾玛瑙，离花梢寸许，傍开水仙一朵，素瓣黄心，清香扑鼻，为生平所未见，诚异事也。诗以志之。"[1] 初步推知"长江诗筒"的创立时间为光绪元年乙亥（1875）。然而，社诗后五题为《挽通奉大夫竹溪伯兄》，末句注释"闰六月十六仙逝"[2]。出现闰六月，只能是同治十二年癸酉（1873）。可见，《退补斋诗文存二编》卷内作品排次并不准确。又，方濬颐《二知轩诗续钞》卷十四《"长江诗筒"第一集，次月樵韵》也出自同次集会[3]。卷首注明"壬申七月至十二月"，且卷内严格编年排次，创议"长江诗筒"的时间应为同治十一年壬申十二月（公元已入 1873 年）无误。另，《二知轩诗续钞》为同治刻本，诗作不可能迟至光绪年间。"长江诗筒"只有这一次集会存诗。季节变更，诗人行迹转移，都可能成为消寒会渐衰的原因。诗筒，诗人赋诗赓唱的佩物，用作暂录偶成之句，类似诗囊。此处用"诗筒"代指"诗社"，饶有趣味。

又如，《退补斋诗文存二编》卷四收录了"铁华诗社"之社诗作品，为《吴丈筠轩开"铁华诗社"第一集，分得"禁"字》《谒南屏张忠烈公墓（"铁华"第三集）》《"铁华"第六集，吴子修孝廉以应方伯适园红树命题，分得"于"字》[4]。该社成员之一丁丙《松梦寮诗稿》也有相关诗作，时间为光绪四年戊寅（1878）。胡凤丹于次年己卯（1879）动身前往福建，无法参与社集始终。"铁华诗社"，又作"铁花吟社"，朱则杰先生已对该社进行考订[5]。

胡凤丹的刻书事业，除了《同声集》之刻，还包括重刻古人著述、撰刻名山小志、新刻诗人别集等。其《辛巳暮春生日自讼》组诗，作于光绪七年辛巳（1881），诗人的生平游历、性情志向在诗中有所展现。其三记载：

> 我年逾四十，宦游汉江滨。流光激如矢，岁星周一辰。
> 自我定厘则，抉别政一新。繁简判去留，借以苏涸鳞。
> 奉诏开书局，琐屑招手民。旦暮雠亥豕，日与古人亲。

---

① 胡凤丹：《退补斋诗文存二编》卷一，《续编四库全书》第 1552 册，第 438 页。
② 胡凤丹：《退补斋诗文存二编》卷一，《续编四库全书》第 1552 册，第 441 页。
③ 方濬颐：《二知轩诗续钞》卷十四，《续修四库全书》第 1556 册，第 257—258 页。
④ 胡凤丹：《退补斋诗文存二编》卷四，《续编四库全书》第 1552 册，第 454—455 页。
⑤ 朱则杰：《铁花吟社的社诗总集与集会唱和》，《诗书画》2013 年第 2 期。

吾郡萃理学，宋元多伟人。自遭黄巾乱，板籍成灰尘。

四海觅善本，买书忘家贫。勤勤付枣梨，吾道赖传薪。

更有寒士集，著作久沈湮。醵金代校刻，扶持大雅轮。

溯自归田后，手足病不仁。筋力日衰惫，迷途奚问津。①

第五、六联，胡凤丹自注说："丁卯设立崇文书局。至丁丑春，刊成经史子集二百三十七种。"②第七联至第十联，自注说："自同治初年刻《金华丛书》成。前编六十三种，续刻十余种。又刊各家子集四十余种。"③《金华丛书》是包含金华历代文学的大型丛书。刻成之后，退补斋在两浙名声大噪。胡宗懋继承父亲之志，续刻五十九种。胡氏父子对金华文苑和清代文献学、目录学做出了巨大贡献。"更有寒士集，著作久沈湮。醵金代校刻，扶持大雅轮"，指的是胡凤丹在安徽、湖北帮助刊刻多部书籍，如《怀白轩诗钞》《变雅堂诗文集》《湖船录》《莲子居词话》《依旧草堂遗稿》《国朝词综续编》《蔗余轩诗钞》《禅林宝训笔说》等。

《辛巳暮春生日自讼》其四也叙述了诗人修志刻书等事，相关诗句如："吴江时往还，虎邱一再至。客游皖公山，骚坛树一帜。客鄂时最久，联吟月计二。有时招黄鹤，登楼修小志。大别与芳洲，名胜一一志。昨岁游南闽，云天故人谊。旧雨兼新雨，未肯失交臂。足迹半天下，名区不胜记。"④据注释可知，同治十一年壬申（1872），胡凤丹刻成《黄鹄山志》《大别山志》《鹦鹉洲志》；同治十年辛未（1871）、十一年壬申（1872），刻成《桃花源志》《马嵬志》《青冢志》《漂母祠志》《曹娥江志》；《严濑志》《孤山志》《黄陵庙志》三种待刻。《退补斋文存》《退补斋文存二编》收录了相应的序跋，可据以对照。无论是这些山志、地志，还是地方诗歌总集，足见胡凤丹对文学地理和传统文化的重视程度。

孙衣言所作《胡月樵退补斋诗存序》记载：

---

① 胡凤丹：《退补斋诗文存二编》卷四，《续编四库全书》第 1552 册，第 458—459 页。
② 胡凤丹：《退补斋诗文存二编》卷四，《续编四库全书》第 1552 册，第 459 页。
③ 胡凤丹：《退补斋诗文存二编》卷四，《续编四库全书》第 1552 册，第 459 页。
④ 胡凤丹：《退补斋诗文存二编》卷四，《续编四库全书》第 1552 册，第 459 页。

　　予始与月樵相见，在咸丰乙卯［五年，1855］之夏。时月樵方以驾部郎居京师，好客，喜造请。士大夫官京朝，往往多月樵相识。月樵日从诸公贵人歌呼饮酒，门外车常满。尤强力喜事，遇事愈剧愈心开。诸贵人或有宾祭期集，即以属月樵，月樵呐嗟立办。予特谓月樵年壮气盛，它日当为能吏有才，而不谓作诗之善如此。盖月樵自与予别，益折节读书。及至武昌，与何伯英、张鹿仙诸君友善。继复识闽林颖叔，乃益颛力为诗，诗遂益工。予益叹月樵善自变化，而前之知月樵，未足以得月樵之深也。①

　　通过孙衣言的序言，我们可以了解两点。第一，胡凤丹居京师时，"好客，喜造请"，结识众多士大夫。胡凤丹性格好施，藏书、刻书多是自发自费的举动。第二，胡凤丹到武昌之后，与何国琛、张炳堃、林寿图（颖叔其字）等人交往，在创作上进步不断。他的诗歌造诣，得益于频繁结社唱和，刻书亦推进他对诗艺的追求。林寿图《黄鹄山人诗初钞》卷十八《赠胡月樵都转（凤丹），以"既见君子，我心则喜"为韵》八首②，表达了对胡凤丹的拳拳情谊。在胡、林二人的诗集中，彼此唱和的诗作并不丰富；而胡凤丹文集之中，林寿图的点评多达数十条，言语中肯有力。胡凤丹以结社、刻书作为诗歌创作和传播的途径，创造了晚清诗坛的一个唱和高峰，同时又从中获得了自我提升。

---

① 孙衣言：《逊学斋文钞》卷八，《续修四库全书》第 1544 册，第 395 页。
② 林寿图：《黄鹄山人诗初钞》卷十八，《续修四库全书》第 1548 册，第 247 页。

# 论清代的外交型诗人集会

## ——以晚清驻日外交官集会唱和活动为中心

卢高媛

卢高媛，女，1990年5月23日出生，四川成都人。本科毕业于浙江大学汉语言文学专业基地班。浙江大学中国古代文学专业2012级直博（硕士、博士连读）研究生，学位论文《清代诗人集会研究》，导师朱则杰。主要研究清代诗人集会。

清代诗人集会唱和活动十分普遍和频繁，从地域上来讲这一文学现象广泛地存在于全国各地。随着清朝对外关系的发展，越来越多的文人漂洋过海，东亚汉文化圈的交流对话日趋繁荣。本文以清代驻日公使何如璋与黎庶昌为例，通过考察他们在日本举行的一系列集会唱和活动，分析在特殊时代背景与政治局势下诗人集会的作用与特点。这类有外交官参与其中的中外诗人集会可称为外交型集会，同样属于清代诗人集会的研究范畴；对此进行分析，可以更全面地认识清代诗人集会的基本情况。

## 一、何如璋使日与集会外交的兴起

同治十年辛未（1871），清王朝与日本政府签订了《修好条规》（全称《大清国大日本修好条规》），标志着两国外交关系的正式确立。光绪三年丁丑（1877），清廷任命何如璋为出使日本国钦差大臣，偕同副使张斯桂、参赞黄遵宪等人乘船赴日。至光绪七年辛巳（1881）任期届满。何如璋等人驻日期间，两国文人频频集会，以笔谈的交流方式克服了语言上的沟通障碍，天文地理、诗词格律、风俗人情、典章制度等无所不谈，极尽其欢。从现存的笔谈资料来看，其中包含了大量的汉诗酬唱、诗文切磋、序文跋语等内容。

诗人集会作为非正式场合，没有繁文缛节的束缚，以艺术创作为主要内容，能为双方的交流提供一个更为轻松和友好的环境。因此，与日本文人名士在公务之余举行集会唱和活动，是清廷公使馆员日常行程的重要组成部分。这一系列活动揭开了驻日公使集会外交的序幕，为后来中日文化交流的繁荣奠定了良好的基础，这段以汉字、汉诗为桥梁的跨国风雅之交，成为中日外交史上的一段佳话美谈。

这一时期集会虽然频繁，但多属私人性质的邀约，规模较小，随意性较大。中国方面除了驻日公使馆馆员以外，还有部分在日旅居、游历的民间文人。日本方面则主要由明治初年的一些华族旧臣、政府官员，以及汉学家、史学家组成。主要参与者有：何如璋、张斯桂、沈文荧、廖锡恩、潘任邦、王治本、王藩清、王韬、大河内辉声、宫岛诚一郎、石川英、冈千仞、增田贡、岩谷修、龟谷行、重野安绎、日下部鸣鹤、蒲生重章、内村宜之等。

集会所得的绝大部分唱和诗作散见于与日本文人的笔谈资料中，如大河内辉声《大河内文书》，宫岛诚一郎《宫岛文书》，冈千仞《莲池笔谈》《清宴笔话》以及增田贡《清使笔语》等。此外，黄遵宪《人境庐诗草》、何如璋《袖海楼诗草》以及张斯桂《使东诗录》等集子中也存有少量相关诗歌。王韬《扶桑游记》则以日记的形式将一些集会的情景和创作情况记录了下来。尤其值得一提的是由石川英所编的《芝山一笑》，集中收录了何如璋、张斯桂、黄遵宪等八位公使馆员及寓日文人王治本、王藩清与石川英之间的酬唱问答，并附有多位中日文人的诗评、序跋以及题识，该书由日本东京文升堂于光绪四年戊寅（1878）刊行，"是首部清使与日人唱和的诗文专集"①。在此以几个代表性的集会为例，对这时期集会各方面的特点作一个简单的介绍和总结。

（一）墨堤集会。据大河内辉声的笔谈资料《戊寅笔话》第八卷第五十七话至五十九话的记录，光绪四年戊寅（1878）三月十四日，应大河内辉声的邀请，何如璋、张斯桂、黄遵宪、廖锡恩、潘邦仕、王治本、王藩清、内村宜之及加藤熙同赴墨堤赏樱。墨堤，亦称向岛，位于今东京都墨田区隅田川，是历

---

① 王宝平：《晚清东游日记汇编1：中日诗文交流集》，上海古籍出版社2004年版，第9页。

史悠久的赏樱胜地。在大河内辉声的引领下，众人先后在墨堤附近泛舟、品茗、赏花，最后来到植半楼宴饮笔谈。其间诸子谈笑风生，洒墨挥毫，亦有雅乐助兴，热闹非凡。

大河内辉声以主人身份行酒令，由何、张二使首唱，其他人以原韵和之。何如璋《袖海楼诗草》中，收录有《向岛看樱花，即席次同人韵》四首①。黄遵宪的一首佚诗——"长堤十里看樱桃，裙屐风流此一遭。莫说少年行乐事，登楼老子兴尤高。"亦是出自于此次集会。事后王治本曾函寄大河内辉声，在信中对此次集会大加赞赏："昨日之游，十里春风，樱花烂漫，开琼筵，飞羽觞，兰亭会上，有吟咏，无管弦。今则管弦吟咏，两美相并，岂非一时盛会哉！"②樱花作为日本的象征，深受国民喜爱，是极具意蕴的文化符号。同东瀛诗客一起赏樱、咏樱，可谓是对日本本土文化与民俗的一次深层体验。

（二）卖茶楼集会。据大河内辉声的笔谈资料《戊寅笔话》第二十五卷第一六八话的记录，光绪四年戊寅（1878）十月二十二日，大河内辉声邀众人往新桥卖茶楼一聚。与会者除黄遵宪、廖锡恩、沈文荧、王治本等中方文人外，还有山田则明、宫部襄、松井强哉、高木正贤四位旧属高崎藩士。主人唤艺妓侑酒，宾客入乡随俗，从花柳风月谈及当下局势。席间大河内辉声首唱，诸君子奉和。廖锡恩欣赏松井强哉慷慨有气节，以诗赠之，曰："强之为义实难哉，百折居然竟不回。今日相逢觇士气，始知东国有人材。"③黄遵宪亦盛赞藩士们不为世俗推移，忠于主君的情操，对"视君父如敝屣"的自由民权运动表示否定。④在政治立场上，双方态度相近，皆秉持着忠君的传统思想。由此次集会看来，双方感情日厚，言行无拘束，谈论的话题也从狎妓、饮食等风土人情延伸到社会政治领域。

（三）后乐园集会。据增田贡的笔谈资料《1879 年 5 月 25 日，增田贡与王韬笔谈（光绪五年［己卯，1879］四月五日，明治十二年 5 月 25 日）》记

---

① 何如璋：《何如璋集》卷一《袖海楼诗草》，天津人民出版社 2010 年版，第 41 页。《戊寅笔话》中仅收录两首，文字亦有出入。《袖海楼诗草》成书在后，所收诗作有重新修正增补的可能。

② 刘雨珍：《清代首届驻日公使馆员笔谈资料汇编》，天津人民出版社 2010 年版，上册第 76 页。

③ 刘雨珍：《清代首届驻日公使馆员笔谈资料汇编》，天津人民出版社 2010 年版，上册第 268 页。

④ 参见刘雨珍《清代首届驻日公使馆员笔谈资料汇编》，天津人民出版社 2010 年版，上册第 267 页。原文为："宫部文亮、桂阁贤侯旧臣也。今日因之来见，自言骨鲠狂直，以答主恩，死亦不恤。仆语之，敬仰高义，今士风日趋浮薄，自由民权之说一唱而百和，竟可闻出此言，使人肃然。"

载①,重野成斋召集同人作后乐园之游,王韬邀增田贡一同赴约。王韬《扶桑游记》写道:"是日,偕同人至重野成斋家。屋宇幽静,陈设精雅,不愧为名士风流也。继同登车至后乐园。"集会凡八人,除上述人员以外还有黄遵宪、冈千仞、岩谷修、日下部鸣鹤、蒲生重章。笔谈中录有黄遵宪《陪诸君游后乐园有感而作,乞均正》一诗,以及王韬与增田贡的和诗两首。《人境庐诗草》亦有收录,题为《庚辰[光绪六年,1880]四月重野成斋(安绎)、岩谷六一(修)、日下部东作(鸣鹤)、蒲生绹斋(重章)、冈鹿门(千仞)诸君子约游后乐园,园即源光国旧藩邸,感而赋此》,两诗文字有少量出入,但整体上并不影响文义。值得注意的,是后者标题中的"庚辰四月"与前者所属的"己卯四月"相差一年,鉴于《人境庐诗草》定稿成书时间较晚,加之属于黄遵宪的早期作品,因此不排除诗人后来重新命题时记忆出现偏差的可能。

集会中黄遵宪向增田贡言道:"仆有《日本杂事诗》凡一百五十首,欲以呈正,但急切欲誊清稿。若能抽暇于十日中赐正掷还,则感荷不已。未审诸指否?"增田贡欣然允之:"先生东来,洞览我国史至浩多,一何盛,使人瞠若。请速得拜观。"诸如此类的诗文切磋、相互修改书稿的例子还有很多,可见中日双方在汉诗创作上相互促进,往来密切。

《芝山一笑》作为首届公使团人员与日人往来唱和的诗文专集,所录诗作经过选撷和精心编排,具有一定的代表性。大河内辉声在后序中盛赞清人的精神涵养,大异于西方的贸易行商之人,言道:"京畿之商贾,天下之人士,其求名趋利辈,宜结交西洋人;高卧幽栖,诗酒自娱之人,宜结交清国人也。"②日本明治维新运动开始后,对外扩张之心昭然若揭。在这样的背景下,清廷选择与日本建立外交关系,甚至互驻公使,除了表达和平通好以外,其目的还在于刺探侦查,联络牵制,防患于未然。首届驻日公使团在何如璋的带领下,递国书,定馆舍,聘翻译,遣理事,百废待兴。造访公使馆的日本人士也络绎不绝,对清使的风采和威仪表现出极大的热情。中日双方虽然在政府官方层面上因为琉球问题的抵牾而僵持,但私人性质的聚会频繁,在宴饮中切磋诗文、相互唱和成为加深彼此感情和认识的重要方式。如清泽秀志在《芝山一笑》序中所述:

---

① 刘雨珍:《清代首届驻日公使馆员笔谈资料汇编》,天津人民出版社 2010 年版,下册第 659 页。

② 刘雨珍:《清代首届驻日公使馆员笔谈资料汇编》,天津人民出版社 2010 年版,上册第 606 页。

"今清使初来，设馆于荤下，以修二国之好，情谊恳切，千古所未有也。……尔来都下文士，陆续往来，公务之暇，笔话墨谈，不劳译官，互通欢语。盖清使与国人，以文墨相亲也。"而大河内辉声、宫岛诚一郎等旧贵族专事风雅，痴迷于汉学，热衷于结交清使，积极组织集会，在出游、食宿、出版等方面都给予了极大的财力支持。以诗赋文章相酬唱，尽风月宴集之乐，双方的和洽相处为中日的文化交流揭开了外交官时代的新篇章。

## 二、黎庶昌使日与集会外交的繁盛

接替何如璋担任第二届驻日公使的是黎庶昌，于光绪七年辛巳（1881）赴日履职，至十年甲申（1884）离任丁忧，后又于光绪十三年丁亥（1887）至十六年庚寅（1890）再度受命复职。黎庶昌奉诏使日期间，正值中日双方在琉球、台湾、朝鲜等问题上产生分歧而僵持不下。面对此起彼伏的危机，清廷坚持以夷制夷，保持均势的外交路线，对咄咄逼人的日本表示警惕和防范的同时，也抱有与之和平相处、共御外侮的良好愿望。黎庶昌秉持清廷的对日国策，利用自己外交官和诗人的双重身份，结合两国文字相通、风俗相近的特点，将外交巧妙地融于集会酬唱之中，以实现睦邻友好的政治目标。

在公使馆员孙点、杨守敬、姚文栋等人的协助下，黎庶昌选取中国传统节日中深受文人骚客重视的重阳节和上巳节作为举行大型集会的契机，广邀日本各界名流共襄盛举。在双方的共同努力和配合下，这时期的诗文唱和活动达到了前所未有的高潮。相关诗文总集的编辑和出版，为后世研究这时期集会的基本情况留下了不少宝贵的文献资料。

这时期的集会较之以前更具规模，组织上也更为正式和规范，参与人数也从最初的十几人发展到近百人。日本方面除了石川英、岩谷修、宫岛诚一郎、龟谷行、重野安绎、冈千仞、蒲生重章等与首届公使团有密切来往之人以外，还有更多的社会名士参与其中，如：长冈护美、川田刚、三岛毅、向山荣、森大来、中村正直、岛田重礼等。参与集会的公使馆馆员则有黎庶昌、陈矩、钱德培、刘庆汾、卢咏铭、陶大均、孙点、徐致远、陈明远、蹇念恒、李昌洵等。还有朝鲜的使臣金嘉镇与李鹤圭，以及学者金夏英等。此外，来自国内的画家顾沄和藏书家萧穆等旅日文人也参与了其中部分集会。

黎庶昌第一次使日时，于光绪八年壬午（1882）和九年癸未（1883）连续两年举行了九月九日重阳诗会。前者在东京上野静养轩举行，由姚文栋辑为《重九登高集》。后者在永田町公使馆西楼举行，由孙点辑成《癸未重九宴集编》一书。二度出使期间，除了三次重阳登高诗会外，还新增设了两次三月三日的修禊会，分别收入《戊子［光绪十四年，1888］重九宴集编》（含《枕流馆宴集编》）、《己丑［光绪十五年，1889］宴集续编》（含《枕流馆集》、《修禊编》及《登高集》）和《庚寅［光绪十六年，1890］宴集三编》（含《修禊编》、《登高集》及《题襟集》）。以上总集除《重九登高集》未见外[1]，皆收入黄万机等先生的点校本《黎星使宴集合编》和《黎星使宴集合编补遗》中。此外，还有孙点辑的《樱云台宴集编》和《樱鸣馆春风叠唱集》，以及张明远辑的《红叶馆话别图题词》等，以上提及的所有诗集皆收入王宝平先生主编的影印本《晚清东游日记汇编1：中日诗文交流集》中。这些诗文集编排规范，序跋完整，同时还附有不少名家的评语、读后、题识等内容，为今人的阅读和研究提供了极大便利，为考察晚清中日之间的文化和外交往来提供了珍贵的历史文献资料，有重要的参考价值。在此就这系列集会的基本情况作简要梳理，着重讨论其在外交方面的意义和影响。

（一）重阳集会。日本在重阳节登高宴饮、吟诗唱和的习俗与中国相近，黎庶昌以此作为举行集会之由，一则尊重双方的文化传统，二则展现两国的历史渊源。在黎庶昌的坚持下，重阳集会成为每年必举的例行盛会。黎庶昌在《癸未重九宴集编》的序文中言："诸君子服膺圣学，经书润其腹，韦素被其躬，国殊而道同，群离而群萃。"[2]表达了以诗文会友，求同存异，促进两国邦交发展的意愿。会上双方往来酬唱，说文论道无嫌隙，情真意切，宾主尽欢。在离任前最后一次重阳集会上，黎庶昌有感而发，对自己的驻日生涯做出总结，同时表达了对日本友人的不舍，诗曰："晖晖夕照映扶桑，此日芝山又举觞。驻我忝持双节使，登高曾赋六重阳。同文历劫终难废，与国论心实易臧。嘉会不常许尽醉，劝君休赋菊花黄。"[3]秋月种树和之曰："钦君持节驻扶桑，何幸倾

---

① 王宝平：《晚清东游日记汇编1：中日诗文交流集》，上海古籍出版社 2004 年版，第 17 页。

② 孙点：《黎星使宴集合编》，贵州人民出版社 1992 年版，第 4 页。

③ 《庚寅［光绪十六年，1890］九月九日芝山红叶馆修登高约，兼为留别之会，赋呈二律，希诸大雅吟坛和正》之一，见孙点《黎星使宴集合编》，第 188 页。

颜接玉觞。沐雨勤劳过六载，风流嘉会又重阳。善邻知是互相辅，维国须能同否臧。只恨此筵则成别，明朝空见菊花黄。"① 肯定了黎庶昌为推动外交关系进展所做的努力，表达了睦邻友善的愿望。

（二）修禊集会。光绪十五年己丑（1889）春，黎庶昌在红叶馆招集修禊会，邀日本文士共与，亦称"亲睦会"。虽然日本并无过上巳节的传统，但精于汉学的东瀛诗客对此亦有了解，对曲水流觞的修禊文化仰慕已久。席间黎庶昌首唱一律，诗曰："兰亭寂寞已千载，胜集今从海外探。曲水杯觞余韵在，蓬瀛丝竹旧时谙。论交须订亚细亚，修禊还同三月三。红叶枕流成故实，为添诗料满东南。"② 此诗选韵甚难，众人纷纷属和，各显其才。金井之恭《黎公使招饮于红叶馆，次韵呈政》曰："昔年禹域搜奇迹，邈矣兰亭竟未探。修禊遗风公可继，善邻高谊我深谙。人文兴替观今古，宾主酬唱至再三。休怪异邦多旧雨，星槎重到海东南。"③ 善邻修睦、唇齿同情等观点在双方的诗文唱和中被频繁提及，企盼两国永修同好、共续翰墨因缘成为集会创作的主题，这也契合了黎庶昌开展集会外交的初衷。

（三）枕流馆集会。光绪十四年戊子（1888），为贺黎庶昌复任驻日公使，重野安绎等人张宴于中洲枕流馆。重野安绎在《枕流馆宴集编》的序中写道："黎君通今笃古，而挚于其所交也如此。此特予辈耳目之所及，至其忠信处使事，使两国交际亲密无间，盖亦可推而知矣。"④ 足见黎庶昌为人恳切，处事通达，深得日人的钦佩与信赖，以其个人魅力为国家树立了良好的形象，使得双方对两国关系皆寄予美好的愿望。感于诸友盛情，黎庶昌即席赋曰："高馆枕流江上雄，坐中豪士尽元龙。吟怀喜接旧时雨，爽气披迎沧海风。国异不曾文字异，洲同尤愿泽袍同。愧余忝任皇华节，结好惟凭信与忠。"⑤ 光绪十五年己丑（1889），重野安绎等人再举会，邀请黎庶昌及其僚属赴宴。蒲生重章赋诗曰："纷纷争夺复何说，同文同盟胶漆结。古云唇亡则齿寒，不若年年相逢俱尽欢。"⑥ 陶大均和曰："笑语诸君听我说，文字交如金石结。可惜春来犹带寒，且俟百花开放

① 孙点：《黎星使宴集合编》，贵州人民出版社1992年版，第190—191页。
② 孙点：《黎星使宴集合编补遗》，贵州人民出版社2001年版，第25页。
③ 孙点：《黎星使宴集合编补遗》，贵州人民出版社2001年版，第28—29页。
④ 孙点：《黎星使宴集合编》，贵州人民出版社1992年版，第70页。
⑤ 孙点：《黎星使宴集合编》，贵州人民出版社1992年版，第79页。
⑥ 孙点：《黎星使宴集合编》，贵州人民出版社1992年版，第9页。

再联欢。"①

（四）送别集会。光绪十六年庚寅（1890），黎庶昌行将归国，日本友人接连举行集会为他送别，其中以红叶馆之会最为盛大，参与者达六七十人，其中还有不少华族名流。会上双方觥筹交错，依依惜别之情尽在往来唱和中。三岛毅在为《题襟集》所写的序文中，高度评价了黎庶昌驻日的成果和功绩，对其以诗文为切入点，开展集会外交的方式表示肯定和赞扬。黎庶昌闻言"饮满尽爵"，感慨道："子言先获我心矣。"②序文叙及：

> 明治以还，我与清国虽寻隋唐旧盟，使臣往来，不免猜疑者殆数年。自黎公使来，有见于此，务为风流文字之饮，以通情好。夫知文字者，皆一国士君子也。士君子苟通情好，下民岂不风靡！是以彼此欢洽，互知无他心，唇齿相依之交，日周月密，有隋唐旧盟不足复言者。然则风流文字之饮，有用于国家交际不亦大乎！

黎庶昌以集会唱和构建起中日双方文化认同的桥梁，一定程度上化解了外交层面上的猜忌和分歧，加深了相互间的信任和情谊。日本人士对未来的关系发展寄予厚望，重野安绎说道："亦惟两朝请好，度越前古，以至此盛焉耳。"③岛田重礼亦言："而两国之情洞然如揭，邦交自此益密，而一时风流韵事，亦可借此传远矣！"④在公使团届满离任之际，日本友人还为参赞孙明远专门举行了饯别集会，会上众人即席联吟，尽诉衷情。孙明远诗《亚细亚协会会长榎本君（武扬）合会中诸君招饯红叶馆，即席赋谢》有句曰："六载交情浓似酒，五洲时局变如棋。"⑤诗中对政局风云变幻的感慨，今日看来莫不唏嘘。

两度出任驻日公使的黎庶昌是中日外交史上的重要人物，他利用自己文人出身、学术修养深厚的优势，积极运用何如璋等人在日积累和经营的人脉关系和社会声望，身体力行地开展了一系列增强中日互信的外交活动和文学活动。

---

① 孙点：《黎星使宴集合编》，贵州人民出版社1992年版，第14页。
② 孙点：《黎星使宴集合编》，贵州人民出版社1992年版，第257页。
③ 孙点：《黎星使宴集合编》，贵州人民出版社1992年版，第255页。
④ 孙点：《黎星使宴集合编》，贵州人民出版社1992年版，第256页。
⑤ 王宝严：《晚清东游日记汇编1：中日诗文交流集》，上海古籍出版社2004年版，第474页。

借助于文化活动，将外交寓于集会唱和之中，以求不辱使命，实现中日两国睦邻友好的外交目标。虽然因为日本高层决策者的扩张野心，两国最终兵戎相见，使得何如璋、黎庶昌等驻日公使谋求和平的努力付诸东流，但他们所力行的集会外交仍然对诗歌艺术和文化交流等领域产生了深远的影响。

## 三、集会外交的影响与意义

晚清派遣的驻外使臣在国运危殆的变局之下登上国际政治舞台，接受来自异国的文化和思想的冲击与考验，肩负起特殊时期的重大历史使命。他们作为深受儒家思想濡染的传统文人，其驻外经历带来的心态与认识上的转变为打破清朝闭关锁国的政治格局传递了新声，也为文学的发展与变革提供了理论与实践的参考。

何如璋与黎庶昌等人在日本开展的一系列以集会唱和为主体的文化外交活动主要发生在光绪前二十年，这时期新思想的浪潮带动国际局势的风云变化，外交官的行动受到各种因素的限制和影响。对比何、黎二人驻日时期的集会，在形式和性质上都有很大的不同。前者的集会多属于个人性质的私下邀约，有较大的随意性。参与者多为汉学界好友，少则几人，多则十几人。集会一般由日方主动招集，以东道主身份带领众人游览名胜，体验风俗。相互间的交流以笔谈为主，内容随兴而定，所赋诗词大多随录于笔谈资料，因此散佚较多，但也能更为真实地了解双方谈经论道、切磋诗文的情况。后者将集会视为一项重要的外交活动，以官方的名义将其制度化，并且形成惯例。参与人数也从最初的十几人逐年增加至后来的近百人，其中除诗人学者外，不乏贵族官员和社会名流。最为难能可贵的是，相关集会总集的编纂问世，为后人系统研究清代中外诗人的交游酬唱提供了珍贵的文献。两者集会虽然形式有异，但都带有相应的政治目的。何如璋作为首届公使，以搜集本土资料、考察国情为主，通过闲谈的方式从侧面了解日本政府的态度和政策动向。一方面将侦查所得上告清廷，另一方面则及时与日本高层沟通，缓和分歧，化解矛盾。到了黎庶昌时代，清廷的态度从防范警惕变得更为积极，主张与日友好，共御外侮。黎庶昌将这一思想融于集会外交之中，被与之交游的日人所接受、推崇，双方在民间层面上建立了良好的友谊基础，做到了一定程度的相互理解和尊重。

外交型集会作为清代诗人集会的一种类型，有其特定背景下的时代性和特殊性。首先，与清王朝建立了正式外交关系的国家并不多，而其中能以汉字作为沟通媒介，进行文化交流的只有日本、朝鲜等少数国家。其次，汉文化圈中有为数不少喜爱创作汉诗的文人，对汉文学的热衷与追崇，是得以开展集会唱和活动的前提和基础。这类集会在形式上与国内一般集会相似，通常以节日、游园、赏花、送别等作为招集缘由，虽然彼此语言不通，却也能以笔代舌畅言无碍，双方往还酬酢，极尽风雅。集会之外，国内的文人也常寄函索和，共叙诗情。

中日诗人在这一时期借助集会外交的开展，建立了深厚的感情。钱仲联先生《人境庐诗草笺注》附录二《黄公度先生年谱》中记有这样一件逸事，黄遵宪《日本杂事诗》的最初手稿应大河内辉声的请求，埋藏在东京隅田川畔源氏桂林阁之园中，并立石碑以志。大河内辉声在《葬诗冢碑阴志》中对当日的情景如此描述道：

> 工竣之日，余设酒杯，邀公度并其友沈刺史杨户部王明经昆仲等，同来赴饮，酒半酣，公度盛稿于囊，纳诸穴中，掩以土，浇酒而祝曰："一卷诗兮一抔土，诗与土兮共千古。乞神佛兮护持之，葬诗魂兮墨江浒。"余和之曰："咏琐事兮着新意，记旧闻兮事事真。诗有灵兮土亦香，我愿与丽句兮永为邻。"沈刺史等皆有和作，碑隘不刊。明治己卯（按：明治十二年，即光绪五年［己卯，1879］）九月桂阁氏撰并书，广群隺刻。

大河内辉声对汉学一直怀有很深的感情，这一点从他的和诗中也能十分明显地感受到。黄遵宪葬诗异国，不仅是对好友大河内辉声的成全，同时也寄托着对未来中日诗文交流的祝福和祈愿。两人的往来唱和无疑是一段中日诗人以诗结缘、葬诗传情的佳话。黎庶昌对待日本友人亦推诚置腹，令人动容。重野安绎言其待日人"亲犹兄弟"，行事诚挚，"吾友藤野海南殁，黎君亲往吊问，送其葬，慰其遗孤，遂至铭墓上。情谊恳切，闻者感叹"[1]。日下宽亦说："其

---

[1] 孙点：《黎星使宴集合编》，贵州人民出版社 1992 年版，第 70 页。

接人也宽也温，而持己也诚以信，使人蔼然坐春风和气之中。"① 黎庶昌归国时，日本友人设宴饯行，众皆赋诗惜别，不舍之情溢于言表。

外交型集会最大的特色即是将政治目的融于诗文唱和之中，用文学交流的方式促进政治友谊的建立。宫岛诚一郎赠何如璋诗曰："唇齿相持事非易，脱佩欲赠日本刀。"② 何如璋临别致函诗曰："西欧东米盟新缔，那及同文国最先。"③ 双方之间信任可见一斑，书同文的认同感使得两国文人产生了有别于其他国家的亲近感，一致倾向于和平共处、联合御外。在这一点上，黎庶昌做得更为成功，类似的思想在诗文唱和中有明显体现，如南摩纲纪《喜黎公使再驻我国，邀宴于枕流馆，赋呈请正》"愿得唇齿长相赖，共奏墙外御侮功"④，岩谷修《醉中重用前韵，博诸公一粲》"虽然各土水云隔，原是同盟唇齿亲"⑤，金嘉镇《己丑〔光绪十五年，1889〕秋，中国遵义黎星使莼斋先生集日本诸名流作重阳会于芝山红叶馆，余亦叨厕席末，勉步原韵和呈，以志萍水盛举》"自昔登高无此乐，同文三国好颜开"⑥ 等。虽然这类集会唱和以应酬之作为多，有恭维之嫌，但也反映出与会者对时局的关注，意欲寻求东亚邻邦亲睦合作的态度。

这类集会的总集可归入中外文学唱和集，成为清代诗歌总集中一个独特的组成部分。其发生的时代背景、参与者的角色身份、作品的文化内涵、编者的多元构成等方面都呈现出新的面貌，蕴含着前所未有的新思想和新认知。部分未被收入总集的集会诗歌散见于域外汉集和笔谈记录之中，这些资料拓宽了学术研究的视野，提供了新材料和新观念。如同张伯伟先生所言："其在今日的价值和意义，已不仅只是中国典籍的域外延伸，也不限于'吾国之旧籍'的补充增益。它是汉文化之林的独特品质，是作为中国文化对话者、比较者和批判者的'异域之眼'。"⑦ 综合研究域内外文献，相互释证，有助于促进当今时代中国古典文学在观念和资源上的重建，以及科研模式和思维上的创新。

光绪二十年甲午（1894）中日战争爆发，日本政府对外扩张的事实摧毁了清

---

① 孙点：《黎星使宴集合编》，贵州人民出版社1992年版，第258页。
② 刘雨珍：《清代首届驻日公使馆员笔谈资料汇编》，天津人民出版社2010年版，下册第589页。
③ 刘雨珍：《清代首届驻日公使馆员笔谈资料汇编》，天津人民出版社2010年版，上册第599页。
④ 孙点：《黎星使宴集合编》，贵州人民出版社1992年版，第75页。
⑤ 孙点：《黎星使宴集合编》，贵州人民出版社1992年版，第77页。
⑥ 孙点：《黎星使宴集合编补遗》，贵州人民出版社1992年版，第100页。
⑦ 张伯伟：《域外汉籍研究——一个崭新的学术领域》，《学术与探索》2006年第2期。

廷外交官和日本有识之士苦心经营的友谊基础。集会唱和活动难以为继,双方关系更是跌至谷底。日本"脱亚入欧"的动作宣告了其与中国在文化上的决裂,昔日与清使亲密来往的日本文人也在国家政策的旗帜下转变立场,走上颂扬侵略歧视汉学之路。在这样的背景下,黎庶昌之后的驻日公使大多以挽救民族危机、救亡图存为使命,以考察日本的军事、教育、经济等方面的先进成果为主。双方的诗人集会活动虽有些许保留,但已从官方层面的交际降至民间层面的私人往来,主要舞台也从日本转移至国内。大规模集会唱和活动已经一去不复返,中日文人的来往在政治局势的引导下只能作为一种普通的文化选择存在。

诗人集会作为一种趣味性、互动性极强的传统活动,为汉字文化圈内的相互交流影响提供了良好的平台。中日诗人之间的诗歌酬唱曾一度为两国关系发展发挥积极作用,集会中平等相处的氛围拉近了彼此的心理距离,汉诗创作成为沟通情感的桥梁。陈友康先生曾言:"这样长时间、大规模、高规格的唱酬可能会成为传统汉诗写作中的绝响,但唱酬中所释放出来的汉诗的思想能量和艺术魅力仍然让我们对汉诗在现代社会条件下的生存和发展保有信心。在晚清的背景之下,参与唱酬的双方文士的文化观念多偏于保守,他们的努力有一种悲壮感,但正是这种保守延续了西学强势背景下的中学命脉,有助于文化的多元发展。"[1]不论如何,这段时期双方诗文往来唱和的繁荣都不应该被历史所湮没,政治上的疏离并不能阻止文化上的交流,回避和冷战对和平发展和文化传承毫无益处。因此,加深和增强两国之间的友谊和信任,以理性的态度反省历史是当代文人的责任。多元文化的交流对话是当今世界的普遍现象,也是传统文学迎接挑战和逐步转型的关键。最后借用奈良时代日本公卿长屋王赠予唐代僧人的偈语作为结束:"山川异域,风月同天。寄诸佛子,共结来缘。"[2]海纳百川,有容乃大,推进中外文化的良性交流依然是当今社会需要关注的重要课题之一。

① 陈友康:《中日文学交流中的诗词唱酬问题》,《学术探索》2009年第5期。
② 彭定求:《全唐诗》,中华书局1960年版,第21册第8375页。

**图书在版编目（CIP）数据**

朱则杰教授荣休纪念集 / 朱则杰等著. — 杭州 ：浙江大学出版社，
2020.8（2021.2重印）

ISBN 978-7-308-16765-9

Ⅰ. ①朱… Ⅱ. ①朱… Ⅲ. ①朱则杰—纪念文集 Ⅳ. ①K825.46-53

中国版本图书馆CIP数据核字(2017)第061405号

**朱则杰教授荣休纪念集**

朱则杰　等著

| | | |
|---|---|---|
| **责任编辑** | 牟琳琳 | |
| **责任校对** | 吴　庆 | |
| **封面设计** | 春天书装 | |
| **出版发行** | 浙江大学出版社 | |
| | （杭州市天目山路148号　　邮政编码　310007） | |
| | （网址：http：//www.zjupress.com） | |
| **排　　版** | 杭州林智广告有限公司 | |
| **印　　刷** | 广东虎彩云印刷有限公司绍兴分公司 | |
| **开　　本** | 710mm×1000mm　1/16 | |
| **印　　张** | 14.25 | |
| **字　　数** | 235千 | |
| **版 印 次** | 2020年8月第1版　2021年2月第3次印刷 | |
| **书　　号** | ISBN 978-7-308-16765-9 | |
| **定　　价** | 68.00元 | |